EL CARNICERO DE PUNTA CANA

Un thriller del detective Vic Gonnella

Por

LOUIS ROMANO

Vecchia Publishing

Copyright © 2019 por Louis Romano
Todos los derechos reservados.
Publicado por Vecchia Publishing.

Todos los personajes y eventos de este libro son ficticios. Cualquier similitud con personas, vivas o muertas, es pura coincidencia.

Queda prohibida la reproducción o transmisión total o parcial de este documento por cualquier medio, ya sea electrónico, mecánico, por fotocopia, grabación u otros métodos, sin la autorización previa por escrito de Vecchia Publishing.

Para obtener información sobre la autorización, escriba a Vecchia Publishing. A la atención de Vecchia Publishing, 41 Grand Avenue, Suite 101, River Edge, New Jersey, 07661

ISBN:

Título original en inglés: The Butcher of Punta Cana
Traducido al español por: Yaneth Sanchez
Formato y diseño de portada por: Spaaij Design

Dedicación

Este libro está dedicado a todos los hombres y mujeres valientes que luchan y alcanzan una vida mejor, así como a todas las víctimas y a las familias de aquellos que han perdido la vida recientemente en la hermosa tierra de la República Dominicana.

Que todos ellos descansen en paz y que sus familias encuentren consuelo en el recuerdo de sus seres queridos.

CAPÍTULO 1

"Amigo, qué espléndido día para disfrutar del golf. Este lugar es verdaderamente un paraíso para los amantes de este deporte. Para mí, es mucho más atractivo que Pebble Beach", comentó el conductor del carrito de golf.

El cielo azul brillaba sin una sola nube. Las olas blancas se estrellaban contra el agua azul verdosa del magnífico mar, chocando con el coral natural y las grandes rocas negras que flanqueaban las calles esmeraldas y los cuidados greens del campo.

El conductor del carrito formaba parte de un grupo de cuatro golfistas provenientes de Nueva Jersey, quienes se encontraban jugando en el hoyo 9 del club de golf Punta Espada, en Punta Cana, República Dominicana.

El cuarteto había comenzado su partida a las siete de la mañana, y ya para las nueve y cuarto se encontraban en la curva.

En el tee del hoyo 9, un golfista se acercó y colocó su bola blanca en el tee. Se retiró un paso para evaluar la trayectoria de su golpe. Realizó dos swings de práctica antes de dirigirse a la bola para llevar a cabo su tiro. El golfista, que parecía estar en la mediana edad, hizo un movimiento de swing lento hacia atrás, pero al momento de impactar, dejó caer ligeramente su hombro izquierdo. El resultado de su golpe fue decepcionante, lo que llevó a que soltase una palabra que provocó risas entre sus compañeros. El drive se desvió hacia la izquierda, aterrizando en un búnker de desecho frente a una cueva de coral grisáceo, una de las varias que se encontraban en el campo de golf. En el grupo había dos carritos, cada uno con dos golfistas, y cada carro contaba con un caddie. Ambos caddies, de origen dominicano, estaban vestidos con monos blancos, gorras de béisbol y zapatillas deportivas. Tony, el caddie que estaba en el tiro errante, mencionó que había visto aterrizar la bola y que era una bola segura, es decir, que se podía jugar y no estaba fuera de los límites.

"No hay ni una nube en el cielo. 29 grados y una brisa fresca y constante proveniente del agua. Este es uno de los pocos hoyos que no está junto al mar y es espectacular", comentó el otro golfista.

"Cierto, pero para cuando terminemos, hará tanto calor aquí afuera que no será adecuado para este chico de Jersey".

"Te escucho, amigo. Por eso siempre es prudente comenzar temprano. De ninguna manera empezaría después de las siete o siete y media".

Su caddie corrió unos metros delante del carrito de golf, señalando la pelota. Como predijo, estaba en la zona de desechos, no lejos de la cueva de coral. El conductor introdujo el carrito en la zona de desechos, el sonido del coral aplastado interrumpió el tranquilo deslizamiento de la conducción por la perfectamente cuidada, exuberante y verde calle.

Su caddie corrió unos metros delante del carrito de golf, señalando la pelota. Como había anticipado, estaba en la zona de desechos, no lejos de la cueva de coral. El conductor llevó el carrito en la zona de desechos, y el sonido del coral aplastado interrumpió el suave deslizamiento por la perfectamente cuidada y exuberante green.

"Creo que tienes un excelente tiro al green, amigo", declaró el caddie. "Un tiro de setenta y ocho". Este caddie, alto y delgado, en sus veintitantos años, mostraba dos dientes de oro en su brillante sonrisa. Luego, le pasó un palo de rescate número 4 a su golfista.

"Estaba considerando usar un hierro nueve, Tony",

mencionó el golfista.

"No, hermano... este es un buen club. Haz un swing completo y no te distraigas con el campo. Termina en alto y estarás contento, hijo mío", argumentó el caddie, cuyo acento dominicano era tanto claro como encantador. Si bien su dominio del inglés no era perfecto, su terminología acerca del golf era excepcional.

El golfista de Jersey se dirigió hacia su bola con el propósito de fijar un objetivo antes de llevar a cabo su swing de práctica.

"Jesucristo... ¿qué es ese hedor?", exclamó. El golfista tuvo varias arcadas antes de alejarse de la bola. Cuando se alejó unos diez metros del carro, su compañero, que era el conductor, utilizó el volante para hacer palanca y sacó su enorme barriga del carro.

"Mierda, eso es asqueroso. Huele como si algo se hubiera metido en esa cueva y hubiera muerto. Madre de Cristo, que horrible". Él también experimentó algunas arcadas antes de vomitar un líquido acuoso y grumoso sobre el coral aplastado.

Tony, el caddie, cogió un pañuelo verde que llevaba al cuello y se lo puso sobre la boca y la nariz. Los otros dos jugadores, que estaban delante en la calle de felpa esperando para realizar sus segundos golpes, regresaron a su carrito para investigar la conmoción. Su caddie ya se encontraba en la cueva de coral, también con un pañuelo atado sobre la nariz y la boca.

"Ay, Dios mío. Hay un cuerpo en la cueva. Hay moscas por donde quieras", gritó el caddie.

"¿Qué has dicho? Dame esa toalla, ¿quieres?", gritó el corpulento golfista. Su compañero le tendió una toalla de mano verde, que cada golfista llevaba en su carrito. Vertió una botella de agua fría sobre la toalla y se la envolvió alrededor de la cara. Lentamente, el golfista entró en la cueva. Se quedó mirando incrédulo durante diez largos segundos.

"Dios mío. Es una mujer. Está negra e hinchada y tiene un millón de gusanos y moscas por todas partes. ¡Joder!", anunció el golfista. Los demás golfistas, deseosos de ver el cadáver con un macabro sentido de la curiosidad, siguieron los pasos de su compañero con sus toallas verdes.

Tony sacó su teléfono móvil, aporreó los números y empezó a gritar en un español dominicano ultrarrápido. Tuvo la previsión de llamar al starter para describir la escena.

"Le cortaron el coño y parece que le arrancaron los pezones. Mierda", dijo uno de los golfistas.

"¡No puedo verle la cara, tiene la cabeza cubierta por algo!", gritó otro golfista antes de olerla bien, perdiendo su bollo de mantequilla mañanero por toda la parte delantera de la cueva.

Ay, Dios mío. Hay un cadáver en la cueva y hay moscas por todas partes, exclamó el caddie.

"¿Qué ha dicho? Pásame esa toalla, por favor", respondió el robusto golfista. Su compañero le entregó una toalla de mano color verde, que cada golfista llevaba en su carrito. Vertió agua de una botella sobre la toalla y se colocó en la cara. Con cautela, el golfista se adentró en la cueva. Durante diez largos segundos permaneció mirando atónito.

"Dios mío. Es una mujer. Su piel está oscura e hinchada, y hay un sinfín de gusanos y moscas por todas partes. ¡Maldita sea!", exclamó. Los otros golfistas, atraídos por una curiosidad morbosa, siguieron a su compañero con sus toallas verdes.

Tony sacó su teléfono móvil y rápidamente marcó algunos números y comenzó a gritar de forma rápida en un español con marcado acento dominicano. Tuvo la precaución de llamar al starter para relatar la situación.

"Le cortaron las partes íntimas y parece que le arrancaron los pezones. ¡Qué horror!", comentó uno de los golfistas.

"¡No puedo ver su rostro, tiene la cabeza cubierta por algo!", gritó otro golfista antes de percibir el olor, lo que le hizo perder su desayuno en la parte delantera de la cueva.

La casa club se encontraba a poca distancia. Varios carritos de golf cruzaron la calle a toda prisa hacia la escena del crimen. El director general del club, el caddie master y el encargado de mantenimiento de los greens estaban entre los empleados de Punta Espada que se apresuraron hacia la espantosa escena.

Cuando todos los hombres se acercaron a la cueva, Jim McCabe, el director general, retrocedió rápidamente ante el espantoso olor.

"Oh, Dios mío. ¡Otra no!" exclamó McCabe.

CAPÍTULO 2

Desde su oficina en la planta 23 del 26 Federal Plaza de Nueva York, Sean Lewandowski, director adjunto del FBI, abrió la lista de contactos en su computador.

Finalmente, Lewandowski había conseguido el ascenso que tanto había anhelado por estos. Un puesto con categoría GS 15, un salario de 152.000 dólares, una oficina en esquina con paneles de madera, dos agentes como asistentes personales, una secretaria experimentada y toda la oficina del FBI en Nueva York a su disposición. Siempre fue consciente de que de haber sido abogado su situación económica sería mucho mejor, pero desde niño su sueño siempre había sido ser parte del FBI.

Sean buscó el número de su viejo amigo, Vic Gonnella, y pulsó el icono de llamada.

"¡Cuánto tiempo sin hablar! ¿Cómo está mi gran amigo?" preguntó Gonnella. El nombre de Sean apareció en negrita en el móvil de Vic.

No habían hablado desde que trabajaron juntos en el caso Boy in the Box en Filadelfia tres años atrás.

"Me alegra que aún contestes el teléfono, amigo. Ha pasado demasiado tiempo", dijo Lewandowski.

"Sí, bastante tiempo. Parece que el tiempo vuela y la vida pasa, incluso aunque los dos vivamos en la misma maldita ciudad".

"¿Cómo está mi chica Raquel y el bebé?"

"Raquel no podría estar mejor, y Gabriella, ¡oh, ya no es tan bebé! ¿Y tu familia?"

"Ya tenemos tres hijos. Mi mujer es irlandesa, así que probablemente nos faltan algunos hijos más", respondió

Lewandowski riéndose.

"Por el amor de Dios, cómprate un televisor".

"Te he extrañado, tenemos que planear una cena para ponernos al día, pero ese no es motivo de mi llamada".

"¿Qué necesitas, Sean?"

"La oficina ha recibido una llamada del director en Washington, quien ha solicitado que se envíe información al ministro del Interior y Policía de la República Dominicana en Santo Domingo. ¿Conoces esa vieja expresión, los de abajo pagan los platos rotos, ¿verdad?. Ahí te va, parece que la policía dominicana se enfrenta a un asunto que no está bajo nuestra jurisdicción, pero se mencionó tu nombre. Están considerando la posibilidad de que haya un asesino en serie en República Dominicana."

"Bueno, supongo nos conocen por perseguir asesinos en serie, aunque solo trabajamos en un caso de ese tipo".

"¿Qué has oído últimamente sobre John Deegan?", preguntó Lewandowski.

"Nada desde que desapareció en Roma hace un tiempo", respondió Vic, ocultando la verdad. No mencionó que había visto a Deegan en el Vaticano cuando casi todo el Colegio Cardenalicio murió envenenado con gas en la Capilla Sixtina, ni que Deegan había establecido un fondo fiduciario para su hija Gabriella, fruto de su relación con Raquel.

"Bueno, hoy al mediodía recibirás una videoconferencia del ministro Santiago Castillo. Por supuesto, depende de ti si decides participar".

"¿Qué sabes al respecto?"

"No mucho, solo que creen que tienen un caso de un asesino serial y no están preparados para manejarlo. Por eso se pusieron en contacto con Washington".

"Está bien, cancelaré mi almuerzo, y Raquel y yo atenderemos su llamada. Aprecio que me lo digas... ¡creo!" exclamó Vic.

"Gracias, Vic, avísame cuando puedan salir una noche".

CAPÍTULO 3

Desde que Vic Gonnella y Raquel Ruiz fundaron Centurion Associates, la empresa ha experimentado un notable crecimiento, convirtiéndose en una de las principales firmas de seguridad e investigación privada a nivel mundial. El infame caso de los asesinatos cometidos por John Deegan situó a Vic y Raquel en las listas internacionales de quién es quién en el ámbito de las fuerzas del orden, lo que les permitió acumular una fortuna mucho mayor de lo que alguna vez imaginaron.

Ahora les tocaba decidir cuáles grandes casos aceptarían para hacer crecer su negocio a un cómodo 25 % anual. El año pasado facturaron ciento veintitrés millones de dólares, lo que los introdujo en el mundo de las nueve cifras.

"Hoy vi un seminario en YouTube sobre cómo las empresas planifican su fin último. Nosotros nunca hemos hablado sobre cuál es nuestro fin último, cariño", dice Raquel.

"Nunca lo he pensado. Solo creo que las cosas sucederán a medida que envejezcamos. No sé, quizá una gran empresa nos compre y nos salimos del negocio".

"¿O se lo dejamos a Gabriella?"

"No puedo imaginarla en este negocio. Al menos tú y yo comenzamos en el departamento de policía. No la veo haciendo esto en absoluto. Gabby ya es una chica rica, Raquel. Con nuestro negocio y su fondo fiduciario de Deegan, podrá hacer lo que quiera".

"Eso de Deegan me molesta. ¿Cómo podemos aceptar un fondo fiduciario de un asesino en serie... de verdad?". cuestionó Raquel.

"Ya está todo preparado, cariño. Recibirá millones por partes luego que cumpla veinticinco".

"Cuando estábamos en la policía de Nueva York, contábamos los años y trabajábamos para alcanzar el rango que nos permitiera obtener la mejor pensión posible. La vida de nuestra hija será totalmente diferente. Nunca soñé que nosotros o ella tendríamos todo esto, Vic".

"¿Tú? Pensé que me jubilaría y sería el chofer de algún rico que necesitara seguridad. Tuvimos mucha suerte, ¿no?"

Juntos, se dirigieron a la sala de conferencias situada en la intersección de la calle 56 y Park Avenue, en Nueva York. A la hora del almuerzo, tres asistentes y dos jefes de campo ya estaban sentados, esperando una videollamada proveniente de Santo Domingo.

A las doce y diez, Vic estaba inquieto y un poco molesta.

"¡Y hoy hemos cancelado la comida en IL Tinello por esta tontería!". Vic lanzó un bolígrafo Pentel llegaba a su marca.

"Tranquilízate, Vic. Ellos están en la República Dominicana, donde las costumbres son distintas. Para los dominicanos, una cita es solo una referencia. ¿Te acuerdas de mi familia cuando fuimos a visitarlos a Puerto Rico? Es lo mismo", se rio Raquel.

El tintineo del interfono en la enorme mesa de conferencias de granito verde y beige rompió la tensión que Vic había traído a la sala.

"Sr. Gonnella, Sra. Ruiz, tengo al ministro Castillo al teléfono. Voy a ponerle ahora en la pantalla de vídeo", anunció una voz masculina algo ronca. Era Jimmy Martin, un detective de primer grado con el que Vic había trabajado en la comisaría 41 del Bronx. Jimmy había conseguido su pensión completa y ahora trabajaba para el bufete. Su voz sonaba tensa, resultado de una operación de cáncer de garganta, consecuencia de sus días en el World Trade Center tras el 11 de septiembre.

De repente, la pantalla Sony negra de ochenta pulgadas

situada al otro lado de la sala de conferencias cobró vida. Los colores brillantes llenaron el espacio con la figura de un hombre mayor que lucía algo infeliz. Castillo también podía ver a Vic y Raquel en su pantalla. Ella, con su pelo castaño oscuro recogido en un moño, sus grandes ojos marrones y su tono de piel color aceituna, se veía perfectamente acentuada por su blusa color óxido. Vic, por su parte, llevaba una camisa de golf blanca con el logotipo de Shinnecock Hills, una barba desaliñada de tres días y el ceño ligeramente fruncido en su rostro rugoso. Era un morador. Vic estaba molesto de que el ministro hubiera llegado unos minutos tarde a la conferencia telefónica. Raquel, buscando aliviar su mal humor, pasó la mano por debajo de la mesa y le dio un suave pellizco en la pierna.

"Buenos días, ministro Castillo. Prefiere que traduzca del español para el señor Gonnella o podemos conversar en inglés..." Castillo interrumpió a Raquel.

"Gracias, Sra. Ruiz, creo que hacerlo en inglés facilitará mucho las cosas".

El ligero acento de Castillo revelaba que había pasado un tiempo en Nueva York. Era hijo único de una familia dominicana muy adinerada dedicada a la caña de azúcar y se había graduado en Derecho por la Universidad de Columbia.

Santiago Castillo era un político de carrera en la República Dominicana, que se había abierto camino hasta llegar a ministro de Interior y Policía. A los sesenta y seis años, su sueño de convertirse en presidente de su país empezaba a desvanecerse en el multicolor atardecer dominicano.

Santiago Castillo era un político de carrera en la República Dominicana, que había trabajado arduamente hasta convertirse en ministro de Interior y Policía. A los sesenta y seis años, su sueño de ser presidente de su país comenzaba a desvanecerse en el multicolor atardecer dominicano.

Detrás del rostro querúbico y algo demacrado de Castillo, había una bandera de la República Dominicana a su izquierda y un sello redondo del Ministerio de Interior y Policía con las palabras Dios, Patria, Libertad. Esas palabras de Dios-Patria-Libertad se posicionaban verticalmente por una bandera en forma de cinta. El ministro llevaba un traje azul oscuro, los tres botones abrochados, con una corbata de rayas azules y naranjas. Vic esperaba ver a un hombre con uniforme militar, con una cascada de medallas en el pecho y un sombrero grande y gordo. Castillo llevaba unas gafas circulares con montura metálica que hacían que su cara ancha y redonda y su cabeza calva parecieran muy grandes en la pantalla de vídeo.

"Agradezco sinceramente a ambos por haber respondido a mi llamada urgente de hoy. Les ofrezco mis disculpas por haber llegado unos minutos tarde. Hemos experimentado ciertas dificultades técnicas con nuestros sistemas de teléfono y vídeo. En cualquier caso, permítanme ir rápidamente al grano", comenzó Castillo.

El estado de ánimo de Vic mejoró al escuchar al ministro reconocer que no había llegado a tiempo.

"Miles de jóvenes venezolanas ingresan a la República Dominicana con el propósito de atraer a nuestro significativo sector turístico hacia la prostitución. A diferencia de Estados Unidos, esta antigua profesión es prácticamente legal aquí, no por la normativa, sino porque hemos integrado este comercio en nuestra cultura. Recientemente, hemos sido testigos de varios asesinatos de mujeres en la región de Punta Cana, un lugar clave para nuestro turismo. Nuestra economía no puede soportar este tipo de publicidad negativa. Hoy, en uno de los campos de golf de la zona, se ha encontrado el cuerpo sin vida de la tercera prostituta venezolana en un mes. La opinión pública ha apodado al asesino como El Carnicero de Punta Cana, añadiendo un insulto a la ofensa". Castillo hizo una pausa, esperando escuchar la respuesta del otro lado.

"Ministro Castillo, ¿podría ser más específico acerca de los asesinatos? ¿Hay alguna similitud entre ellos?" preguntó Vic, su humor transformándose de agrio a serio al abordar el problema.

" Sí, la hay, Sr. Gonnella. No quiero entrar en detalles gráficos, eso lo dejaré a mi departamento de policía, pero hay muchas similitudes que sugieren que podríamos estar tratando con un asesino en serie. Francamente, mi Ministerio... mi policía no está preparado para llevar a cabo una investigación y detención adecuadas en casos de este tipo, si es que efectivamente se trata de un asesino en serie."

"¿Han matado a algún hombre en la zona de Punta Cana recientemente?" Vic preguntó.

"No se ha informado de alguno", respondió Castillo.

"¿En qué podemos ayudarle, ministro?". preguntó Raquel.

"Estoy dispuesto a invitarles a ambos a Punta Cana, con todos los gastos pagados, por supuesto. Naturalmente, también compensaremos su tiempo. Esperamos que al menos puedan informarnos y guiarnos hacia la captura del asesino o asesinos. Para ser sincero, este tipo de noticias no son nada buenas para nuestro turismo. Ya hemos notado una ligera disminución en el número de visitantes, y con las noticias de hoy, ¿quién sabe el daño que esto nos causará?".

Raquel y Vic mantuvieron sus expresiones serias.

"Ministra Castillo, lamentamos mucho los problemas que enfrenta Punta Cana y otras áreas de su hermoso país. Para nosotros, viajar para asistirle es una tarea considerable y nos obligaría a dejar de lado a muchos de nuestros clientes y otras investigaciones urgentes...", comenzó Raquel.

"Sra. Ruiz, Sr. Gonnella, les imploro que nos ayuden. Coloquen sus condiciones", interrumpió Castillo.

"Bueno, tendríamos que discutirlo, ministro Castillo, pero pensamos estar allí al menos dos o tres semanas, quizá más", comentó Vic.

Castillo volvió a interrumpir. Sin duda, no estaba intentando jugar al póker ni a ningún otro juego.

"Por quince días de su presencia, le transferiremos hoy mismo quinientos mil dólares a su cuenta. Si colabora en la captura durante ese tiempo, se le enviarán otros quinientos mil. Estamos dispuestos a efectuar un depósito de esta segunda cantidad. Si se requiere más tiempo, podemos discutir los términos. Un avión privado estará a su disposición para recogerlo en el aeropuerto de su elección en la zona de Nueva York. Puede llevar hasta nueve personas, y si necesita más, también podemos hacer los ajustes necesarios. Mi equipo se encargará de informarle sobre todos los detalles del viaje y el alojamiento. Le garantizo que recibirá un trato excepcional.

"Creo que esos números funcionarán, señor. Haré que nuestro abogado contacte con su gente hoy, ministro Castillo. Haremos todo lo posible para ayudarle a atrapar al llamado Carnicero de Punta Cana. Podemos llegar pasado mañana si todos los acuerdos se hacen hoy", dijo Raquel.

"Mi gente les llamará dentro de treinta minutos. Espero verlos pronto en Punta Cana. Gracias, y que Dios os bendiga a los dos".

CAPÍTULO 4

"Me dedico a ser proveedor. Mi función es facilitar diferentes servicios a las personas que viven o llegan a Punta Cana. Si necesita un taxi, una reparación en su casa, compañía femenina, marihuana, una pizza, cigarrillos, o cualquier otra cosa, estoy a su disposición. He estado en este negocio desde los doce años", declaró Lenny. "Mi reputación lo es todo para mí. Si estás contento con mis servicios, se lo dices a los demás. Siempre estaré disponible para ti".

Lenin "Lenny" Díaz estaba sentado en Mi Casa Lounge, en la zona de Bávaro, cerca de Punta Cana. Estaba tomando una copa con tres chicos de Atlanta, Georgia, que habían venido a Punta Cana a tomar el sol y jugar al golf. Al menos, eso les dijeron a sus esposas y novias.

"Mira, Lenny, viniste muy recomendado por amigos nuestros en casa. Bueno, maldita sea, nos pusiste con estas tres chicas, e hicieron lo que tenían que hacer por nosotros. No hay quejas. No regateamos el precio, aunque doscientos dólares por dos horas nos parecen una barbaridad", se quejó uno de los tres paletos.

"Sí, estirado. perdón por el juego de palabras", dijo pueblerino número dos, que estaba más borracho que sus compañeros y era mucho más corpulento. Debía de medir un metro ochenta, con un corte al ras, la cara manchada de rojo y una considerable barriga cervecera.

"¡Esas zorras venezolanas nos robaron! Las llevamos a donde nos alojamos, nos emborracharon y nos pusieron contentos, y mientras Jimmy y yo nos bañábamos desnudos en la piscina con las chicas, este otro idiota se desmayó por la borrachera, y su chica se fue de compras a nuestras habitaciones."

"Fue toda una mierda, Lenny", soltó el tipo de la barriga grande mientras se levantaba de su silla para darle efecto a sus palabras.

"Y Lenny… se llevaron mi Rolex y unos trescientos dólares. A este cabrón que está sentado a tu lado le quitaron unos mil dólares, dos botellas de vodka y el teléfono móvil de este tipo", añadió el tercer cabeza hueca, señalando al grandullón.

"Mis amigos, siento mucho lo que les ha ocurrido. Permítanme volver y ver de qué manera puedo ayudarles. Los conocí aquí la otra noche, y ahora los considero mis amigos. Nadie debería tratar así a mis amigos. Escuchen, los contactaré más tarde después de reunirme con estas personas. No se preocupen. Estoy a su lado, amigos míos."

Lenny y los borrachos de Atlanta terminaron sus bebidas. Lenny "proporcionó" el pago de la ida en taxi de vuelta a la casa de alquiler en Cocotal.

Lenny estaba tan furioso que las venas de su cuello, ahora enrojecido, sobresalían. Sus ojos iban y venían como los de un animal salvaje. Lenny no estaba furioso en absoluto porque las chicas venezolanas que había contratado hubieran robado a sus clientes. Estaba furioso porque no había probado el botín.

La furia de Lenny era tan intensa que las venas de su cuello, enrojecido, sobresalían. Sus ojos se desplazaban inquietos, como los de un animal salvaje. Sin embargo, su enojo no se debía al robo perpetrado por las chicas venezolanas que había contratado para sus clientes, sino por no haber sido incluido en el botín.

Todas las chicas venezolanas vivían juntas cerca de Mi Casa Lounge, a una manzana de la playa de Bávaro. Optaron por alquilar viviendas en mal estado a fin de poder enviar más dinero a sus familias, fruto de su arduo trabajo. Lenny estacionó su vehículo a una distancia razonable del apartamento que compartían las damas y esperó un tiempo para observar sus movimientos. Lenny era consciente de que, aunque la prostitución es legal en la República Dominicana, el proxenetismo y la gestión de un burdel no lo son. Si bien algunos dólares podían hacer que cualquier acusación se desvaneciera ante la policía, a Lenny no le interesaban las complicaciones.

Lenny, con poco más de dos metros de altura y, como dirían las chicas americanas, de una apariencia excepcional, parecía un modelo de Ralph Lauren. Su calva y su rostro afeitado, junto a unos ojos castaño oscuro de gran profundidad y un bigote oscuro y frondoso, lo hacían destacar. Llevaba una camisa blanca que se ajustaba perfectamente sobre unos pantalones de lino blanco. Sus mocasines italianos, de color marrón, sin calcetines, le otorgaban un toque de elegancia y distinción europea.

A través de una ventana sucia y rayada, que estaba adornada con una cortina de visillo desgastada y rasgada, Lenny observó a una joven que dormía en un diván de color oliva, en mal estado. Su nombre era Lilly. Con veinticuatro años, era la mayor de las tres chicas que solía emplear para sus clientes. Cada una de ellas recibía cien dólares americanos por cliente, y Lenny se quedaba con todo lo que superaba esa cantidad. En esta ocasión, Lenny logró obtener la considerable suma de trescientos dólares de las mujeres de Georgia. Esa cantidad equivale al salario mensual promedio en la República Dominicana. Con trescientos dólares, muchos trabajadores debían alimentar a dos o tres hijos con esa escasa cantidad, por lo que Lenny tuvo un buen resultado en esta transacción.

Lenny, cuidando de no ser visto, se dirigió hacia la puerta que daba al deteriorado apartamento. La puerta, aunque cerrada con llave, era poco resistente, por lo que Lenny tomó el pomo y, con la fuerza de su hombro, impactó la puerta repetidamente hasta que la cerradura se rompió.

Lilly no se movía, ya que trabajaba hasta muy tarde y necesitaba dormir más que comer.

Lenny se acercó lentamente al diván y se desabrochó sus pantalones de lino. Se colocó junto a Lilly, con los pantalones y los calzoncillos por los tobillos. Lilly tenía la cara mirando hacia la tapicería rota y desgastada, su cabello rubio le caía sobre el asiento del diván. Llevaba puesto un sujetador negro y unos pantalones cortos sueltos de seda blanca.

Lenny se agarró la polla y se la apretó varias veces como si se estuviera masturbando. De repente, empezó a orinarle la cabeza y los hombros de la chica dormida. Lilly se dio la vuelta, sin entender lo que estaba pasando. Lenny continuaba orinando sobre su cara. La chica intentó aclararse los ojos y la orina entró en la boca. Gritó y tosió el chorro de orina.

Lenny la agarró con fuerza por el cuello, estrangulando a la desafortunada joven hasta que sus ojos rojos se le salieron de las órbitas. Lenny aflojó la presión y acercó su calva cabeza a la cara de la joven. Con la mano libre se subió los pantalones hasta la cintura.

"¡Maldita puta! ¿Robaste a mis clientes? ¿A mis clientes, y no me diste nada de lo que robaste? Ahora aprenderás quién soy".

Lenny empezó a golpear la cara de la desgraciada con la mano derecha hasta romperle la nariz y los dientes delanteros por detrás de su aparato de ortodoncia. "¿Te atreves a desafiarme? Tú y tus amigas zorras me van a pagar hasta el último centavo que robaron a esos hombres. ¿Dónde está el dinero? ¿El reloj? ¿Dónde coño está?", gritó.

Lilly sollozaba e intentaba ver a través de sus ojos ahora cortados, hinchados y empapados de orina.

"En el dormitorio... en el armario", dijo.

Lenny no estaba dispuesto a entrar en el dormitorio y darle la chica la oportunidad de escapar. La agarró por el pelo, la sacó del diván y la tiró al suelo, arrastrándola por el suelo de baldosas.

"¡Muéstrame puta... muéstrame!"

"En los zapatos", murmuró. Allí, dentro de tres zapatos, estaban el Rolex, el teléfono móvil y el dinero que las chicas habían robado a los hombres de Atlanta, dentro de tres zapatos. Las chicas no habían tenido tiempo de vender los artículos.

Lenny aún tenía a Lilly por el pelo. La subió a la cama y la tiró de espaldas. Le dio seis puñetazos más en la cara, llevando el brazo hacia atrás, casi más allá del hombro, con cada horrible golpe. La sangre de Lilly salpicó la cama y la pared.

Se bajó los pantalones y volteó a Lilly, quien estaba inconsciente por la paliza, y le arrancó las pantaletas con rabia.

Lenny no había terminado con ella, ya que estaba completamente erecto por la excitación de golpear a la desdichada joven. La penetró por su ano, y después de unos minutos, eyaculó dentro de ella.

Antes de irse, Lenny se limpió en su panti de encaje y la dejó caer sobre su espalda.

Lenny miró su trabajo. Estaba sudando a mares y la escupió en la espalda como insulto final.

"Puta... vuelve a Caracas, cucaracha".

Lenny salió del apartamento, caminando tranquilamente hacia su vehículo.

CAPÍTULO 5

El Club de Golf Punta Espada presenta una detallada descripción de cada hoyo de su exquisito campo de golf. Cada uno de estos hoyos representa el ideal para cualquier aficionado al golf. No obstante, el hoyo número nueve se ha transformado en un verdadero desafío para el cuarteto procedente de Nueva Jersey.

Hoyo 9 - Par 4 - Con todos los tees ubicados en el borde superior del acantilado y una vista casi completa de 360 grados del campo de golf Punta Espada y el mar Caribe, la emoción debería estar en su punto máximo. Un golpe de salida en descenso requerirá precisión debido a las condiciones del viento; este dogleg a la izquierda jugará más largo de lo que su distancia sugiere. Una serie de tres bunkers de diferentes tamaños comienza cerca de la zona de aterrizaje y se extiende hasta la mitad del green. Levantarse y bajar de cualquiera de estos bunkers será una tarea complicada. La posición "A" desde el tee está resguardada por un gran bunker de desecho que se encuentra a lo largo del lado izquierdo de la calle, comenzando en la zona de aterrizaje y extendiéndose hasta el lado izquierdo del green.

Fernando "Freddy" Reyes, el jefe de greens de Punta Espada, llegó junto a Jim McCabe, pocos minutos después de que Tony llamara a la sede del club para informar del hallazgo del cadáver. Freddy es uno de los hombres mejor pagados de la industria del golf dominicana, y probablemente de todo el Caribe. Exige un estándar de excelencia a su personal, que cobra cuatrocientos dólares al mes, cien dólares más que el salario promedio mensual en la República Dominicana. Freddy siempre está atento que Se asegura de que las fairways o calles se mantengan exuberantes y estén perfectamente cuidadas, que los greens sean rápidos y se les aplique un doble rodillo a diario para mantener una velocidad de bola constante a través de todos los dieciocho hoyos, además, se asegura de que los búnkers de arena se rastrillen a la perfección cada mañana, esperando los golfistas que buscan una experiencia de gran calidad. Con un costo de trescientos setenta y cinco dólares por una partida de golf, nadie sale decepcionado.

Además, Freddy es propietario de una de las principales empresas de paisajismo de Punta Cana, y utiliza su talento para cuidar de los jardines de las villas y casas más bellas de toda la isla.

"Por favor, todos, aléjense de la cueva. Se llamó a la policía y ya están en camino. Lo siento, pero nadie puede abandonar el lugar", anunció McCabe.

"Sólo estábamos jugando el hoyo. No veo por qué tenemos que quedarnos aquí", exclamó uno de los golfistas de Jersey.

"Lo siento mucho, señor, pero la policía dio esa orden. Tendrá que ser paciente. Le devolveremos todo su dinero, por supuesto".

"¡Jesucristo, y yo estaba uno bajo par!", espetó otro golfista.

"Vamos Jeff, dentro de esa cueva está muerta la hija de alguien, ten más respeto, ¿quieres?", proclamó el corpulento golfista.

"Caballeros, por favor, muevan sus carritos a la calle y permanezcan en ellos. Los mantendremos hidratados, así que permanezcan sentados", declaró Freddy. Freddy era un hombre guapo, de 1.80 m de altura, con un bronceado permanente y el pelo oscuro y ondulado. De alguna manera, tenía cierto parecido al famoso jugador de béisbol dominico-americano Alec Rodríguez. A diferencia de la mayoría de los greenskeepers, que visten vaqueros y camisas de trabajo de algodón, Freddy llevaba pantalones de vestir planchados de color canela, una camiseta blanca ajustada y una chaqueta deportiva azul claro. El único indicio de que Freddy trabajaba en jardinería eran sus botas de trabajo color canela, que estaban completamente atadas hasta arriba y parecían recién limpiadas. Llevaba un sombrero panamá blanco con una ligera inclinación que casi le tapaba el ojo derecho.

McCabe y Freddy se asomaron a la cueva, el horrible olor a descomposición humana y el enjambre de moscas los hicieron retroceder. Al igual que los golfistas, McCabe estuvo a punto de vomitar. Los dos caddies estaban sentados a la sombra de los carritos de golf, con sus gorras de béisbol sobre las cejas. Hoy no recibirían ninguna propina, un dinero con el que contaban para alimentarse y alimentar a sus familias.

La tranquilidad de Punta Espada se vio alterada por las estridentes sirenas de la policía. Punta Espada llevaba ese nombre gracias una larga franja de tierra alta y cubierta de árboles que se adentraba en el mar.

En cuestión de minutos, cuatro vehículos de la policía se dirigieron al lugar de los hechos. Freddy sacudió la cabeza con incredulidad ante la visión de los esos vehículos en su precioso césped.

Cuando los agentes de policía descendieron de sus vehículos, se escuchó el sonido de un helicóptero que sobrevolaba la zona en busca de un lugar para aterrizar.

A bordo del helicóptero Scout OH 58A, operado por la policía dominicana, se encontraba el teniente general Esteban Disla Martínez, de la unidad de Identificación e Investigación del Ministerio de Interior y Policía. Martínez había llegado a Punta Cana para dirigir la investigación de los dos recientes asesinatos de prostitutas venezolanas.

El helicóptero aterrizó a cincuenta metros del lugar del crimen para no alterar la zona con el viento generados por las grandes aspas giratorias.

Martínez se dirigió hacia la cueva de coral con un grueso puro la boca, mientras era seguido por tres ayudantes uniformados. Sus hombres le llamaban Fumar por los doce o quince puros que fumaba a diario. Fumar también tenía aspecto de estrella de cine. Alto y bronceado, con su uniforme azul adornado de botones dorados y charreteras amarillas con una bandolera trenzada azul y blanca rematada por una gorra azul grisácea de aspecto militar, con un montón de estrellas amarillas en la visera negra, lo que le daba una imagen llamativa y sin complejos.

Mientras se acercaba rápidamente a la cueva de coral, Fumar empezó a gritar órdenes a sus hombres y a los desafortunados policías que merodeaban por la zona desolada.

"Jesucristo, ¿acaso nadie sabe cómo asegurar una escena de un crimen? ¿Dónde está el perímetro? ¿El perímetro secundario? ¡Mira este maldito lugar! ¡Mira todas las huellas por aquí! No podríamos encontrar pruebas con este desastre. Todos ustedes me enferman".

Los dos caddies habían empezado a acercarse de nuevo a la cueva cuando llegaron los agentes, pero ahora se arrepentían de esa decisión.

Fumar se acercó a la abertura de la cueva, tapándose la boca y la nariz con el pañuelo.

Siguió despotricando. "¿Qué es esto? ¿Qué demonios es esto? ¿Vómito? ¿Vómito fresco? ¿Quién estuvo tan cerca? Juro por Dios que arrestaré personalmente al hombre que vomitó en mi escena del crimen".

"General, fue uno de los golfistas que descubrió el cadáver el que vomitó", respondió Tony, el caddie.

"Claro... el caddie lo sabe todo, mientras que ustedes, los policías, están demasiado ocupados tratando de extorsionar a alguien por unos pocos pesos. Miserables bastardos". se quejó Fumar.

Y continuó. "Quiero que solo mis ayudantes y el forense, cuando lleguen, estén a menos de treinta metros de esa cueva. Quiero que monten una carpa en la calle.

¡Encuentren una carpa ahora! Y una mesa y algunas sillas. Luego entrevistaré personalmente a los golfistas, a los caddies y a todos los que estén aquí. Ahora ustedes, cabrones, vayan a preguntar en todas las putas casas de la zona si han visto u oído algo raro en los últimos días. Por el olor del cuerpo, esto no ocurrió ayer. Somos verdaderamente patéticos. No me sorprende que tengamos que traer a ese puto estadounidense."

CAPÍTULO 6

"¡Mira, mami, mira qué avión tan bonito! ¿Es ese en el que vamos a volar?". exclamó Gabriella.

"Sí, cariño, ese es nuestro avión. Lo suficientemente grande y acogedor para que quepamos todos", respondió Raquel.

El avión Cessna Citation X despegó a las nueve de la mañana del aeropuerto de Teterboro, en Nueva Jersey, dos días después de que Vic y Raquel hablaran con el ministro de Policía de la República Dominicana, Santiago Castillo. Como se había prometido, se transfirieron quinientos mil dólares estadounidenses a la cuenta de Centurion Associates y una cantidad idéntica a la cuenta de garantía bloqueada del abogado de la empresa.

El acuerdo era claro. Si la investigación de Vic y Raquel conducía a la detención del asesino o asesinos responsables de la muerte de las venezolanas, el pago sería millonario.

A bordo del jet viajaban Vic y Raquel, junto a su encantadora hija de siete años, Gabriella; la señorita Theresa Panny, quien era su tutora privada; Olga, la madre de Raquel; Jimmy Martin, un atractivo ex-detective de la policía neoyorquina que había trabajado con Vic en la división de Homicidios del Bronx; y, finalmente, Jack Nagle, un capitán de los marines condecorado, con experiencia en combate y director de operaciones de la empresa. Jack Nagle, que rondaba los treinta años, era de baja estatura, de complexión fuerte, llevaba un corte militar y tenía unos ojos azules muy penetrantes.

El ministro Castillo eligió a dedo al piloto dominicano, al copiloto-navegante y a la azafata, que velarían por la seguridad y la comodidad de los siete pasajeros VIP.

Cuando el avión se acercaba al aeropuerto internacional de Punta Cana, la señorita Panny, que iba sentada junto a Gabriella, empezó sus lecciones de historia y geografía local.

"¡Mira, Gabs! Mira por la ventana y contempla la costa de la República Dominicana. Mira lo bonita y azul que es el agua. Y todo el verdor y los árboles".

Gabriella apartó la mirada de las fichas que habían captado su atención durante las casi tres horas de vuelo. A esta niña de primer grado no se le permitía usar el iPad. Sus grandes ojos verdes se asomaron por la ventanilla. La pequeña sonreía ampliamente, a pesar de que le faltaban algunos dientes frontales, ya se podían ver los primeros dientes permanentes.

"Eso es muy, muy bonito, señorita Panny. Mira, incluso puedes ver algunas olas blancas".

"Sí, es bonita. Esta es la isla donde desembarcó Cristóbal Colón cuando descubrió el nuevo mundo. No fue exactamente aquí, pero desembarcó con tres barcos, al Este de Punta Cana. Eso ocurrió hace quinientos veintisiete años, cuando algunos todavía pensaban que la Tierra era plana. Fue un descubrimiento muy importante para la humanidad".

"He leído sobre Colón. Era italiano. Mi padre siempre se siente orgulloso de los italianos. Fuimos al desfile del Día de Colón y mi padre desfiló con sus amigos policías".

Gabriella miró al otro lado del pasillo y sonrió a su padre. Vic estaba absorto en alguna búsqueda en su portátil, por lo que no oyó la broma de su hija sobre Colón. Gabriella atrajo su atención. Vic le guiñó un ojo y le lanzó un beso a su única hija hembra. Hacía tiempo que no veía a sus hijos, lo que le rompía el corazón, pero su madre siempre se andaba con juegos y utilizaba a los chicos como pelotas de ping-pong para obtener alguna ventaja económica.

"Señoras y señores, en breve aterrizaremos en Punta Cana, el clima es cálido, con 28 grados centígrados y un cielo cristalino. Por favor, coloquen sus asientos en posición vertical y mantengan los cinturones abrochados hasta que el avión se detenga por completo", anunció el piloto.

"¡Ahhh, el sol! Mucho mejor que –2 grados y nieve", declaró Raquel.

"No creo que vayamos a pasar mucho tiempo al sol, cariño", afirmó Vic.

"Resolveremos este caso en unos días, luego podremos pasar unos días disfrutando de este precioso país. Pienso volver a Nueva York bronceada como una castaña".

"Dios te oiga", rio Vic.

El reluciente Cessna de color blanco ostra se desplazó hasta una zona segura de la pista, donde varios vehículos policiales color canela, un Cadillac Escalade negro reluciente y una fila de policías uniformados esperaban a sus invitados VIP.

No hubo que esperar en las colas de inmigración para sellar los pasaportes, ni rayos X de equipajes, ni siquiera un paseo por el pintoresco aeropuerto con tejado de paja.

La caravana condujo al grupo de Vic en un trayecto de ocho minutos hasta una villa privada llamada "La Casa Blanca", ubicada en la exclusiva comunidad de Tortuga Bay. Los encargados del equipaje y la policía retiraron rápidamente las maletas y las transportaron a la villa en los vehículos oficiales.

La caravana atravesó a toda velocidad la verja de seguridad de la urbanización de moda y los guardias privados, uniformados y armados, saludaron a cada vehículo a su paso.

"Me recuerda a cuando fui a ver al presidente a Camp David", dijo Nagle.

"¿Cuándo estuviste allí?" Preguntó Jimmy Martin.

"Cuando Obama era presidente. Una cosa de marines. Hubiera preferido conocer a Mariano Rivera".

"Oye, Mariano es panameño, esto es República Dominicana. Querrás decir Sammy Sosa", bromeó Vic. Los tres hombres se rieron a carcajadas.

El Escalade redujo la marcha y entró por la izquierda en un gran camino circular con baldosas de color naranja oscuro que hacían juego con las tejas de pizarra colonial española del tejado. La fachada de la casa era blanca, con contraventanas de madera teñida de rojo. Cuatro grandes columnas blancas sobresalían de la enorme propiedad de siete dormitorios y nueve baños. Los jardines estaban impecablemente cuidados, con césped verde y prácticamente todas las flores endémicas de la República Dominicana. El Coralillo naranja rojizo, la Isabel Segunda azul majestuosa, la Durante púrpura intenso, el Samán amarillo y la Bougainvillea amarilla brillante rodeaban casi por completo la propiedad. Dos grandes palmeras sombreaban parte del patio delantero, así como un frondoso árbol de mango con su fruta amarilla y madura, esperando a ser recogida y colocada en la mesa del desayuno.

Bajo un toldo blanco, un grupo de policías uniformados, en posición de firmes, esperaban a los invitados.

Un sonriente teniente, el general Esteban Disla Martínez, saludó a Vic y Raquel cuando se bajaron del vehículo.

"Bienvenido a la República Dominicana. Soy el Teniente General Martínez, a su servicio".

Vic dio un fuerte apretón de manos a Martínez antes de presentarle a Raquel, su hija, y a la madre de Raquel. Los tres se saludaron en español con Martínez. La Srta. Panny y los dos hombres se quedaron atrás y alejados del espectáculo.

Una vez dentro, la comitiva fue recibida por Louisa, la cocinera y ama de llaves, y Batista, el criado. Cada uno de sus invitados fue recibido con toallas frías para las manos y una bandeja de ponche de fruta fresca. Louisa, una dominicana morena y corpulenta, parecía muy nerviosa, con los ojos revoloteando por todas partes. Raquel y Olga abrazaron a la mujer y bromearon en español. Luisa se llevó las manos al corazón y sonrió aliviada. Batista, un dominicano de veinte años, guapo y de color negro, llevaba una gorra de béisbol azul oscuro de los Yankees, sin duda para incentivar las propinas.

Un grupo de policías llegó a la villa con su equipaje. Vic estaba absorto admirando el vestíbulo de mármol y el jardín interior circular lleno de árboles y plantas que separaba la entrada del amplio salón. Gabriella y la señorita Panny se dirigieron directamente a la gran piscina exterior, que estaba junto al séptimo hoyo del campo de golf de La Cana.

"¡Yay, qué piscina tan grande!" gritó Gabriella.

"Perfecto, podemos tener nuestras clases de natación aquí mismo", añadió la señorita Panny.

"Dejen las maletas aquí hasta que nuestros huéspedes se pongan cómodos y decidan qué habitaciones van a elegir", gritó Martínez a sus hombres. Raquel captó su tono y quedó sorprendida por su semblante y sus maneras.

Este tipo, con el pecho lleno de medallas y su sonrisa falsa y aliento a puro, va a ser un problema, pensó para sí.

Martínez hizo otro pronunciamiento. "Mañana por la mañana, el ministro Castillo viajará en helicóptero desde Santo Domingo hasta Punta Cana para reunirse con ustedes. Usted puede relajarse de su viaje de hoy, y podemos comenzar a trabajar mañana".

"Preferimos empezar a trabajar después de comer para reunir todos los datos que podamos sobre los asesinatos. Es hora de que empecemos a trazar el perfil del asesino", replicó Raquel.

"Ya veo. Como soy el investigador principal del caso, puedo responder a todas sus preguntas, señora Ruiz", respondió Martínez. Su labio superior se tensó un poco al darse cuenta de que una mujer le estaba diciendo lo que tenía que hacer.

"Por ahora le pediré a Luisa que me enseñe el resto de esta hermosa casa, y luego podremos empezar", bromeó Raquel.

CAPÍTULO 7

"Bien, Lucy, háblame un poco sobre ti. ¿Qué hacías en Venezuela?", preguntó el Dr. Joel Fishman.

Fishman había perdido su licencia para ejercer odontología y ortodoncia general en Boca Ratón (Florida) un año antes de abrir su actual consulta en Punta Cana. Eso fue hace diez años. El dentista había sido acusado de conducta inapropiada con algunas de sus pacientes en Estados Unidos.

"Bueno, ¿por dónde empiezo? Nací en la ciudad de Maracay, mi padre era ingeniero para el gobierno y mi madre profesora. Era buen estudiante y estaba en tercer año de ingeniería cuando decidí que prefería comer a morirme de hambre. El socialismo es algo desagradable, créame".

Lucy, a sus veintidós años, poseía una belleza deslumbrante. Sus labios carnosos y sus cautivadores ojos verdes provocaban suspiros de deseo tanto en hombres como en algunas mujeres. Su figura era simplemente impecable. No requería implantes ni modificaciones, ya que su cuerpo era naturalmente atractivo. Fishman, sentado en su sillón dental, no podía evitar admirar a la joven. Su consultorio, recién inaugurado, contaba con el más moderno equipo odontológico importado de Estados Unidos. No escatimaba en gastos, lo que convertía su consulta en una de las más rentables de la República Dominicana.

"Ya veo. ¿Así que aquí no hay novio ni marido, Lucy? ¿Ni bebés?"

El Dr. Fishman no era un hombre atractivo. De baja estatura y excesivamente delgado, su nuez de Adán se proyectaba unos cinco centímetros. Su cabello, de un color óxido, formaba un tupé que intentaba, sin éxito, ocultar su calvicie. Este estilo parecía como si un pequeño animal hubiera trepado hasta su cabeza y allí hubiera fallecido. Fishman tenía unos ojos brillantes, ocultos tras unas gruesas gafas de montura de cuerno, y padecía de un notable caso de halitosis. El mal aliento, que provenía de su estómago, era en ocasiones tolerable.

"Ninguna. "Sólo hago mi trabajo, pago mis deudas y envío lo que puedo a mi familia", respondió Lucy.

"¿Qué clase de deudas puede tener una joven tan guapa como tú? ¿No tienes ningún padrino que te ayude?", preguntó Fishman.

"No tengo padrino. Ni chulo. Solo soy yo y mis amigas. Nos llevamos bien y ganamos dinero. ¿Las deudas? El alquiler, algo de comida, el celular, el pelo y las uñas..."Con un movimiento de cabeza, Lucy echó hacia atrás su larga melena rojiza. "Después de eso, tengo que pagar quinientos dólares mensuales para seguir con mi visado. "Solo los tres primeros meses fueron gratis", añadió Lucy.

"Hmmm. Nunca se sabe. Quizá pueda ayudarte con la deuda del visado. Primero hagamos este trabajo y luego podemos charlar un poco".

Lucy no estaba segura de lo que Fishman quería decir con ayuda, pero de repente no se sentía del todo cómoda con él.

Fishman bajó lentamente el sillón dental hasta una posición casi reclinada y colocó las luces brillantes sobre el rostro de Lucy.

"Lucy, ahora relájate e inspira profundo. En un minuto, estarás en el reino de los sueños y, cuando despiertes, ya no tendrás muelas del juicio", susurró Joel Fishman.

Fishman había iniciado la administración de un sedante intravenoso y óxido nitroso a través de una mascarilla facial.

"Me siento un poco rara, doctor", expresó Lucy.

"Déjate llevar, preciosa. En treinta minutos, no recordarás nada".

Y no lo recordó.

A diferencia de Estados Unidos, Fishman tenía la obligación de tener un ayudante mientras atendía a una mujer. Lo intentó hacerlo sin asistente cuando atendía en Boca, pero fue antes de que algunas de sus clientas lo delataran.

Lucy no recordaba ni sentía las extracciones de sus dos terceros molares mandibulares. Su ortodontista en Venezuela, inteligentemente, no le colocó los brackets Invisaline en las muelas del juicio.

Tampoco sintió ni recordó que el Dr. Fishman bajara de la silla, le metiera el pene en la boca y se corriera sobre sus magníficos labios y su bonita cara. El desviado dentista se la habría comido y se la habría follado, pero los vaqueros de Lucy eran tan ajustados que le costó mucho pasárselos por sus curvilíneas caderas, así que dejó de intentarlo y se fue a por la fruta más fácil.

Cuando Lucy volvió en sí, estaba aturdida y sola en el sillón del dentista, las luces estaban apagadas y su boca estaba llena de algodón. Dio un grito patético de: "¿Hola?".

"Sí, ya voy. Estoy con otro paciente. Dame unos minutos", respondió Fishman. Sonaba como si estuviera sin aliento.

Lo que a Lucy le pareció una eternidad después, Fishman entró en el quirófano. Parecía un poco sudoroso y apurado. Se notaba que no habría charla, como había dicho.

"Vale, querida... deja que te quite la gasa de la boca. No te pongas más algodón o gasa. Eso puede favorecer la hemorragia. Los puntos se disolverán solos. Toma unos Ibuprofenos para el dolor. En un día más o menos estarás bien. Tus clientes no notarán la diferencia".

CAPÍTULO 8

"El general Martínez, con su autorización, nos gustaría discutir con usted los recientes homicidios de mujeres, no solo en la región de Punta Cana, sino en toda la República Dominicana", propuso Vic. La reunión tuvo lugar en el salón de la Casa Blanca, donde se encontraban Vic, Raquel, Jimmy Martin, Jack Nagle, el general Martínez y dos de sus oficiales uniformados. Todos estaban acomodados en un amplio sofá seccional blanco que abarcaba al menos quince metros de la sala, excepto Martínez, quien ocupaba una gran silla blanca, con sus botas negras descansando sobre un otomano blanco a juego.

Louisa había preparado un delicioso almuerzo dominicano que incluía pollo al horno, frijoles negros, arroz, plátanos fritos y una ensalada mixta. Olga le dejó claro a Louisa que Gabriella no comería palitos de pollo fritos ni sándwiches de queso a la plancha. Su nieta comería lo mismo que los adultos y no tendría la opción de elegir como muchos niños de hoy en día. La señorita Panny y Gabriella se retiraron a sus habitaciones contiguas para sacar las cosas de las maletas, mientras que Olga se fue a su cuarto a echar una siesta.

Martínez pareció sorprendido por la petición de Vic de revisar los asesinatos. Su expresión facial delataba fastidio.

"Señor Gonnella, yo... estoy seguro de que tendremos la investigación y la información necesarias para usted desde nuestra sede en la capital. Sin embargo, puedo darle una visión general de los últimos tres asesinatos aquí en Punta Cana."

"Raquel tomó el camino de Martínez, decidida a organizar sus ideas y evitar involucrarse en juegos políticos.

"General, me sorprende un poco que esta información no haya sido preparada para nuestra llegada. Permítame aclararle algunas cosas. Nuestra empresa ha sido contratada por su ministro para llevar a cabo una tarea complicada. Necesitamos su cooperación para construir un perfil de quienquiera que esté detrás de estos asesinatos de mujeres. Examinaremos todas las pruebas recogidas en cada lugar del crimen. Queremos conocer todos los detalles posibles sobre la vida de las víctimas. La coincidencia es un aspecto clave que buscaremos. ¿Eran las mujeres de la misma altura, color de pelo, tono de piel, etc.? Luego, queremos efectuar un análisis detallado de las fotografías de los lugares donde se encontraron los cuerpos. ¿Fueron asesinadas las mujeres en el lugar donde fueron halladas o fueron trasladadas allí? ¿Cuánto tiempo estuvieron muertas? ¿Fueron dejadas intencionadamente para ser encontradas? ¿Qué similitudes se encontraron en los cuerpos? ¿Cuál fue la causa real de su muerte? Necesitamos revisar los informes de los forenses y las autopsias, y hablar con el forense, no solo revisar los documentos. ¿Se ha entrevistado a las amigas de las mujeres asesinadas, a otras prostitutas venezolanas? ¿Su policía y sus detectives tienen algún sospechoso en mente? Estamos buscando patrones, General Martínez. Tal vez el asesino o los asesinos hayan cometido crímenes similares en otras partes de la República Dominicana. En resumen, General, necesitamos su total cooperación y la de su departamento. De lo contrario, volveremos mañana en su lujoso jet privado".

Vic no mostró ninguna expresión, pero no le sorprendió que Raquel arremetiera contra Martínez. Raquel había expresado sus pensamientos a Vic durante el almuerzo.

"Este tipo nos quiere aquí tanto como tú quieres una cachetada", le había susurrado Raquel a Vic.

"Señora Ruiz, le aseguro que toda la información y los datos le serán presentados mañana cuando llegue mi equipo con el ministro Castillo. No estaba preparado para revisarlo hoy, y por eso le pido disculpas".

"Que lleguemos a un entendimiento, será lo mejor para el caso y para detener a quien sea que esté asesinando a estas chicas", expresó Raquel. No obstante, Rachel suavizó su tono lo suficiente como para enviar una educada ofrenda de paz.

"Sra. Ruiz, Sr. Gonnella... creo que debo aclarar las cosas antes de comenzar nuestra mutua investigación. Debo confesar que he sentido cierto resentimiento por su presencia en este caso. Llevo casi cuarenta años de servicio a mi país, empezando en el ejército después de la universidad y luego ascendiendo en el departamento de policía. No soy, gracias a Dios, un designado político como tantos otros en nuestro gobierno. Trabajé muy duro para conseguir el puesto que ahora ocupo, y sí, me avergüenza que haya que llamar a gente de fuera porque estamos mal preparados para investigar a un asesino en serie. A menudo pierdo la perspectiva de que la República Dominicana sigue siendo un país del tercer mundo en muchos aspectos. Con esta confesión fuera del camino, le ofrezco mi total cooperación".

"General, hace falta ser un gran hombre para decir lo que acaba de decir. Le admiro por el servicio que presta a su país y por su honestidad", le ofreció Vic.

"Gracias, general Martínez. Ahora trabajemos juntos para encontrar a este asesino", sonrió Raquel.

"¿Por dónde empezamos?", preguntó Martínez.

"¡Excelente! Convirtamos este salón en una sala de guerra. Un cuartel general, si me permite la palabra. Necesitaremos más teléfonos aquí. Al menos seis u ocho. Dos o tres grandes pizarras blancas; preferiblemente con ruedas. Me gustaría tener la posibilidad de hacer videoconferencias, ya que hay alguien en Washington y tal vez en Europa que nos pueden ayudar con los perfiles. Necesitamos intérpretes para mis hombres. Dos turnos al menos, y dos cámaras de vídeo para trabajar en el campo.

Además, no estamos seguros de con quién estamos tratando, así que quiero codificadores de señal en todos los dispositivos electrónicos de este lugar. No se tolerarán escuchas telefónicas ni hackeos. Traigan a sus mejores técnicos en informática, por favor. Necesitamos al menos tres computadores de mesa de alta velocidad. Si eso no es posible, instalen portátiles. El conocimiento es poder. Por último, quiero guardias las veinticuatro horas del día alrededor de esta casa, que supongo que eso ya está organizado", divagó Vic.

"Sí, el ministro Castillo dio la orden. El resto de sus solicitudes estarán aquí mañana por la mañana. Créame, señor Gonnella, no es una orden pequeña en la República Dominicana, pero moveré cielo y tierra para que tenga lo que necesita", dijo Martínez.

"Es lo que necesitamos, General. ¿Puedo hacer una sugerencia? Me llamo Vic, esta es Raquel, esos de ahí son Jimmy y Jack. Tratémonos en términos informales. Es más fácil y menos engorroso. ¿General?"

Martínez soltó una carcajada. "Todos me pueden llamar como me llaman mis hombres... Fumar".

"¿Fumar? ¿Fumar?" Raquel.

"Sí, Raquel, soy conocido la cantidad de puros que fumo cada día, y ahora mismo me muero por uno", soltó Fumar.

"Vamos todos a la piscina. Supongo que tendrás suficientes puros para todos, Fumar". preguntó Vic.

Fumar volvió a reír. "Claro que tengo muchos, pero debo advertirte. Solo fumo puros dominicanos. Cualquier cigarro cubano en esta isla es falso... créeme".

CAPÍTULO 9

A las once de la mañana siguiente, un helicóptero que transportaba al ministro Santiago Castillo aterrizó en un descampado de Tortuga Bay. Los vehículos de policía trasladaron a Castillo y a varios miembros uniformados de su personal a la Casa Blanca.

Vic llevaba desde las seis de la mañana paseándose por los pisos de la casa, observando a un grupo de empleados de telefonía e informática que instalaban el hardware solicitado. Fumar hizo exactamente lo que se le pidió e incluyó algunos elementos propios. El general añadió una sofisticada fotocopiadora/fax, junto con dispositivos portátiles de escucha y GPS, por si fueran necesarios.

Tras la presentación formal del ministro, y una vez concluidas las cortesías, todo se dirigieron a la sala de estar, que ahora se había transformado en la sala de guerra solicitada por Vic.

"Muy impresionante, señor Gonnella. Veo que nos ha preparado bien para la tarea que tenemos ante nosotros", pronunció Castillo.

"Todo fue posible en cuestión de horas gracias al general Martínez", respondió Vic.

Castillo sonrió de forma irónica sin mirar a Martínez. La tensión entre Martínez y el ministro Castillo era palpable. Castillo provenía de una familia acomodada y ascendió a su posición en el gobierno gracias a sus conexiones políticas. Martínez, un chico de los barrios bajos de Boca Chica, se rompió el culo para llegar a su puesto.

Todos se sentaron alrededor de una improvisada mesa de conferencias que Martínez también había añadido a la lista de la compra de Vic.

Castillo era más bajo y corpulento en persona que en la videoconferencia. Sus ojos eran como dos penetrantes botones marrones cuando dirigía su mirada a sus invitados.

"Sr. Gonnella, Srta. Ruiz, estoy seguro de que ambos conocen las horribles y desesperadas condiciones que el país de Venezuela ha estado experimentando durante los últimos años. Siempre que una economía se derrumba, lo peor recae sobre el propio pueblo. El pueblo venezolano ha visto cómo su país pasaba de ser la octava potencia económica del mundo a sufrir casi un 85 % de desempleo. Entiéndase que actualmente el salario promedio mensual en Venezuela es de seis dólares. La gente se muere de hambre. No hay energía eléctrica de forma regular. Las condiciones sanitarias son deplorables. Todos los días se pierden vidas en Venezuela debido a una atención médica extremadamente deficiente y a la violencia callejera. Se preguntarán, ¿por qué les cuento esto?

Muchas jóvenes venezolanas están entrando en la República Dominicana, así como en otros países, con el propósito de prostituirse, que, como usted sabe, no es completamente ilegal aquí. Estamos intentando limitar los visados y el tiempo que estas mujeres pueden permanecer aquí, pero a menos que decidamos prohibir su entrada por completo, cosa que nunca hemos hecho antes, nos encontramos con que miles de estas mujeres están viviendo en nuestro país en estos momentos. Nuestro sector turístico, como le mencioné en nuestra primera conversación, es una parte crucial de nuestra economía. Tener a un asesino a lo Jack el Destripador entre nosotros, al que ahora llaman el Carnicero de Punta Cana, es insostenible. Honestamente, muchas prostitutas dominicanas ya están sintiendo una presión económica debido a la competencia venezolana. Estas mujeres dominicanas, nuestras ciudadanas, ahora tienen dificultades para llegar a fin de mes y alimentar a sus propias familias. Como comprenderán, el nivel de pobreza aquí se ha convertido en un problema aún grave para nosotros."

Castillo hizo una pausa para ver la reacción de Vic y Raquel.

"¿Han pensado en prohibirlo?", preguntó Raquel.

"Lo hemos discutido. Sin embargo, desde un punto de vista humanitario, nos damos cuenta de que estas mujeres están enviando dinero a su país para alimentar a sus hijos hambrientos y a sus seres queridos. ¿Cómo podemos, en conciencia, mantenerlas fuera? Creo que en su país se está produciendo un debate similar en estos momentos con la propuesta de un muro limítrofe en la frontera con México, ¿no?".

"Sí, claro. Por favor, continúe", dijo Vic.

"La noticia del asesinato de estas prostitutas ya ha impactado en nuestro turismo y no podemos permitirnos que esto continúe. Como recordarán, hace muchos años, una joven estadounidense desapareció en la isla de Aruba durante un viaje de estudios. Nunca se encontró su cuerpo, y la cobertura mediática del caso afectó negativamente a Aruba como destino vacacional durante bastante tiempo. Tenemos que poner fin a este tipo de publicidad en nuestro país.

"Me avergüenza admitir que no tenemos la capacidad de identificar y detener a un asesino en serie en la República Dominicana. Este tipo de cosas no ha ocurrido en nuestra experiencia. Por eso necesitamos su ayuda. Nuestro presidente les envía su más sincero agradecimiento por su apoyo".

Vic asintió cortésmente al ministro, se aclaró la garganta y se levantó de la silla. Se acercó a una de las grandes pizarras. "Señor ministro, caballeros, todos suponemos que el asesino es un asesino en serie. Tenemos que determinar si efectivamente se trata de un asesino en serie, y el primer paso para averiguarlo es hacer un perfil. Debemos eliminar la posibilidad de un asesino imitador, y eso logrará a través de pruebas forenses. Hasta ahora, creemos que ha habido tres homicidios. Si se trata de un asesino serial, nuestra experiencia nos dice que tres es un número mágico. Después de tres homicidios, la mayoría de los asesinos en serie se toman un respiro, un tiempo libre si se quiere, antes de elegir a su próxima víctima. Esto puede darnos un poco de tiempo. Sin embargo, esto no es una ciencia exacta, por lo que no podemos estar seguros de este patrón de tres homicidios se cumplirá, ya que estoy hablando de estadísticas. No sabemos si encontremos otro cuerpo hoy o mañana".

Raquel respaldó las afirmaciones de su marido. "Debemos analizar todas las pruebas que reunieron en cada homicidio y empezar a formar un perfil del asesino. Este perfil nos ayudará a reducir la población sospechosa y convertir las suposiciones y especulaciones en arrestos."

Vic continuó. "Cuando investigué, descubrí que hubo una prostituta venezolana asesinada y decapitada el pasado mes de diciembre en San Pedro de Macorís, un pueblo que no está cerca de Punta Cana. ¿Alguien puede informarme las circunstancias que rodean a este homicidio? Me interesa conocer todos los detalles de este homicidio en particular y cualquier otro asesinato de prostitutas venezolanas en la República Dominicana en los últimos años. Estamos buscando coincidencias y posibles imitaciones. Puede que no nos lleve a ninguna parte, pero es un buen punto de partida".

Un miembro del personal del ministro se levantó y declaró: "Yo trabajé en ese caso", Se trataba de José Luis Vásquez, capitán de la policía nacional, de piel oscura, con uniforme de camuflaje y boina negra. Dado que Vásquez no dominaba el inglés, fue llamar de inmediato de uno de los intérpretes para asistir en la reunión.

"Capitán Vásquez, por favor, denos un informe detallado", ordenó Fumar.

"Esa víctima era una prostituta venezolana de veintiocho años de la zona de Caracas. Se llamaba Keila Andrea Pernía Álvarez. Estuvo tres días en la República Dominicana. Su cuerpo se encontró en un río de San Pedro de Macorís. Su agresor la arrojó desde un puente. Le cortaron la cabeza, la cual apareció separada del cuerpo. La autopsia reveló que la causa de la muerte fue estrangulamiento. Se encontraron su pasaporte y su permiso de conducir. Su agresor fue detenido en Boca Chica, a unos cuarenta kilómetros de donde apareció su cuerpo. Su asesino fue un turista estadounidense que admitió el asesinato durante el interrogatorio".

"Capitán Vásquez, ¿puede describir a la víctima?" Vic preguntó.

"Traje una fotografía antigua anticipándome a sus preguntas. También tengo los informes oficiales, así como el informe de la autopsia", añadió Vásquez.

"¿Podemos ver la foto y los informes, por favor?" Vic pidió.

Vásquez pasó el expediente de la joven a Vic. Raquel, que estaba sentada junto a Vic, compartió la vista del expediente.

Keila era una mujer hermosa, de piel clara, pelo castaño hasta los hombros, ojos marrones almendrados, cejas marrones prominentes, labios carnosos y una sonrisa agradable. Su sonrisa no dejaba ver los dientes.

"¿La distancia de Boca Chica a San Pedro de Macorís es de unos treinta minutos en vehículo?". preguntó Raquel.

"Sí, señora".

"¿El asesinato se cometió en Boca Chica?"

"No. El autor admitió haber matado a la víctima en su vehículo cerca del río".

"¿Dio algún motivo en el interrogatorio?". preguntó Raquel.

"Sí, lo hizo. Dijo que se enamoró de ella y quería que dejara de ser prostituta".

"Entonces, ¿es su opinión y la del ministerio que esto fue un hecho aislado?" preguntó Vic.

"Lo siento, pero no estoy familiarizado con el término", respondió Vásquez.

"Lo siento, ¿este fue un único homicidio? ¿Asesinó a otras?"

"No se descubrió a ninguna otra mujer asesinada en esa zona. Sólo admitió haber matado a la víctima. Le echó la culpa al amor".

"¿Admitió la decapitación?" Vic siguió.

"Lo hizo, señor."

"¿Hubo alguna mutilación corporal?", preguntó Raquel.

"Ninguna", respondió Vásquez.

"Mi siguiente pregunta es para todos los reunidos. ¿Alguno de los cuerpos encontrados recientemente en Punta Cana fue decapitado?"

"No, no lo estaban. Sin embargo, la cabeza de cada víctima estaba cubierta. Las tres tenían mutilación sexual", compartió Fumar.

"¿Cubiertos? ¿Con qué estaban cubiertos, General?"

"Arpillera, Sra. Ruiz. Sus cabezas estaban cubiertas de arpillera".

CAPÍTULO 10

Louisa sirvió café dominicano fuerte con leche caliente al grupo en la improvisada mesa de conferencias. A la una, en punto, se sirvió un almuerzo compuesto por bocadillos de jamón y guacamole casero, acompañado de patatas fritas, mientras todos continuaban trabajando.

"Me gustaría ver en un mapa la ubicación de los cuerpos. También me interesa conocer la cercanía entre cada uno de esos lugares", expresó Vic.

Fumar sostenía un puro Arturo Fuente Churchill sin encender, deseando encenderlo, pero no se atrevía a fumar en una casa tan hermosa.

"Trajimos un mapa de la zona", respondió Fumar. El general miró a uno de sus hombres, que rápidamente sacó el mapa de la zona de su attaché y lo pegó a una de las pizarras. El mapa tenía tres X prominentes en los lugares, las cuales simbolizaban los lugares donde habían encontrado los cuerpos de las tres mujeres.

Fumar se situó junto a la pizarra y utilizó su puro como puntero.

"Aquí es donde se encontró el último cuerpo. Esto es en el hoyo nueve del Club de Golf Punta Espada. Fue encontrada en una cueva de coral poco profunda en el fairway".

"¿Cuánto tiempo calculas que estuvo allí el cuerpo?", preguntó Raquel.

"Unos golfistas encontraron el cadáver accidentalmente. El olor a descomposición atrajo su atención. La encontraron el lunes por la mañana. El informe del forense, que está en la carpeta que ambos recibieron, indica que el cuerpo fue trasladado a este lugar el viernes anterior. La hora de la muerte aproximada es el viernes pasado por la noche".

"Entonces, ¿cómo sabemos que el cuerpo fue trasladado allí?", preguntó Raquel.

Vic añadió: "Excelente pregunta, Raquel. ¿El cuerpo fue llevado, arrastrado o conducido hasta el lugar?"

"... ¿y nadie se dio cuenta de este tipo de actividad?". Raquel siguió.

Fumar respondió: "No había señales de lucha en la arena de la zona de desechos. El cadáver se encontró con los brazos perfectamente cruzados sobre el pecho. Como verás, el cuerpo estaba mutilado. No se encontró sangre en la cueva ni en sus alrededores. El cuerpo de la chica probablemente fue movido en la oscuridad. No hay iluminación cerca de ese lugar. Las fotografías están en sus carpetas".

"Okay, sabemos que hubo mutilación sexual, hecha un viernes, el cuerpo fue trasladado a la cueva, así que el homicidio se cometió en otro lugar. ¿Cómo trasladó el agresor el cuerpo a través del fairway, o por la zona de desechos hasta la cueva?". Raquel siguió.

"Aquí es donde me da vergüenza lo que les responderé. La escena del crimen estaba totalmente contaminada. Suponemos que el asesino utilizó algún tipo de vehículo. Sin embargo, con todo el pandemónium que siguió al hallazgo del cadáver por parte de los cuatro golfistas y dos caddies y los administradores de Punta Espada, cualquier marca de neumático relevante en la fairway y el coral aplastado fueron alteradas. Honestamente, de haber habido huellas y el cuerpo se hubiera encontrado el lunes, el personal del campo habría rastrillado la zona de desechos al menos una vez, si no tres. Según el jefe de mantenimiento de greens, se tiene por costumbre rastrillar los búnkers de residuos con un vehículo que arrastra una alfombra de malla todas las mañanas".

"Ya veo. ¿Podría darnos los nombres de todos los que estuvieron en el lugar ese día? Ya sabe...los administradores, el personal de mantenimiento, golfistas, policía, caddies", preguntó Raquel.

"Sí, señora Ruiz. Me doy cuenta de que, en su mente, como debe ser, todo el mundo es sospechoso", respondió Fumar.

Raquel sonrió de forma amable.

"Háblanos de la mutilación, por favor. Sé que podemos conseguir el informe médico, pero quiero oírlo desde su perspectiva", pidió Vic.

Fumar saludó a otro agente de su grupo. El teniente Mateo Castillo era un policía nacional de carrera, bajo y robusto, de unos treinta años, que vivía con sus padres en Santo Domingo. Era soltero y estaba casado con su trabajo. Vic y Raquel notaron una semejanza con el ministro Santiago Castillo. Ninguno de los dos preguntó si Santiago y Mateo eran parientes. Resulta que Mateo era sobrino del ministro. Así son las cosas en la República Dominicana, donde el nepotismo es una forma de vida.

Mateo parecía arrogante solo por su apariencia y sus modales. Era el tipo de oficial al que cualquiera de sus hombres querría golpear en la cara. Sin embargo, estaba bien preparado para su encuentro con los americanos.

"Señoras y señores. Nuestra primera víctima, Samantha Franco, cumplió veinticinco años, tres días antes de su muerte. Estuvo en la República Dominicana solo cinco días. Había estado en el ejército venezolano durante tres años y luego había tenido algunos trabajos esporádicos. Hay indicios de que fue prostituta durante un breve periodo en su país. Su padre es policía militar y su madre es agente de policía. El cuerpo de la víctima apareció enterrado bajo unas hojas y ramas en el parque Ecológico Ojos Indígenas, cerca del Punta Cana Resort and Hotel. Esta X marca el lugar exacto donde se encontró a Samantha. Su cuerpo presentaba mutilaciones similares. Le arrancaron los pezones con lo que parece ser un cuchillo de sierra. Su vagina... estaba muy dañada", Mateo parecía avergonzado por la presencia de Raquel al hablar de las partes íntimas de la chica asesinada. Un ligero rubor le subió por el cuello hasta el nacimiento del cabello.

"Teniente Castillo, por favor, cuéntenos más sobre el parque donde la encontraron", solicitó Vic.

"Sí, señor. Es una reserva ecológica con senderos de tierra que serpentean por todo el parque. Tiene un aire de selva subtropical. La reserva es un lugar ideal para familias y recién casados que quieren pasear entre las lagunas y esperan ver una iguana."

"¿Cuándo abre y cierra el parque, o es una zona abierta?". —preguntó Raquel.

"No, señora. El parque requiere el pago de una entrada y está abierto todos los días desde el amanecer hasta el anochecer. A veces, los jóvenes son expulsados del parque por estar allí fuera del horario".

"¿Y por qué están en el parque fuera del horario, teniente? Oh... lo siento... Me retracto de la pregunta. Me acabo de dar cuenta... lo siento", tartamudeó Raquel. Fue el turno de Raquel de ponerse roja.

Vic rio entre dientes y miró a Raquel, guiñándole un ojo.

"Ahora, Teniente, dígame, usted mencionó lagunas. Descríbalas, por favor".

"Sí, señor, dentro de los quinientos acres del santuario, hay doce lagunas cristalinas, cinco de las cuales están abiertas al público por un pago. Los indios taínos, los habitantes precolombinos de nuestro país, llamaban a las lagunas "ojos". De ahí el nombre del parque, Ojos indígenas", explicó Mateo.

El ministro Castillo se aclaró la garganta y habló por primera vez en la reunión. "Parece que el teniente Castillo podría haber sido un excelente guía turístico... o arqueólogo". El ministro no parecía muy satisfecho.

"No, no, perdóneme, ministro Castillo, pero necesitamos tantos detalles como sea posible. Por eso queremos conocer a fondo los lugares donde se encontraron los cuerpos. Ahora, teniente Castillo, por favor, cuénteme sobre estas lagunas. ¿A qué distancia de la laguna fue encontrado el cuerpo?", preguntó Vic.

"Sí, señor. La encontraron en unos matorrales justo al lado de la primera laguna del parque. Tal vez treinta metros dentro del parque".

"¿Y por qué crees que el asesino no se limitó simplemente a arrojar su cuerpo a la laguna?" - preguntó Raquel.

"Señora, la laguna es cristalina y tiene una profundidad de unos treinta o cuarenta metros. La habrían encontrado igual de fácil tanto en el agua como en el sendero. El cuerpo de Samantha no estaba escondido de ninguna manera".

"Ah, así que, como el cuerpo en Punta Espada, el asesino quería que su obra fuera encontrada fácilmente".

"Sí, señor. Así lo creo y así lo sostengo", respondió el teniente Castillo. Sus ojos se movieron rápidamente a su tío, que fruncía el ceño.

Antes de que se hicieran más preguntas, el ministro Castillo se levantó para hablar. "Señores, debo excusarme. Tengo que regresar a la capital para reunirme con nuestro presidente. Está ansioso por conocer los avances de este caso, así como otros asuntos urgentes que debo atender. Sr. Gonnella, Sra. Ruiz, por favor, estoy a su disposición. Mi asistente les dará mis números personales de móvil y casa, por si necesitan localizarme en cualquier momento."

Todos los miembros de los departamentos de policía se pusieron firmes mientras Vic y Raquel estrechaban la mano del ministro, quien desapareció en un abrir y cerrar de ojos políticos.

Raquel se excusó un momento para saludar a Gabriella, Olga y la señora Panny cuando se dirigían a la piscina.

"Sugiero que nos tomemos un descanso para fumar un puro y seguir discutiendo el caso afuera, bajo la cabaña tiki", soltó Fumar.

"Vaya cabaña tiki. Es más grande que mi puta casa", le susurró Jimmy Martin a Nagle.

"A riesgo de provocar un incidente internacional, Fumar... ¿Puedo ofrecerte un Rocky Patel nicaragüense?". bromeó Vic.

"Vic, a estas alturas me fumaría una cuerda", se rio Fumar.

CAPÍTULO 11

Mientras Vic, Raquel, Jimmy Martin y Jack Nagle fumaban puros y charlaban con Fumar y sus hombres bajo la cabaña tiki, la señorita Panny daba a Gabriella su lección de natación. Olga se relajó en una silla de playa observando a su única nieta con ojos de halcón. Olga no era una gran nadadora y no le gustaba el agua.

La señorita Panny, a sus veintisiete años, siempre vestía de forma conservadora cuando daba clases particulares a los hijos de sus adinerados clientes y al enseñar a jóvenes actores que debían cumplir con los requisitos del Screen Actors Guild sobre el estudiar en el plató. A pesar de su atuendo modesto, la señorita Panny tenía un cuerpo de infarto y unas preciosas piernas de bailarina. Con su pelo castaño claro recogido en un moño y un ajustado trajo de baño azul de una sola pieza, atrajo las miradas de los hombres de Fumar. En particular, el Teniente Castillo, se mostraba distraído por la profesora y no prestaba especial atención a la conversación pendiente sobre la víctima de asesinato que no se había aún discutido.

Raquel y los hombres regresaron a la sala de guerra. Castillo intentó establecer contacto visual con la joven profesora, pero fue en vano. La señorita Panny estaba muy concentrada en su tarea.

En cada asiento, Louisa había colocado un pequeño plato de mango, manzanas, uvas y piña, pero nadie se acercó al refrescante postre.

"Escuchemos sobre el primer homicidio", pidió Vic.

"El sargento López nos proporcionará toda la información necesaria", anunció Fumar.

El más joven de los asistentes, Manuel López, contaba con solo veintiocho años y era considerado una promesa dentro de la policía nacional. Había ascendido rápidamente en el escalafón y había superado las pruebas más exigentes del departamento para ser nombrado sargento Una de sus grandes ventajas era que su padre era un destacado abogado de Santo Domingo y un importante partidario político y asesor del presidente de la República Dominicana.

Con su uniforme perfectamente entallado, su sonrisa blanca y radiante y su pelo negro ondulado y sus 1.80 metros de altura, López parecía protagonista de un comercial para el Ministerio de Interior y Policía, El sargento tenía un aire de sofisticación más innato que aprendido.

"El cuerpo de Carla Cisneros fue encontrado en la playa, a poca distancia de esta villa. Estaba tumbada en una silla de playa, frente al agua, con el cuerpo cubierto de toallas blancas. Su cara también estaba cubierta con una toalla, pero debajo de la toalla, su cabeza estaba envuelta con arpillera. El agresor dejó la ligadura de alambre con la que la estranguló hasta la muerte. La autopsia confirmó que la causa de la muerte fue asfixia. Al igual que las otras dos víctimas, tenía los pechos y los genitales mutilados. En las carpetas que les he preparado pueden ver los informes de la autopsia y otra información adicional", ofreció López.

"¿Cuánto tiempo estuvo la víctima en la playa? ¿Había pruebas de que fue asesinada en el lugar donde la encontraron?". preguntó Raquel.

"Su cuerpo fue encontrado el primer sábado del mes por un guardia privado, justo después del amanecer. La temperatura corporal y el rigor mortis indicaban que había sido asesinada la noche anterior, aproximadamente a la una de la madrugada. Cuando llegó el forense, hacia las ocho de la mañana, su cuerpo aún no había alcanzado el rigor mortis. También había marcas de neumáticos alrededor de la silla de playa".

"¿Qué tipo de marcas de neumáticos?", contraatacó Raquel.

"En el expediente encontrará fotografías de las marcas. Básicamente, eran neumáticos similares a los de los carritos de golf, aunque distintos a los que se usan en los campos de golf de esta zona. Aún estamos investigando esas marcas de neumático".

"La ausencia de sangre..." López continuó. Raquel lo interrumpió.

"Sargento, centrémonos las marcas de neumáticos. ¿Se hicieron impresiones de yeso de esas huellas?"

"No, Sra. Ruiz. Siento decirle que se me pasó por alto".

Fumar se movió incómodo en su silla.

"Entonces, las fotografías son lo único que tenemos, ¿se ampliaron estas fotos para examinar la banda de rodadura y el fabricante?". preguntó Raquel.

"Que yo sepa, eso no se ha hecho".

"Ok... Jimmy, ¿puedes encargarte de eso de inmediato?". ordenó Raquel, conteniendo el impulso de sacudir la cabeza con incredulidad.

"Hecho", respondió Jimmy Martin.

Carla Cisneros llegó a la República Dominicana procedente de Caracas un lunes. El viernes ya estaba muerta. La aerolínea Conviasa permitió que su cuerpo regresara a su país utilizando su billete de ida y vuelta de cuatrocientos setenta y tres dólares.

Su asesino le envió un mensaje de texto a su número de móvil la tarde de su muerte.

"Hola, Carla. Un amigo me ha hablado de ti y de lo guapa que eres. Me gustaría conocerte esta noche. ¿Estás disponible?"

"Sí, mi amor. ¿A qué hora?"

"¿A las nueve?"

"Estoy libre de nueve a once".

"Perfecto. ¿Podemos encontrarnos en la tienda Supermercado Nacional cerca del aeropuerto de Punta Cana?"

"Puedo tomar un taxi desde Bávaro. Espero que me reembolses el viaje de ida y vuelta".

"No hay problema. ¿Cuál es tu tarifa por las dos horas?"

"Doscientos dólares americanos, más propina, más taxi", respondió Carla.

"Es más costoso que lo normal, pero tengo bastante

dinero. Quizá podamos negociar algunos extras".

"¿Cómo qué?"

"¿Lamida anal?"

"Eso cuesta más, por supuesto".

"Está bien. Pagaré extra".

"Pido la mitad del dinero por adelantado."

"No hay problema, Carla".

"De acuerdo, mi amor. A las nueve en el Nacional entonces".

"¡Nueve, en punto!"

"De acuerdo. Hablamos luego".

Las nueve en punto en la República Dominicana significa llegar a tiempo. Las nueve en punto pueden significar entre las nueve y las diez y media, pero Carla fue puntual.

Carla salió del taxi cinco minutos antes de las nueve. Un todoterreno nuevo en el estacionamiento del supermercado encendió sus luces unos segundos después. Carla saludó y se dirigió a la puerta del copiloto.

"Eres tan guapa como dijo mi amigo. Incluso más", afirmó el asesino.

"Gracias. Tú también eres guapo".

Carla llevaba unos jeans ajustados. Su trasero se veía perfecto con esos pantalones. Sus zapatos de tacón de diez centímetros y su escaso top rojo sin tirantes dejaban al descubierto un abdomen firme. El escote de Carla era perfecto, la parte superior de sus voluptuosos senos, realzados con silicona, parecía a punto de desbordarse.

"Mi casa no está muy lejos. Creo que te impresionará".

"De acuerdo, mi amor. ¿Qué tan lejos está?"

"Diez minutos. Si quieres, puedes quedarte esta noche".

"Ya veremos. Pero los honorarios son mucho más de lo que habíamos hablado", negoció Carla.

"Tienes razón. Vamos a ver".

Charlaron sobre el buen tiempo y la luna llena mientras conducían los diez minutos que les separaban de una espectacular villa con entrada circular. Una impresionante iluminación sombreaba espectacularmente los jardines, las palmeras y los doce magníficos pilares marrones de la fachada de la finca de ladrillo marrón y beige.

"Mi casa es tu casa. Relájate y disfruta. Podemos usar la piscina más tarde si quieres".

"Acabo de arreglarme el pelo, así que no estoy segura de mojarlo".

"Como quieras, preciosa. Primero tomemos una buena copa. ¿Qué te apetece?"

"Cerveza Presidente, por favor".

"Ok, tomaré lo mismo. ¿Quieres un trago de Brugal SV?"

"¿Por qué no?"

Se sentaron en un sofá de cuero mientras el asesino servía la cerveza en un vaso esmerilado y luego vertía un shot doble de ron dominicano en un vaso de pony, solo. Carla sacó el celular y tomó unas cuantas fotos de la hermosa sala.

Carla se bebió el shot en dos tragos y siguió con un trago de Presidente.

"Toma, come un trozo de coco fresco conmigo. Es muy refrescante".

"Mi favorito", respondió Carla mientras masticaba la suave carne del coco.

"Tus pechos son hermosos. ¿Puedo tocarlos?"

"Por supuesto. Tú los pagaste, mi amor".

El suave apretón y luego un delicado beso en el escote de Carla no hicieron nada para excitar a la chica.

El asesino se levantó del sofá y se dirigió al centro de entretenimiento, y colocó un romántico CD cubano.

Delicadamente, el asesino le quitó los pantalones y el tanga a Carla y los lanzó a un lado, para luego hacerle sexo oral a la guapa venezolana. Carla disfrutó de la acción, colocando una pierna sobre el hombro del asaltante. Los lametones se detuvieron antes de que la chica pudiera excitarse de verdad.

"¿Eres cubano?" preguntó Carla.

"Cien por ciento".

"Mi abuela nació en Cuba".

El asesino clavó una mirada inquisitiva en los grandes ojos marrones de Carla.

"¿Qué pasa, mi amor?" preguntó Carla.

"Nada... solo esperando".

"¿Esperando? ¿A qué?"

De repente, la cabeza de Carla empezó a dar vueltas. Pensando que era por el Brugal, sacudió la cabeza para despejar la sensación. El mareo empeoró.

"Me siento rara. ¿Qué me diste?"

"No te preocupes, Carla. Pronto te darán ganas de dormir".

"Quiero irme... quiero..."

Cuando la joven venezolana intentó levantarse, su cuerpo se desplomó sobre el sofá. El agresor rodeó el sofá por detrás de la desventurada chica y colocó con delicadeza un garrote de alambre alrededor del suave cuello de Carla.

"Ahora vas a pagar, puta de mierda. ¡Puta!"

Carla supo lo que estaba a punto de ocurrir cuando la presión sobre su cuello empezó a asfixiarla.

"Por favor no.... por favor tengo un bebé... por favor."

"Jódete tú y tu bebé. Crees que puedes venir aquí y...."

La joven se ahogó e intentó gritar en vano. Sus ojos empezaron a salirse de sus órbitas mientras ahogaba sus últimas palabras: "Por favor... ¿por qué?".

En pocos minutos, el cuerpo sin vida de la chica estaba sobre el suelo de madera pulida del salón.

"Listo, bonita, ya puedes reunirte con tus amigas en el infierno, zorra".

El agresor arrastró el cuerpo hasta una zona de hierba junto a la piscina. A Carla le quitaron el top y lo tiraron a un lado. El asesino tomó un cuchillo de sierra y casi le arrancó los pechos falsos a la chica. Luego el cuchillo hizo su trabajo en la malograda joven. Muy poca sangre se derramó sobre la hierba antes de que la cara de Carla quedara cubierta por un pequeño saco de arpillera.

El asesino acercó al cadáver un carrito de golf de cuatro puestos y arrastró el cuerpo de la chica hasta el asiento trasero.

"Este bonito reloj es para mí. Un recuerdo de nuestro

tiempo juntos", añadió el asesino antes de adentrarse en la noche.

***

"Sargento, ¿cómo se identificó a la víctima y podría describir su aspecto, por favor?", preguntó Vic.

"El bolso de la Srta. Cisneros fue hallado en perfecto estado bajo la silla de playa. Las únicas huellas dactilares encontradas en el bolso pertenecían a ella. Su identificación también estaba intacta. En el bolso llevaba varios miles de pesos. Lo único que parecía faltarle era el reloj. Una línea de piel más clara en la muñeca indicaba que llevaba reloj. Según sus amigos, no era un reloj muy caro. No recuerdo el modelo, pero esa información está en el informe. Lo siento, ahora lo recuerdo, mi ex-esposa tiene uno. Era un Swatch. Lo siento. Una cosa más, si ella tenía un teléfono celular, que no fue hallado en o cerca de su cuerpo."

"Okay, ¿y cuáles eran sus rasgos físicos, por favor?" Vic preguntó.

"Era una joven muy atractiva. Tenía cabello castaño, largo hasta los hombros. Tenía los ojos marrones y las cejas recién depiladas. Eran gruesas y de un tono marrón similar al de su cabello. Tenía las uñas arregladas y llevaba aparato de ortodoncia. ".

"Gracias, sargento López", dijo Vic.

Fumar se sacó de la boca un puro apagado y lo colocó en la esquina de la mesa de conferencias. Luego tomó la fruta fresca que tenía delante.

"Disfruten todos de este maravilloso manjar", dijo Fumar.

Solo el teniente Castillo no tomó su plato de frutas.

"Señores, creo que mañana por la mañana empezaremos a anotar en la pizarra las similitudes de cada homicidio. Así ayudaremos a determinar el perfil y empezaremos a construir nuestros sospechosos. Ahora mismo, me gustaría dar una vuelta para ver todos los lugares donde se encontraron los cuerpos. Por lo que se ve en el mapa, no parecen estar a más de 5 o 6 millas entre sí. No puedo convertir eso en kilómetros tan rápido -dijo Vic riendo entre dientes-.

"Nueve o diez kilómetros, señor", intervino el teniente Castillo.

"Gracias. Mañana a primera hora revisaremos el modus operandi de un asesino en serie".

"Vic, hay un asunto que quiero discutir antes de levantar la sesión e ir a cenar. He notado varios elementos comunes que ya se han presentado y otros que aún no se han mencionado. Quisiera analizar los informes de las autopsias esta noche. Lo que me llama más la atención es la arpillera que cubría a todas las víctimas. Me gustaría que todos pensaran qué usos comunes tiene la arpillera aquí en la República Dominicana. Sería útil obtener muestras de arpillera para compararlas con las encontradas en las víctimas", declaró Raquel.

"Buena idea", respondió Vic, mirándola con admiración.

"Propongo que nos reunamos mañana a las siete y media de la mañana. Le pediré a Louisa que nos prepare el desayuno", anunció Raquel.

Cuando todos se fueron por la noche, Vic se reunió con Raquel, Jimmy y Jack.

"Cuando López declaró que la víctima no llevaba celular, me refrescó la memoria de un caso que tuvimos en el precinto 41. Era un traficante de drogas que fue asesinado en la calle 138. ¿Recuerdas el caso, Jimmy? Rastreamos las llamadas del celular de la víctima y dimos con el autor".

"Sí, lo recuerdo. Trabajamos juntos en el caso".

"¡Bien! Jack y tú investiguen los teléfonos celulares de las víctimas. A ver qué sale. Traten de no hablar demasiado con Fumar y su personal a menos que sea necesario. No sé hasta dónde llega la corrupción en este agujero de mierda", ordenó Vic.

CAPÍTULO 12

Raquel hizo un leve gesto con la cabeza a Vic para que la siguiera a la cocina. Vic la siguió, observando sus torneadas nalgas y piernas.

"Cariño, espero no haberte avergonzado al final de la reunión", susurró Raquel.

"¿Avergonzarme? ¿Me llamaste gordo?"

"No, tonto. Cuando terminaste la reunión y dije lo de la arpillera. No quería dar la impresión..."

Vic la interrumpió. "¡Me encantó! Tenemos que conseguir que estos hombres empiecen a moverse y pensar. Son inteligentes, pero siento decir que viven en una cultura perezosa y relajada".

"Por eso quería empezar mañana a las siete y media. Empezar a las diez u once es una tontería", murmuró Raquel.

"Cuando nos vayamos, todos van a necesitar unas vacaciones de dos semanas para recuperarnos de la vida dominicana", se rio Vic.

"Escucha, quiero pasar un rato con Gabby y mi madre antes de meterme con los informes, especialmente las autopsias. Tengo la sensación de que han pasado muchas cosas por alto".

"Me reuniré con Jimmy y Jack para revisar algunos de los informes. No te preocupes".

"Una cosa más. Quiero encontrarme con algunas de estas chicas venezolanas".

"No sabía que te inclinabas hacia ese lado", susurró Vic al oído de Raquel, acercándola a él por la cintura.

"Okay, debería haber dicho 'entrevistar' en su lugar. Quiero ver qué información podemos sacar de la calle. Una charla de chicas, ya sabes. Quiero que se sientan cómodas y vengan aquí mañana. Si es necesario, les pagaré por su tiempo".

"Por supuesto, aunque no creo que sea necesario pagarles. Estas chicas probablemente estén cagadas de miedo y agradecerán nuestra ayuda". Vamos a ver qué pasa...Bueno, me voy a visitar los tres sitios".

Vic le dio un beso a su mujer y salió por la puerta rápidamente, seguido de Fumar y el séquito.

***

En los pocos minutos en que Vic estuvo a solas con Raquel, Mateo Castillo aprovechó para romper el hielo con Theresa Panny. No se le ocurrió mejor manera que utilizar a Gabriella como intermediaria. En una mesa frente a un gran número de puertas de cristal que daban a la piscina, Gabriella estaba trabajando en sus páginas para colorear mandalas. La señorita Panny había impreso un mandala que encontró en Google, representando el símbolo de las vacaciones en la isla. Gabriella estaba utilizando sus rotuladores mágicos de punta fina para colorear la hoja de papel. Tanto Gabriella como la señorita Panny acababan de rociarse repelente de insectos en los brazos y las piernas, ya que los mosquitos son bastante molestos en las noches dominicanas. Gabby y su tutora llevaban camisetas de flores sobre sus trajes de baño para protegerse de las picaduras.

"Que bien coloreas dentro de las líneas", comentó Mateo, tratando de sonar lo más sincero posible y dejando de lado su papel de policía dominicano.

"Gracias", pronunció Gabriella. La niña apenas miró a Mateo. Era una niña tímida y desconfiaba de los extraños, algo que había aprendido de sus padres y también parecía estar en su ADN.

"Realmente lo hace muy bien, ¿verdad?" Ofreció la señorita Panny.

"Absolutamente. ¿De dónde sacas todas esas ideas con los colores, jovencita?" le preguntó Mateo a Gabriella.

"Mi cerebro". Gabriella siguió trabajando, sin levantar la vista de su página.

"¿Cuál es tu color favorito?"

"Azul", dijo la niña mientras le mostraba el rotulador a Mateo.

"Eh, el mío también es el azul. Ojalá mi uniforme fuera azul en vez de este gris aburrido".

"Me gustan los uniformes. Son bonitos", dice Gabriella, esta vez con algo más de entusiasmo.

Theresa Panny sonrió a Mateo, dándole el pulgar hacia arriba por su rápido progreso con Gabriella.

"Bueno, fue un placer hablar contigo. Ahora tengo que ir a ver a tu padre. Diviértete", dijo Mateo, sonriendo a Theresa. Theresa le devolvió la sonrisa y le hizo un gesto de despedida con la mano.

Por duro que fuera para el introvertido Mateo, estaba orgulloso de sí mismo por haber hecho saber a la señorita Panny que existía.

CAPÍTULO 13

"Tenemos que hacer algo para protegernos. Primero que nada, todas... todas debemos ser más astutas. Este carnicero de Punta Cana es real, no se engañen, chicas", anunció Silvia.

Doce chicas se juntaron en una reunión improvisada en la playa de Bávaro, justo cerca de donde todas habían alquilado apartamentos. Todas eran compañeras de piso en distintos lugares de Bávaro. Muchas de las chicas se conocían de Venezuela. Silvia, la mayor con treinta y dos años, se convirtió en la portavoz.

Silvia continuó mientras las chicas se aplicaban protector solar y aceites bronceadores.

"Desde lo que le pasó a Lilly con ese animal de Lenny, y luego a Lucy con ese dentista pervertido, sin mencionar a los otros degenerados de mierda que aparecen, todas somos un blanco fácil de la violencia".

"No nos olvidemos a las dos que mataron en Punta Cana", añadió otra chica.

"Y lo que pasó en San Pedro de Macorís. Keila era una buena persona, una amiga mía de mi tierra. Ese hijo de puta le arrancó la cabeza.

"¡Su pobre familia!", exclamó otra.

"Entonces, ¿qué hacemos? La policía no sirve para nada. Conozco a una chica que fue a la policía y tres de esos cabrones la violaron", gritó alguien.

Silvia levantó la mano. "Si conseguimos un chulo, se lleva casi la mitad, quizá más, de lo que ganamos. Luego tenemos que chupársela o hacer lo que ellos quieran. Y además son de los que les gusta robar. Lo mejor que podemos hacer es unirnos. Cuidarnos entre nosotras. Si nos contratan grupos de hombres, al menos estamos todos en el mismo sitio y podemos protegernos mutuamente.

Trabajar sola, incluso caminar sola, es muy peligroso en este país".

"El sistema de amigas", gritó una de las chicas.

"Llámenlo como quieran. Estamos aquí para ganar dinero, enviar todo lo que podamos a casa y regresar sanas y salvas a Venezuela, no en un ataúd. Miren, estamos en un país donde hasta las chicas de aquí nos quieren apuñalar. Les estamos quitando el pan de sus mesas y ellas están luchando por su propia supervivencia, como nosotras. Debemos ser más listas y acabar en algún agujero bajo tierra".

"¿Y qué hacemos con los clientes de confianza?"

¿"Confianza"? ¿A cuántas de ustedes les han pegado su cliente de confianza? A mí me ha pasado unas cuantas veces, y conozco a una chica a la que apuñalaron en el vientre porque su cliente de confianza ya no quería usar condón. Todas conocemos esas historias de terror", explicó Silvia.

"Miren... no voy a coger sin condón con nadie. No puedo arriesgarme a que una enfermedad que me mate lentamente. Prefiero volver a casa y morirme de hambre como todo el mundo en Venezuela", declaró una chica.

"¿Y qué vamos a hacer si tenemos para una revisión dental?", preguntó alguien.

"Busquen otro dentista que no sea Fishman o vayan juntas a la consulta. ¡Insistan en ello!" gritó Silvia.

"Escuché que la policía llamó a unos estadounidenses para que ayuden a encontrar al asesino de Punta Cana. ¿Quizás puedan ayudarnos?"

Silvia perdió la calma. "Los americanos solo se ayudan a sí mismos. No van a hacer una mierda por nosotras. Solo nosotras podemos ayudarnos. Escúchenme... si deciden hacerse las estúpidas, terminarán siendo la siguiente víctima. Si un tipo quiere tirarte del pelo para oírte gritar, ya es bastante malo. Si un tipo quiere llevarte a dar una vuelta, de seguro pronto estarás viendo a nuestro Señor".

"Jesucristo me abandonó hace mucho tiempo. Dejé de creer en esa mierda cuando tenía dieciséis años", dijo una de las chicas.

Nadie habló después.

CAPÍTULO 14

A la mañana siguiente, en la Casa Blanca, todos llegaron a tiempo, tal y como Raquel había pedido. Louisa preparó huevos revueltos con cebolletas y pimientos rojos y verdes, tocino bien crujiente, tostadas de pan blanco y una bandeja de plátanos y mangos. En la mesa había una jarra de zumo de naranja natural y una cafetera grande.

Gabriella, Olga y la señorita Panny no se habían levantado tan temprano para el desayuno.

Fumar llegó oliendo su primer puro del día. Tenía los ojos hinchados como si hubiera bebido demasiado o dormido lo suficiente.

"Señores, si me permiten, voy comentar con algunas cosas que descubrí en sus informes", comenzó Raquel la reunión mientras todos desayunaban. Se colocó junto a una pizarra vacía.

"Primero, ¿alguien ha pensado en la arpillera que se encontró en cada cuerpo?". —preguntó Raquel.

El teniente Castillo levantó la mano como si estuviera en clases. Raquel asintió en su dirección.

"Se me ocurrieron varios usos para la arpillera. Uno es para los paisajistas y quizá para las empresas de árboles. Normalmente, se usa arpillera alrededor del cepellón de los árboles nuevos antes de plantarlos. Además, muchos carniceros de aquí utilizan arpillera para transportar la carne. A veces, la carne llega así a las tiendas. También las pescaderías la usan", comentó Castillo.

"Y productos como las judías o frijoles y el café se transportan en grandes bolsas de arpillera. De hecho, se pueden comprar pequeñas bolsas de arpillera con café en el aeropuerto, en las tiendas libres de impuestos y también en algunas tiendas", agregó el sargento López.

Vic notó una especie de competencia entre Castillo y López. Raquel comenzó a anotar los usos de la arpillera en la pizarra.

"Podemos añadir a esta lista a medida que avanzamos. Creo que es una prueba clave para la investigación. Tengámoslo en cuenta, todos".

Raquel continuó: "Vi algunas cosas en los informes de las autopsias que son similares. Cada uno de los cuerpos tenía restos de una hierba común. Necesitaré hacer más pruebas para saber qué tipo de hierba es. Sé por mis investigaciones que la hierba común aquí se llama grama Bermuda, la cual está por todas partes, en campos de golf, parques, casas, etc., así que es bastante común.

Además, el contenido estomacal de las tres víctimas incluía cerveza, ron oscuro en dos de las víctimas y coco sin digerir en todos los estómagos. También había rastros de un sedante llamado hidrato de cloral en todos los cuerpos. Se trata de un sedante no barbitúrico conocido en Estados Unidos como droga de violación".

Vic preguntó: "¿Y las heridas en el pecho y la vagina? ¿Puedes decir si eran similares? ¿Se puede saber si fueron causadas por una persona diestra o zurda?"

"Buena pregunta. No conozco la respuesta. Tendremos que entrevistar al forense para que nos dé su opinión al respecto. Jack, después de la pausa, por favor notifica al forense que se le necesita aquí pronto. Esta tarde estaría bien. Que uno de los intérpretes se ponga al teléfono con él o ella, por favor", ordenó Raquel.

Jack Nagle hizo una nota para sí mismo.

Fumar se metió en la conversación. "Me sorprende que estas cosas no me las hayan mencionado antes. Lamento que hayamos pasado por alto estos evidentes elementos comunes". Fumar miró fijamente a sus ayudantes, haciendo que todos se sintieran incómodos.

"Para nada, General. Tenemos una expresión en inglés: 'Una persona está demasiado cerca del bosque para ver los árboles'. Estoy seguro de que hay una parecida en español. Básicamente, su país no ha tenido experiencia con un asesino en serie. Nuestro amigo del cuartel general del FBI en Quantico, Virginia, nos dijo a los dos cuando trabajábamos en un importante caso de asesinos en serie que, en Estados Unidos, en cualquier momento, hay al menos seis asesinos en serie activos-afirmó Vic-.

El teniente Castillo volvió a levantar la mano.

"Teniente, por favor, solo hablé cuando necesite agregar algo", señaló Raquel.

"Gracias, señora. Escuché al sargento López mencionar que a la víctima le faltaba el reloj. No recuerdo que a las otras dos víctimas les faltara algo, a menos que hayamos pasado algo por alto nuevamente."

"Buena observación. Por lo general, un asesino en serie se lleva algún objeto, un mechón de pelo, joyas, una parte del cuerpo, de la víctima como recuerdo, o souvenir, si se quiere. Tenemos que investigar un poco más para ver si falta algo en los otros dos homicidios. Quizás los amigos o familiares de las chicas puedan ayudar con esta información. En este caso, lo más probable es que fueran joyas, a menos que la chica no llevara reloj el día que la asesinaron".

"Eso sería una suposición, señora Ruiz. Me enseñaron a no hacer demasiadas suposiciones", respondió el sargento López. Fumar se aclaró la garganta y miró a López con desdén, pensando que su comentario era grosero.

"Buena idea, sargento. Déjeme explicarme mejor. Al analizar el perfil de un asesino en serie, hay que dejar de lado algunas normas. No se trata de ignorarlas, pero las suposiciones son útiles. Un asesino en serie es muy distinto a un asesino común. Generalmente, planea a su víctima y la estudia. Eso no significa que no pueda actuar de manera espontánea. A menudo, hay una razón psicológica profunda detrás de sus acciones. Las víctimas suelen, aunque no siempre, tener similitudes. Por eso hemos solicitado fotos y descripciones de las mujeres asesinadas. En este caso, las chicas comparten muchas características."

El teniente Castillo intervino: "Todos eran bajitos, de pelo y ojos castaños, y llevaban aparato en los dientes".

"Bravo", casi grita Raquel. Anotó en la pizarra los puntos que Castillo había anotado. El joven Castillo hinchó el pecho con una profunda inspiración.

"Todas tenían también pechos mejorados con silicona", añadió López.

"Otro bravo", afirmó Raquel, y lo escribió en la pizarra.

Vic sabía lo que Raquel estaba haciendo. Estaba haciendo que pensaran y trabajaran como equipo.

Fumar también lo noto. Por primera vez, sintió confianza en sus hombres.

El grupo trabajó junto, sin parar hasta las once de la mañana. Fumar se había fumado solo dos cigarros en ese tiempo. Estuvo a punto de correr a la cabaña tiki para encender otro. Vic señaló a Fumar el cerrojo de la puerta que daba al exterior y Jimmy, Jack y él se rieron a carcajadas.

Theresa Panny y Gabriella desayunaron arriba, donde impartía clases. Olga estaba en la cocina charlando con Louisa e intercambiando sus recetas especiales e historias de cuando eran jóvenes.

"Vamos, Gabriella, es hora de la clase de natación y luego merendar. Hoy lo has hecho muy bien. Estoy muy orgullosa de ti".

"Soñé que nadaba bajo el agua por primera vez, Srta. Panny".

"Todavía no estás preparada para eso, pero con el tiempo, cuando seas una nadadora más fuerte, ¿te parece?".

Theresa y Gabriella se dirigieron a la piscina. El teniente Castillo estaba esperando esta oportunidad. Volvió a la sala de guerra, abrió su attaché y sacó algo.

Justo antes de que la maestra y su estudiante entraran en la piscina, Castillo se acercó a ellas.

"Buenos días. Hace un día precioso para nadar", dijo Castillo.

"Buenos días. Sí, lo es", respondió Theresa, mientras Gabriella estaba concentrada en meterse en la piscina y no le prestó atención.

"Señorita Gabriella, le traje un regalo."

Al oír la palabra "regalo", la atención de la niña de siete

años se centró en él.

Castillo le entregó algo envuelto en papel de seda blanco.

"Gracias", murmuró Gabriella y despegó el papel con cuidado para que no cayera al suelo ni al agua.

Era una muñeca de paja con un típico vestido floral dominicano de colores vibrantes. La muñeca tenía un tono bronceado, casi moreno.

"¡Es preciosa!" declaró Gabriella. La señorita Panny estaba radiante.

"Esa muñeca ha estado en mi familia desde hace muchos, muchos años. La hizo mi abuela. Me la dio para que se la regalara a una hija. Yo no tengo hija y pensé que te gustaría".

"¡Me encanta!", exclamó Gabriella. La niña, que normalmente no se acercaba a los extraños, se acercó a Castillo para darle un abrazo. La muñeca era mágica.

"Teniente, hay alguien en la puerta que quiere hablar con usted", interrumpió uno de los intérpretes.

Castillo se disculpó con Gabriella y la señorita Panny, y le lanzó guiño cortés a la maestra.

Menos de un minuto después, Castillo interrumpió la charla que tenía Fumar por teléfono mientras fumaba un cigarrillo.

"Sí, ¿qué pasa, teniente?"

"Señor... ha habido otro homicidio.

"El Carnicero de Punta Cana acaba de hacerse más famoso", murmuró Fumar.

CAPÍTULO 15

Fumar y su equipo se subieron a las patrullas y se lanzaron hacia la playa del Punta Cana Resort, donde se había encontrado un cadáver. Raquel, Vic, Jimmy y Jack optaron por un carrito de golf para cuatro pasajeros que pertenecía a la Casa Blanca. Vic y su grupo atravesaron rápidamente algunos bosques y luego siguieron un camino que corría paralelo a la playa hasta llegar al lugar. En diez minutos, llegaron justo cuando Fumar y sus hombres aparecieron.

Dentro de una embarcación de doce pasajeros encallada en la arena, había una mujer joven, cubierta de toallas de playa y con una pequeña bolsa de arpillera en la cabeza.

Fumar comenzó a gritar órdenes a los policías presentes en el lugar y a sus hombres. "Que nadie se acerque al barco hasta que llegue el forense. Necesito que se preserven todas las pruebas. pon cinta amarilla alrededor de esas huellas. Quiero fotos y moldes de cada una. ¡Hazlo antes de que el viento las cubra de arena! Averigua quién encontró el cuerpo y tráemelo enseguida".

"¿Otra vez nuestro hombre?", preguntó Vic a Fumar.

"Eché un vistazo rápido al bote. Es una mujer, pero quiero que el forense confirme si fue desmembrada como las anteriores. La arpillera es visible, así que diría que estamos tratando con el mismo atacante".

"Hoy no es sábado, así que el patrón de asesinatos de viernes por la noche se rompió", añadió Raquel.

"Queríamos que este asesinato sea lo más discreto posible. Será otro clavo en el ataúd del turismo en Punta Cana", dijo Fumar.

Dos policías uniformados llevaron a Fumar a dos jóvenes fornidos y de piel oscura, quienes habían encontrado el cadáver.

"Dime, ¿cuándo se dieron cuenta de esto?", preguntó

Fumar.

Uno de los hombres, visiblemente agitado, respondió de forma nerviosa al general.

"Estábamos a punto de llevar el barco al agua. Eran alrededor de las ocho de la mañana. Íbamos a llevar a un grupo del hotel al catamarán para dar una vuelta por la zona. El cuerpo estaba dentro el barco".

"¿Entraste en el barco y tocaste el cadáver?"

"No, señor. Eso es mala suerte. Solamente corrimos hasta el guardia de seguridad y este llamó al hotel. Luego vino la policía".

"¿Alguno de ustedes vio a alguien salir de la zona?"

"No, señor", respondieron ambos a la vez.

"Okay, gracias. Espera aquí un momento. López, consigue sus nombres e información. Por ahora permanecerán en custodia", ordenó Fumar.

Fumar llevó a Vic y Raquel hacia un lado, cerca del borde del agua.

"Haré todo lo posible para hacer esto según las normas. Desde que llegaron, hemos aprendido a ser más rigurosos con la escena del crimen. Esperaré aquí a que el forense haga su trabajo. Necesitamos detener estos asesinatos pronto, porque hay algo que sé con seguridad... mi trabajo depende de encontrar a este asesino. El ministro me sustituirá por uno de los suyos si no encontramos pronto a este engendro".

"Creo que tenemos suficiente información para armar el perfil. Es más que suficiente para poder encontrar a este asesino. Te lo prometo, Fumar", soltó Vic.

Vic y Raquel dejaron a Jimmy y Jack en la escena para que fueran sus ojos y oídos y regresaron en el carrito de golf a la villa. Era ya el final de la tarde y el sol dominicano seguía abrasándolo todo en el suelo. El invierno neoyorquino era largo, frío y húmedo, y a Raquel le encantaba sentir el calor en la cara.

Cuando regresaron a la Casa Blanca, Louisa había preparado una maravillosa ensalada de frutas y una refrescante bebida de zumo de piña, mango y guayaba.

Batista se había subido a un cocotero del jardín delantero y había cortado un poco de fruta con un machete. Raquel pensó en el coco que había en el estómago de las víctimas y se preguntó qué significaría.

Gabriella estaba leyendo con Theresa a la sombra de una palmera cerca de la piscina. Olga ayudaba a su nueva amiga Luisa a doblar la ropa. Rachel pensó que su mamá nunca se acostumbraría a la ayuda doméstica y se rio para sus adentros.

De repente, a Raquel le entraron ganas de agarrar a Vic y llevárselo a su dormitorio para disfrutar de una tarde de placer. Luego recordó lo inapropiado que sería, con el cuarto asesinato en serie en los alrededores en apenas un mes.

"Cariño, ¿qué tal un chapuzón rápido en la piscina antes de que vuelvan todos? Necesito hacer algo de ejercicio y relajarme", dijo Vic.

"¡Una carrera hasta la habitación!"

En unos minutos, la pareja ya estaba en el agua de la piscina, que estaba casi demasiado caliente. Vic llevaba como traje de baño un bóxer de viejo y Raquel con su bikini color carne, que hacía que pareciera que estaba desnuda. El hecho de tener a Gabriella no afectaba a su hermoso y esbelto cuerpo.

La pareja dio unas cuantas vueltas junta y se detuvo para tomar un respiro, con el agua de la piscina a la altura del pecho. Louisa se acercó una bandeja con su bebida de zumo y sus gafas de sol para protegerse del resplandor que salía del agua, que casi los cegaba.

"Me siento culpable por estar aquí ahora mismo", murmuró Raquel.

"Yo también. Realmente tenía ganas de llevarte al dormitorio, pero eso me habría hecho sentir muy culpable", respondió Vic.

"¡Yo pensaba lo mismo! Bueno, después de las diez de esta noche, nada de culpas", bromeó Raquel.

La pareja chocó sus copas para sellar la promesa.

"Tengo muchas ganas de encontrar a ese cabrón. Me ha

empezado a caer bien Fumar y me da mucha pena", afirmó Raquel.

"Quiero a este asesino, así tendremos otro gran día de pago y salvaremos algunas vidas. No te preocupes por Fumar. Los tipos como él siempre se recuperan. De todos modos, dudo que sea reemplazado. Está jugando un poco con nosotros. Típico de los dominicanos".

"Disculpen, disculpen, señora y señor", dijo un trabajador mayor en español. El hombre estaba en el jardín arrancando malas hierbas y rastrillando cuando la pareja llegó a la piscina. Ahora estaba más cerca de la piscina y se había alejado unos diez metros de la calle del campo de golf que lindaba con la propiedad. Dos policías uniformados habían estado patrullando la propiedad. Ambos estaban de pie bajo un gran sauce cerca del campo de golf, bebiendo botellas de agua.

"¿Podemos ayudarle, señor?", preguntó Raquel en español.

El trabajador, vestido con unos pantalones de jardinería color crema, una camisa de trabajo de manga larga hecha jirones y un sombrero de paja que parecía sacado del plató de Los tesoros de Sierra Madre, se tapaba los ojos contra el sol.

"Me preguntaba si sabían que tienen larvas y una marmota en su patio trasero", declaró el anciano.

"Gracias, señor. Se lo diré al dueño de la casa", respondió Raquel.

"¿Qué? ¿Qué está diciendo?" preguntó Vic.

"Hay bichos y algún tipo de animal bajo el suelo ahí detrás".

El hombre lo interrumpió de nuevo y comenzó a caminar más cerca de la piscina. "Disculpe, otra vez, señora, pero ¿sabe que hay que podar las rosas del lado izquierdo de la casa? Nunca vi tanto trabajo descuidado en mi vida".

"De acuerdo, señor. Por favor, vaya y recórtelos. Seguro que puede hacerlo mejor que la última persona. Que tenga un buen día", le ofreció Raquel.

"De acuerdo, señora. Me pondré a ello después de llamar a mi mujer. Ella se quedó en Lugano, Suiza, mientras yo vine aquí a trabajar para usted", murmuró el viejo. Empezó a caminar hacia la parte trasera de la propiedad, hacia el campo de golf.

"¿Qué demonios está diciendo ahora?" preguntó Vic, quien se quitó las gafas de sol para ver mejor al tipo mientras caminaba lentamente bajo la sombra de los árboles.

Raquel tardó unos diez segundos en darse cuenta de lo que había dicho el viejo.

"Vic... ¡qué coño! ¡Acaba de decir Lugano, Suiza! ¡Ese viejo es John Deegan!"

CAPÍTULO 16

"¿Estás orgulloso de ti mismo, Deegan? Pasaste por encima de dos policías dominicanos que estaban fumando cigarrillos con ese atuendo que llevas puesto", preguntó Vic. Raquel y él se sentaron frente a Deegan en las sillas de playa bajo la fresca sombra del porche. Raquel se cubrió con una toalla grande, mientras que Vic prefirió secarse al aire.

"Los engañé a los dos, ¿verdad?" Deegan se rio.

"¿Qué demonios te trae aquí? No es que te hayamos invitado", soltó Raquel.

"Le decía a Gjuliana el otro día que estoy aburridísimo. Hay un límite para lo que un tipo como yo puede soportar en su retiro. Mi cáncer ha desaparecido, gracias a esos estupendos médicos alemanes, la Interpol ha dejado de buscarme, y a ustedes les va de maravilla, además, su hija es una niña muy rica gracias al tío John de aquí."

"No tiene sentido discutir contigo. Sabemos que es mejor no intentarlo. No olvides que los dos te perseguimos desde el Bronx, por toda Europa y luego hasta el Vaticano, así que sabemos la clase de cerebro terco, calculador y astuto que tienes", ofreció Raquel.

"Y gracias a ello los hice ricos y famosos a los dos", se rio Deegan.

"Sí, Deegan... sí", afirmó Vic.

"Y ahora estoy aquí para ayudarlos a ser más rico y más famoso.

"Está bien, John... lo tenemos controlado", dijo Raquel.

"Bueno... con el debido respeto... creo que tienes que dejar lo que estás haciendo y encontrar al asesino".

"¿Qué quieres decir con dejar lo que estamos haciendo?", preguntó Vic.

"Tómalo de un tipo que iba por ahí matando a los malos. Supongo que eso me hacía una especie de asesino en serie.

Tenía mis razones, y tú me perseguías. Me encontraste porque quería que lo hicieras".

"Eso es mentira, Deegan, y lo sabes. ¿De veras crees que nos dejaste encontrarte?" Vic retumbó.

"Piensa lo que quieras, pero que estuvieras en la ciudad correcta en el momento adecuado no significa que estuvieras a punto de atraparme. Aquí es lo mismo. El asesino los dejará atraparlo, pero, mis antiguos perseguidores, tienen primero que empezar a buscarlo. Todo el tiempo invertido haciendo perfiles está muy bien, pero ahora están sufriendo una parálisis por análisis. ¿A quién le importa qué tipo de asesino en serie es? Visionario, comodidad, emoción, lujuria. ¿Me rastreaste basándote en esas categorías? ¡Maldita sea, no! Vuelvan lo que mejor sabes hacer… ¡trabajo detectivesco!"

"¿Cómo sabes tanto de lo que estamos haciendo?". — preguntó Raquel.

Deegan adoptó un acento español entrecortado… "mira, mami … un hombre ciego puede verlo. Tienes todas esas cosas en la casa… todas esas cosas elegantes". Volvió a Deegan: "Salgan ahí fuera y toquen puertas, hagan contacto con la gente. Ahí es donde están las respuestas. Mientras tanto, tengo más que decir. En realidad, tres cosas". Deegan se levantó de la silla y se quitó su andrajosa ropa de trabajo.

"Asegúrate de ponerte mucho SPF 80 en Gabriella; ese sol es traicionero. Y ten a mano mi número de móvil. Tengo la sensación de que me va a necesitar pronto".

Deegan volvió hacia el campo de golf en dirección a los dos policías que charlaban.

"Espera un segundo, Deegan. Dijiste tres cosas. Solo oímos dos", afirmó Vic. Deegan no perdió un paso. Se limitó a hablar por encima del hombro.

"Muy bien, Gonnella. Estaba viendo si estabas prestando atención o si tenías cerebro de oficina. Bien, el número tres es obvio. Esa joven y bonita tutora que tienes para Gabriella. Dos de los policías nacionales tienen ojos para ella. Vigílala. Podría ser una distracción".

***

Mientras Fumar y su equipo realizaban su minuciosa investigación sobre la cuarta mujer venezolana asesinada, Raquel llamó a Jimmy Martin al lugar para pedirle ayuda.

"Jimmy, necesito que vayas a Bavaro esta tarde. Trae un intérprete contigo. Necesito entrevistar a algunas prostitutas de Venezuela. Necesito escuchar qué tienen que decir".

"¿Cuántas y a qué hora?"

"Seis u ocho chicas. ¿Qué tal a las siete y media, ocho en punto? Así las vemos después de comer. Consigue una furgoneta o un taxi para recogerlas. Le pediré a Louisa que les prepare sándwiches y bocadillos. Zumo, refrescos, nada de alcohol. Diles quiénes somos. Diles que intentamos ayudarles y que podemos pagarles cien dólares americanos a cada uno por su tiempo, ¿vale?".

"Voy a hacerlo. Te llamaré cuando esté todo arreglado", dijo Jimmy antes de despedirse.

CAPÍTULO 17

"Tiene razón, Vic. Deegan siempre tiene razón, por eso es un genio y por eso estamos obligados a escucharlo", pronunció Raquel.

"Genio, una mierda. Solo es bueno prediciendo cosas".

"Bueno, sigue negándolo. Esta noche me reuniré con las chicas venezolanas como planeé. Quiero saber que se dice en la calle. Nuestra investigación comienza esta noche con algunos posibles sospechosos. Deegan dijo que presionemos un poco. Tiene razón".

"Déjame preguntarte algo. ¿Cómo supo lo de Theresa? ¿De cuál policía estaba hablando? ¿Cómo es posible que esté aquí vigilándonos todo el día?" Vic estaba perplejo.

"Probablemente, esté disfrazado de árbol o arbusto, o quizá viva en la casa de al lado. Pero puedo decirte una cosa. Hasta un ciego puede ver que López y Castillo tienen ojos para Theresa. Castillo es un caballero y López es el asesino de damas, perdón por el juego de palabras. A ver si la bella doncella le da la mano a uno -rio Raquel-.

CAPÍTULO 18

Se organizó para que las venezolanas vinieran a Casa Blanca a las ocho de la noche. Jimmy logró concertar con ocho chicas, aunque podría haber sido cuarenta. No porque fuera una noche floja para las prostitutas, sino porque todas estaban dispuestas a contar su historia y ganarse cien dólares rápidamente sin tener que "trabajar".

Jimmy contrató a un chófer en Bávaro para que recogiera a las chicas y las llevara a la bien vigilada Casa Blanca de Tortuga Bay. Al conductor recibiría cien dólares americanos por recoger y devolver a las chicas, una cantidad que solo podía ganarse si trabajaba duramente durante dos días.

A las ocho y cuarto sonó el timbre y las chicas fueron recibidas por los dos policías que vigilaban la entrada del chalet.

Raquel, Vic, Jack y Jimmy esperaban bajo la veranda, en una larga mesa rodeada de sillas de plásticas frente a la piscina. Una bandeja con bocadillos de jamón y refrescos esperaba a las chicas.

El saludo habitual era un "Hola".

"Señoras, soy Raquel. Hablo español e interpretaré sus palabras a los hombres que están aquí con nosotras. Estos son Vic, Jack y Jimmy. Creo que ya conocen a Jimmy".

Todas las chicas dijeron sus nombres. Silvia, la líder de las chicas que se conocieron en la playa de Bávaro, Iris, Valentina, Patrizia, Lilly, Lucy, Marianne y Migleidy. Ninguna de las chicas sonrió. Estaban allí por un asunto serio. Todas tomaron un plato y un bocadillo. Era un espectáculo de jeans ajustados, tacones altos, pulseras de plata y oro y escotes pronunciados.

"Todos ustedes saben por qué están aquí esta noche. En el último mes, cuatro chicas de su país han sido asesinadas aquí en Punta Cana. Somos investigadores privados de Nueva York y estamos aquí para ayudar a la policía a encontrar quién está detrás de esto. Creemos que es un hombre. Nos gustaría escuchar lo que tienen que decir sobre la situación", anunció Raquel.

Silvia fue la primera en hablar. "Todas tenemos mucho miedo. La mayoría de las que estamos aquí conocíamos al menos a una de las chicas asesinadas. Lilly y yo conocíamos a Kleida, que fue asesinada el año pasado en San Pedro de Macorís.

"Kleida fue asesinada por un estadounidense que ya fue detenido. Está en la cárcel", interrumpió Raquel.

"Sí, lo sabemos. Sea quien sea este tipo en Punta Cana, debe ser detenido. La mayoría de las chicas saben que deben trabajar juntas, pero algunas siguen trabajando solas, algo muy estúpido y muy peligroso", afirma Silvia.

"¿Pueden compartir algunas experiencias que hayan tenido y ayudarnos a identificar a los hombres que son especialmente violentos? preguntó Vic, mientras Raquel traducía al español.

"Yo lo haré. Mira mi cara. Mira mis dientes. Creo que nunca recuperaré mi belleza. Me arruinó", lloraba Lilly mientras hablaba. Raquel le dio unos pañuelos y le acarició la cabeza. Después de unos minutos, se calmó y continuó con su historia.

"Este dominicano me pegó y me violó. Me arrastró por el pelo y me hizo esto en la cara".

"¿Era un cliente?" preguntó Raquel. Utilizó "cliente" a falta de una palabra mejor.

"No, no lo era. Voy a ser honesta. Nos tendió una trampa con unos clientes suyos y les robamos. Vino a mi apartamento... yo estaba sola. Este loco recuperó el dinero de sus clientes y las joyas que habíamos robado. Pensé que iba a matarme, de verdad", expresó Lilly.

"¿Sabes su nombre, Lilly?" Vic preguntó.

"Se llama Lenny". Jack y Jimmy anotaron todo en sus libretas.

"¿Lo denunciaste a la policía local?" Preguntó Vic.

Silvia añade: "La policía es corrupta. Una de mis amigas denunció una agresión y fue violada por tres policías. Lo único que esperan de nosotras es dinero y sexo gratis. Después de eso, no volvimos a denunciar una mierda. Por lo que sabemos, este Lenny paga a la policía. La policía... son todos pura mierda".

Los cuatro estadounidenses se miraron entre sí.

"¿Eso es algo común? Quiero decir es, ¿los hombres como Lenny a menudo engañan a sus clientes?" Vic preguntó.

Valentina tomó la palabra. visiblemente nerviosa, le temblaba la voz. "Sí, es bastante frecuente. Hombres como Lenny, algunos caddies de golf, taxistas, y hasta los que cuidan las casas. Nos llevan a los lugares donde se hospedan los hombres. Todos, excepto en el gran hotel, el resort. Ahí no dejan entrar a las chicas.

"¿Qué es lo que les quitan?" preguntó Raquel a Valentina.

"Normalmente, cobramos cien dólares estadounidenses por dos o tres horas. Los clientes pagan a los hombres que nos traen. Normalmente, no tenemos ni idea de lo que le cobran los clientes. Puede ser ciento cincuenta, o doscientos. A veces nos dan propinas por el trabajo extra".

"Explícame lo del trabajo extra, por favor", pidió Raquel. Valentina se avergonzó y bajó los ojos.

Silvia respondió la pregunta. "Por el culo. Una mamada sin condón. Algunos hombres quieren que les peguen con un palo o un cinturón. Por todo eso, cobramos extra ".

"Cuéntenos más sobre situaciones que hayan vivido", preguntó Raquel.

"Una chica fue quemada con un puro... en toda la espalda mientras el cliente la sujetaba. Cuando fue al hospital, uno de los hombres que trabajaba allí la agredió", añade Silvia.

"Una pregunta delicada. ¿Cuántos clientes suele atender al día?" preguntó Jack. su piel irlandesa se sonrojó ante su pregunta atrevida.

"Depende del día", suelta Marianne. "A veces dos. Los viernes por la noche hay mucho más trabajo y a veces se puede atender a tres hombres".

"¿Por qué hay tanto movimiento el viernes?" Jack siguió.

"Muchos de los turistas llegan los viernes, así que hay más demanda. Los sábados también. Pero el domingo es tranquilo porque los hombres se van o están borrachos del fin de semana", responde Silvia.

"¿Algún otro hombre peligroso o espeluznante del que quieran hablarnos?" Vic preguntó.

"Hay un dentista... Odio a ese hombre. Muchas chicas van a él para que les ajuste los frenos. Sé que hace cosas desagradables. Fui a él para sacarme dos muelas. Me anestesió con gas y otras mierdas. Creo que me hizo cosas inapropiadas a mí y a otra chica mientras estábamos allí. Es un hombre desagradable, feo y maloliente", dijo Lucy.

"¿Te violó, Lucy?" Raquel preguntó.

"Tendría que decir que no. Mis vaqueros son demasiado ajustados para quitármelos con facilidad".

Todas las chicas se rieron al ver cómo Lucy se levantaba y agitaba el trasero. Los americanos también se rieron.

"¿Cómo se llama este dentista?" Vic preguntó.

Algunas de las chicas respondieron al unísono. "¡Fishman!" Jack y Jimmy lo anotaron. Jimmy buscó su nombre en Internet y encontró que Joel Fishman tenía una oficina en Punta Cana.

En ese momento, Theresa, Olga y Gabriella salieron para darnos las buenas noches.

"Ay, qué guapa es", exclamó Silvia. Algunas chicas coincidieron con Silvia.

Partrizia y Migleidy se secaron las lágrimas pensando en sus hijas pequeñas en Venezuela.

"Gracias. Es una mini-yo", añadió Raquel.

Olga miró a las chicas, sin hacer ningún comentario, pero sus ojos contaban una historia. Era de la vieja escuela y no le gustaba que las mujeres ganaran dinero en la profesión más antigua. Pensaba que había muchas otras maneras de ganarse la vida.

Gabriella sonrió y se acercó a su madre para darle un abrazo y un beso de buenas noches. Saltó al regazo de su padre para darle un largo abrazo y un beso.

"¡La niña de papá!", soltó una de las chicas.

Theresa se despidió y se llevó a Gabriella arriba para leerle un cuento de buenas noches. Olga se dirigió a la cocina para escuchar a escondidas.

El grupo se relajó y empezó a hablar de sus hogares, sus padres e hijos, de lo difícil que era la vida ahora en Venezuela y de lo maravillosa que era cuando eran niñas, cuando había buenos trabajos y mucho dinero. Las chicas se quedaron una hora más, contando a historias de clientes a los que solo les gustaba pegarles, y también de cuántos hombres eran amables y generosos con ellas.

Los estadounidenses entendieron la desesperación que enfrentaban estas mujeres y por qué optaban por la prostitución. La historia era triste, con la supervivencia como prioridad para todas.

Antes de irse, Vic hizo una pregunta final.

"Entre los clientes habituales, ¿quién es el más generoso y el que más viene?"

Silvia dio la respuesta y todas las chicas murmuraron y estuvieron de acuerdo.

"El cubano al que llamamos el rey del café. A ese hombre le encantan las chicas. Generalmente, lleva dos a la vez".

"El rey del café". Ya veo. ¿Dónde vive este cubano?" Vic preguntó.

Silvia respondió con rotundidad. "Tiene la casa más grande de todo Punta Cana. En Punta Espada".

"¿Hay alguien más que creas que podría haber asesinado a estas pobres chicas?" Jimmy soltó.

"El chico guapo de Punta Espada. Es dueño de una empresa que cuida los jardines y el césped de las villas. Una vez intentó asfixiarme con una bolsa de plástico en la cara. Dijo que era un juego. Aún tengo pesadillas de eso", confesó Valentina.

"¿En el campo de golf?" preguntó Vic. El intento de asfixia despertó el interés de los cuatro americanos.

"Sí. Hay unos cuantos campos de golf. Creo que está a cargo de un par de ellos".

"Valentina, ¿sabes el nombre de este hombre?"

"No lo recuerdo".

"Sí", respondió Iris. Apoyó la cabeza en las manos y empezó a sollozar.

Después de serenarse, Iris habló casi susurrando.

"Se llama Fernando Reyes. Le llaman Freddy. Me da mucho miedo ese hombre. He estado con él más de un par de veces. Al principio, parecía normal y dulce. Y sí, es muy guapo. La verdad, empecé a enamorarme de él. Como si quisiera ser su novia. Me hizo creer que él y yo...". Iris empezó a llorar de nuevo.

"Tómate tu tiempo, cariño", susurró Raquel, rodeando con sus brazos a la temblorosa muchacha.

"De todos modos, una noche se puso violento. No quise decírselo a nadie, porque temía que viniera a por mí, o que me devolvieran a Venezuela. Tiene muchos amigos políticos que juegan al golf en Punta Espada".

"Dijiste violento. ¿Qué te hizo realmente?"

"Una noche, muy tarde, me mandó llamar para que fuera a Punta Espada. No había nadie. Freddy quería tener sexo conmigo en el campo de golf con vistas al mar. Dijo que sería muy romántico. Le creí. Me estaba enamorando, creo. Me llevó en un gran carro de golf. Estaba tan oscuro que no podía ver ni mi propia mano y tenía miedo. Tuvimos sexo en el carrito de golf y me estaba lastimando, así que cuando le empujé, me arrastró por los brazos hasta las rocas junto al agua". Iris hizo una pausa. Miró hacia la noche con una mirada desgarradora, como si estuviera reviviendo el trauma.

"Está bien, Iris. ¿Puedes decirnos lo que te hizo?" preguntó Raquel con dulzura.

"Lo intentaré. Me empujó hacia las rocas. Algunas eran de coral y me hicieron cortes en los pies. Podía oír el mar golpeando las piedras. Estaba desnuda y el agua me arrastraba. Me amenazó con matarme allí, diciendo que tiraría mi cuerpo al agua y que nadie lo encontraría. Le rogué por mi vida. Encendió un cigarro, luego dejó mi ropa en el césped y se fue. Caminé un buen rato hasta que finalmente encontré un camino, y luego unas luces que me llevaron a unas casas. Una señora mayor me ayudó y pidió un taxi para mí.".

Todo el grupo se quedó en silencio, sintiendo el horror por el que pasó Iris.

"Nunca le dije a nadie lo que me hizo esa noche. No hasta ahora. Nunca lo volví a ver, y espero por Jesús que nunca lo haga".

CAPÍTULO 19

"Fumar, caballeros, anoche nos reunimos con varias chicas venezolanas a las que contactamos para recabar información. De nuestras conversaciones han surgido algunas pistas que creemos que deben ser investigadas de inmediato", anunció Vic. La reunión comenzó puntualmente a las siete y media con el desayuno ofrecido por Louisa: tortitas, salchichas y huevos.

"¿Cómo quiere que procedamos?", preguntó Fumar.

"Bueno, puedo decirte cómo no quiero proceder. No se puede utilizar a la policía local para traer a los sospechosos, ni deben enterarse de lo que estamos haciendo. De hecho, quiero que la policía local esté fuera de nuestro equipo de seguridad", siseó Vic.

"No hay ningún problema. Puedo traer a la policía nacional si lo desea, pero ¿puedo preguntar por qué?"

"Las chicas nos contaron unas cuantas historias de terror. Debo decirles que creo cada palabra que dijeron. La policía local es corrupta y se aprovecha de estas mujeres, incluso hasta la violación. Todos conocemos la reputación de la policía en este país, así que no nos engañemos. Fumar, no quiero faltarle el respeto a usted y a sus hombres aquí con nosotros. Simplemente, no queremos que haya filtraciones o advertencias desde esta casa".

"Vic, no me siento insultado por tus palabras. El teniente Castillo llamará a La Capital y esta tarde estaremos al completo con tres turnos, todos seleccionados cuidadosamente", espetó Fumar. Castillo se levantó de la mesa.

Raquel intervino: "Hay cuatro sospechosos a los que queremos investigar. No voy a poner sus nombres en la pizarra por las razones que Vic acaba de exponer, así que, por favor, tomen sus propias notas. Hay un dentista en

Punta Cana. El doctor Joel Fishman. Quiero empezar por ir a una consulta con este hombre. Estaré conectado. Jimmy y Jack estarán conmigo, afuera. Las chicas informaron que él hizo ciertas cosas inapropiadas. Puede que solo sea un asqueroso común y corriente, pero veamos qué encontramos. Todas las chicas parecen conocerlo, y todas han tenido visitas únicas y perturbadoras con Fishman. Segundo, necesitamos que traigan a un tipo de la calle, "Lenny", para interrogarlo y acusarlo de agresión hoy. Jack consiguió una declaración escrita de una de las chicas que lo involucra en un incidente violento, incluyendo violación. Además, hay un tercer nombre que necesita más información e investigación.".

"¿Puedo preguntar por los otros dos sospechosos?", preguntó Fumar.

"Por supuesto. Las chicas llaman a uno de ellos el rey cubano del café. Al parecer, tiene una gran casa en el campo de golf de Punta Espada. ¿Alguien sabe algo de él?" Vic se ofreció.

"Su nombre es Ralph Ledon. Uno de los hombres más ricos de la República Dominicana. Tiene ciudadanía cubana y dominicana, y es íntimo amigo de los Castro y de Danilo Medina, nuestro presidente", explicó el sargento López.

"¿Cómo lo sabes?" preguntó Fumar a su hombre.

"Es muy amigo de mi padre. He estado en su casa varias veces. Organiza actos benéficos para diversas organizaciones. Sus fiestas son increíbles. Los Clinton, Manny Sousa, Baryshnikov, Julio Iglesias, cosas así".

"¿Qué clase de hombre es?", preguntó Raquel.

"¿Qué quieres decir? ¿Como...?"

"¿Hombre de familia? ¿Jugador?"

"Definitivamente ambos. Creo que tiene hijos más o menos de mi edad de una primera esposa. Su nueva esposa es mucho más joven, de una familia cubana cercana a Fulgencio Battista antes de que fuera depuesto. Su familia emigró a Miami entonces".

"Bien, mantengamos esta información entre nosotros, por favor. Esto suena un poco delicado, así que tenemos que debemos ser cautelosos. Discutamos un acercamiento al Sr. Ledon después de ver a los otros tres... ¿de acuerdo? —afirmó Vic. Nadie discrepó.

Raquel intervino: "Necesitamos investigar un poco más, pero es claro que el cuarto trabaja en el club de golf de Punta Espada. Algunas cosas que se han dicho sobre él son pistas. Se llama Fernando Reyes".

"¿Freddy? Qué locura, yo también le conozco", comentó López.

"Espero que no sea un buen amigo suyo, sargento", dijo Raquel con frialdad. Fumar lanzó una mirada fulminante al sargento.

"No, no es un amigo en absoluto. Solo nos consigue algunos pases para jugar en el campo. Quiero decir... es un gran tipo... al menos..."

"Es suficiente, sargento. Se le ordena que se mantenga alejado de él y que no mencione esto a nadie. ¿Entendido?" Gritó Fumar.

"Sí, señor."

***

El grupo de investigadores y policías comenzó a hacer sus planes para investigar a Lenny, al doctor Fishman y a Freddy.

Raquel estaba a punto de llamar a la oficina de Fishman para concertar una cita cuando Gabriella bajó saltando por la escalera de mármol hacia su madre. Theresa venía unos pasos por detrás.

"¡Buenos días, mi amor!" gritó Raquel. Gabriella saltó a los brazos de su madre.

"Estás creciendo mucho, Gabby. Pronto estaré saltando a tus brazos".

"Mami, ¿podemos ir a la playa hoy?"

"Si todas tus lecciones están al día, no veo por qué no".

"Vale, abuelita dijo que también vendría, pero tiene que traer un paraguas por el sol".

"Papá se asegurará de que haya muchas sillas y sombrillas y agua y zumo, y Louisa preparará algunos bocadillos y sándwiches".

"Mami, tengo una pregunta. La señorita Panny nunca respondió a mi pregunta. Esas señoras que estuvieron aquí anoche. ¿Por qué estaban aquí?"

Raquel hizo una pausa, miró a Teresa como diciendo "¿y ahora qué hacemos?".

"Bueno, cariño... aquí ha habido algunos problemas con mujeres de otro país. Te dije en casa que mami y papi tuvieron que venir aquí para ayudar a solucionar el problema, ¿recuerdas?".

"Sí, ya me acuerdo. ¿En qué trabajan esas señoras? ¿Son actrices o modelos?"

"Digamos que lo son por ahora, mi amor. Actrices y modelos. Eso está bastante cerca. Siempre están actuando y mostrando sus hermosas ropas... así que, empecemos a empacar para la playa... ¿qué dices?".

"Okey, mamá, pero esas señoras son todas tan guapas y arregladas. De mayor quiero ser como ellas", espetó Gabriella.

Olga, que acababa de entrar en la habitación, escuchó lo que su nieta estaba diciendo.

"¡Quizá Dios me lleve esta noche mientras duermo!", exclamó la abuelita mientras se bendecía tres veces y escupía en su cuello abierto.

CAPÍTULO 20

Raquel consiguió una cita a las tres con el doctor Joel Fishman. La recepcionista le comentó que había una cancelación esa tarde y que el médico estaría disponible. El grupo preparó su plan y se dirigió al centro comercial cerca de la Casa Blanca a las dos y media.

Con unos jeans ajustados y una blusa sin hombros, Raquel se colocó un pequeño dispositivo de grabación bajo la banda del sujetador, asegurándolo con cinta adhesiva. Jack estaba esperando en el estacionamiento dentro del Cadillac Escalade, mientras que Jimmy estaba apostado en el pasillo, listo para actuar si era necesario. Cuatro policías nacionales de Fumar también estaban en el estacionamiento en dos sedanes sin matrícula, esperando órdenes de Jack.

Raquel completó el formulario para nuevos pacientes y se sentó en la sala de espera a hojear una revista People en español.

"Qué mujer más guapa", empezó Fishman en español. La recepcionista llevó a Raquel a un sillón dental, ya que solo trabajaba hasta las tres.

"Vaya, gracias, doctor", respondió Raquel en inglés.

"¡Perfecto! Aquí no tengo muchas oportunidades de hablar mi lengua materna. ¿De dónde es usted, señora Ruiz?".

"Soy una chica de Nueva York".

"Soy de Brooklyn, originalmente. Ahora estoy instalada aquí en Punta Cana.

"La República Dominicana es muy bonita".

"¿Qué la trae por aquí?"

"¿Te refieres a Punta Cana o a esta oficina?". Raquel se hizo la tímida.

"Ambos".

"Estoy pensando en mudarme aquí. Comprar un apartamento, quizá abrir una buena boutique".

"Eso suena emocionante, seguro que puedo recomendarla con algunas de mis pacientes. Atiendo a muchas mujeres jóvenes. El 90 % de mi consulta son mujeres. Muchos aparatos de ortodoncia", Fishman sonrió.

"Sí, casi todas las jóvenes que veo por aquí llevan aparato. ¿A qué viene eso?"

"En la República Dominicana no tienen seguro ni ayudas públicas. De alguna manera, estas chicas logran conseguir el dinero. Para mí, todo en efectivo. Las chicas de Venezuela, que últimamente están por todas partes, se pusieron aparatos por muy poco dinero en su país. Luego vienen aquí a trabajar en el turismo. El problema con los aparatos es que requieren mantenimiento semanal. Ahí es donde entro yo".

"¿Son turistas?", preguntó Raquel haciéndose la tonta.

"No, son prostitutas. Venezuela se muere de hambre. Las chicas son muy atractivas, ganan mucho dinero y lo envían a casa. Después de pagarme, claro", expresó Fishman riéndose.

"Interesante".

"¿Qué la trae por aquí, Sra. Ruiz? ¿Es señora o señorita?"

"Sra. Acabo de finalizar un divorcio."

"Debe ser un loco para dejarla ir".

"Qué dulce".

"De todos modos, ¿tienes algún problema dental?"

"En realidad no, estoy aquí porque necesito un dentista local. Necesito una limpieza. Tal vez radiografías. Ya sabes, un chequeo".

"Echemos un vistazo". Fishman bajó la lámpara del techo, iluminando los ojos de Raquel. Tomó una sonda dental y un espejo bucal. "Abra", le ordenó.

Cuando Fishman se puso junto a su paciente, Raquel percibió su aliento agrio. Se le revolvió un poco el estómago y contuvo la respiración. El dentista puso la mano en el hombro desnudo de Raquel y se frotó contra su brazo. Raquel sintió su erección a través de los pantalones.

"Te has cuidado mucho los dientes. Tienes una sonrisa preciosa, Raquel. ¿Puedo llamarte Raquel?

"Por supuesto".

"Me gustaría tomar algunas radiografías y tal vez una impresión o dos. Veo una ligera maloclusión en su mordida".

"¿Qué significa eso?"

"Tu mordida no es perfecta. La parte superior e inferior están un poco desviadas".

"¿Qué se puede hacer?"

"Tenemos algunas opciones. Empecemos con una radiografía. ¿Quieres un poco de aire dulce para calmar tus nervios?"

"Realmente no estoy nerviosa. ¿Qué es el aire dulce de todos modos? "

"Algo de aire que te quita los nervios. Como un trago o dos. Es relajante".

"¿Por qué no?"

Fishman colocó la máscara de óxido nitroso sobre la boca y la nariz de Raquel.

"Respira hondo, Raquel. Déjate llevar".

Raquel contuvo la respiración y fingió estar aturdida. Fishman hizo lo que hace Fishman. Inmediatamente, metió la mano por debajo de la blusa de su paciente, acariciándole el pecho derecho.

"¡Qué coño!" Raquel gritó.

En un instante, Jimmy Martin estaba en el quirófano, agarrando por el brazo al desprevenido dentista degenerado, tirando de él por la espalda y casi rompiéndole la muñeca. El dentista gritó como una niña.

"¡Pedazo de mierda!" Raquel gritó.

Jack y los cuatro hombres de Fumar entraron de golpe en la oficina.

"¿Qué está pasando aquí?" Fishman gritó.

"Revisen todo el maldito lugar. Busquen cualquier sedante, cualquier cosa que este asqueroso pueda usar para paralizar a sus pacientes. Busquen también cualquier cuchillo", ordenó Jimmy.

"¿Qué es esto? Quiero ver a mi abogado".

"Jódete tú y tu puto abogado. ¿Qué crees que es esto, los Estados Unidos? ¿Te voy a leer tus derechos Miranda? Te voy a partir la cabeza, hijo de puta". Jimmy explotó.

Fishman fue esposado y llevado a su sala de espera. Un joven paciente dominicano entró para la siguiente cita con el dentista.

"Lo siento, el dentista está cerrado. Vete a casa", le ordenó uno de los policías.

Jack, Raquel y tres de los policías comenzaron a buscar en el armario de los medicamentos y en los cajones del quirófano. Saquearon la mesa del trabajo de Fishman; revolvieron cualquier armario o cajón que hubiera en el lugar. Tras varios minutos de búsqueda, Jack encontró algo interesante en el armario de medicinas. Examinó cada una de las drogas o líquidos que había en la caja hasta que encontró lo que buscaba.

"¡Bingo!" Jack gritó.

"¿Qué pasa?" preguntó Raquel. Todavía estaba un poco conmocionada por la experiencia.

"Hidrato de cloral", anunció Jack.

CAPÍTULO 21

"Nuestro sospechoso, apodado 'Lenny', se llama en realidad Lenin Díaz. Es un ciudadano dominicano, nacido en Boca Chica en el 86. Lenny se dedicaba a estafador en su país, principalmente en el comercio de carne y algo de tráfico de cocaína, aunque nunca lo habían arrestado. En Boca Chica, todo es posible; es un lugar muy liberal, y parece que Lenny tenía varios amigos en la policía. El inspector de policía, que es amigo mío y bastante directo, lo llamó cucaracha. Díaz tiene dos hijos a los que no mantiene, algo muy común en la República Dominicana. Lenny llegó aquí a Punta Cana hace diez años y parece que tiene algunos amigos clave en la policía local, que son bastante generosos con el dinero, comentó el sargento López mientras hablaba con Vic, Fumar y tres de sus hombres vestidos de civil.

El general entrecerró los ojos, dándoles un aire de serpiente. "¿Dónde podemos encontrar a ese tal Lenny?". preguntó Fumar.

"Trabaja sobre todo en los alrededores del aeropuerto y en un bar local, mi Casa Lounge. Consigue chicas, sobre todo para estadounidenses y canadienses, ya que su inglés es comprensible. "También consigue chicas menores de edad, sobre todo para turistas alemanes", respondió López.

"Perfecto. Seré su próximo cliente", anunció Vic.

En ese momento, el móvil de Vic sonó. Era Raquel.

"Hola, atrapamos a este asqueroso", declaró Raquel.

"¿Siguió su modus operandi?"

"Seguro que lo hizo. Intentó anestesiarme y me agarró una teta. Jimmy casi le sacó el brazo de su sitio y le dio un par de golpes".

"Lo siento. ¿Alguna otra evidencia?" Vic preguntó.

"Ah, sí. Tenía unos viales de hidrato de cloral".

"¿EN SERIO?" Vic explotó.

"Sí. Lo llevamos al almacén de Naves Bávaro para un interrogatorio detallado. Esta gente no se anda con juegos".

"Amo este país. Interrogatorio a la antigua usanza".

"¿Te esperamos?", preguntó Raquel.

"Sí, mantenlo bajo control. Puede que pronto tenga un compañero de habitación, si las cosas van según lo planeado. Estaré en contacto".

***

Vic entró en Mi Casa Lounge vestido con pantalones cortos, una camiseta de golf Callaway, sandalias y una gorra de béisbol de los Yankees. Vic Tenía ese aire neoyorquino que dejaba claro que no era alguien con quien meterse. Dos de los hombres vestidos de civil pertenecientes al equipo de Fumar ya estaban en el bar, mientras que Fumar esperaba en un vehículo sin matrícula con otros dos policías nacionales.

"Hola... ¿cómo estás, guapo?" Le dijo una rubia alta y dominicana en un vestido de noche verde, que parecía que sus pechos iban a escaparse, con una raja en el vestido que subía hasta su tanga."

"Hola, ¿cómo se llama el cantinero, mi amor?"

"¿Quién necesita a Hin? Yo me encargaré de ti personalmente. Me llamo Stella".

"Mejor vuelvo más tarde. ¿Cómo se llama, Stella?"

"Yo le llamo cara de polla. Se llama Pepe".

Vic se acercó a la barra, se sentó, observó la barra como si fuera suya y pidió un Jameson solo.

"Gracias, Pepe."

"¿Sabes mi nombre? ¿Has estado aquí antes, amigo?"

"¿Me has olvidado? Victor de Nueva York... hace dos años".

"Me resulta familiar. Todos los italianos de Nueva York se parecen a Robert DeNiro o Al Pacino, todos los locos".

"¿Te gusta el cine?"

"Todo eso. El Padrino, Casino, Scarface. Excepto Pacino que no suena como ningún cubano que haya conocido".

Vic se rio. "Estoy de acuerdo. Escucha, Pepe. Tengo ocho amigos de Nueva York aquí. Vamos a jugar golf y necesitamos algo de entretenimiento. Mis amigos son pesos pesados. Alguien me dio el nombre de Lenny. ¿Por casualidad tienes su número?"

"Por supuesto. Trabajamos juntos, amigo. Lenny debería llegar pronto, pero puedo llamarlo y traerlo aquí ahora mismo, sin problemas".

Vic le dio un billete de veinte a Pepe.

"Gracias, amigo. Ya lo llamo", dijo Pepe.

Pepe se movió al final de la barra y marcó rápidamente números en su teléfono. Habló en voz baja y pulsó el botón rojo.

"Fibe ... Tal vez Lenny llegue en diez minutos, Bictor", susurró Pepe.

Veinte minutos después, Lenny entró en el salón. Pepe los presentó. Víctor era ahora su "viejo amigo de New York".

Lenny invitó a Vic a una mesa junto a la barra. El bar estaba oscuro y olía a cerveza, orina y perfume barato. En la barra y en las mesas había varias chicas sentadas con tipos de aspecto soso que llevaban trajes de golf.

"¿Pepe dijo que había ocho tipos aquí? ¿En un chalet?"

"Sí, en Tortuga Bay. Un lugar bonito. ¿Puedes conseguir entretenimiento?"

"Eso es lo que hago, mi amigo. Todas las chicas son de calidad. Pero a veces es complicado pasar a las chicas por los guardias en Tortuga".

"Estoy seguro de que puedes arreglarlo, Lenny."

"De acuerdo, ¿hay buena propina para Lenny?"

"Claro. ¿Tienes fotos de estas señoritas? Mis chicos son muy, digamos... exigentes. No quieren gastar su dinero en cerdos".

Lenny tomó su teléfono y lo puso sobre la mesa.

"Nada de cerdos frente a mí. Por trescientos dólares, puedo mostrarte las mejores chicas venezolanas que hayas visto en tu vida."

"Vamos a ver. Si son de primera, no hay problema".

Lenny abrió su teléfono, pulsó el icono de su foto y le dio

el teléfono a Vic.

"Desliza hacia la izquierda."

Vic miró a las chicas. Reconoció a algunas de ellas.

"¡Vaya, quiero esta!" exclamó Vic, señalando el teléfono.

"No hay problema, amigo. ¿A qué hora las quieres?"

"¿Qué tal a las ocho esta noche? Por trescientos, pasan la noche, ¿no?"

"Oh no, mi amigo. Si quieres que se queden, tendrás que pagarles más".

"¡No puede ser! Hace unos años pagué cien".

"No ahora, mi amigo. Estas son venezolanas. Son mucho mejores, más guapas y puedes hacer lo que quieres con ellas, créeme. Y, escúchame, ninguna tiene más de veintitrés".

Vic se quitó la gorra yanqui de la cabeza. Una señal preestablecida para que entrara la policía. Fumar y sus hombres salieron del vehículo y se dirigieron al salón. Los dos policías de la barra se acercaron lentamente a la mesa donde estaban sentados Vic y Lenny.

"¿Así que eso es lo que le pasó a Lilly Bianchi, Lenny? Te dejó hacerle lo que quisiste, rata de mierda", Vic se levantó de la silla. Lenny también se levantó.

"Que dem... No conozco a ninguna Lilly..."

Los dos hombres de incógnito agarraron a Lenny y lo empujaron de nuevo a la silla. "Mantén las manos sobre la mesa, 'amigo mío', si no te importa", respondió Vic.

Fumar caminó lentamente hacia la mesa para que todos los presentes pudieran verle llegar con su uniforme condecorado. Algunas de las chicas salieron corriendo por una puerta al fondo del bar.

"Sr. Lenin Díaz. Le arresto por asalto y violación de una ciudadana de la República Bolivariana de Venezuela, que se encuentra aquí con un visado temporal, la señorita Lilly Bianchi. Otros cargos pueden ser presentados en su contra. Regístrenlo y llévenselo", ordenó Fumar.

CAPÍTULO 22

"El teniente Castillo miró a Doctor Fishman y dijo: "Mire, no soy una persona violenta. No me inclino hacia la agresión. Pero mi trabajo en la policía nacional es muy importante para mí y para mi familia. Mis padres y abuelos están orgullosos de que esté avanzando en mi carrera. Estoy seguro de que usted entiende lo que es el orgullo, doctor. Sus padres debieron sentirse muy felices cuando se convirtió en dentista, ¿no es cierto?".

"Por supuesto, estaban orgullosos. '¡Mi hijo, el dentista!", respondió Joel Fishman.

El dentista, delgado y nervioso, estaba sentado en una silla de madera vieja, como las que se ven en las aulas. Fishman tenía los brazos atados a los reposabrazos y sus manos pequeñas se veían hinchadas por la cinta que lo sujetaba.

"Ahora que nos entendemos un poco, voy a hacerle una serie de preguntas. Espero la total honestidad de su parte. Si siento que no me estás diciendo la verdad... bueno. Déjeme advertirte que podrías ver un lado de mí que no te imaginas solo con mirarme".

Castillo estaba de pie, a tres metros de la silla de Fishman, que se encontraba en medio de un gran almacén vacío. Era una instalación moderna, con hileras de estanterías metálicas a un lado y espacio para docenas de palés de madera al otro. El gobierno dominicano utilizaba el lugar como "almacén".

No había una sola bombilla sobre el dentista, como en una película de suspenso. Seguía entrando mucha luz por una claraboya. La puesta de sol no llegaría hasta dentro de treinta minutos, pero cuando finalmente oscureciera, la iluminación LED del techo llenaría la sala.

"Sargento, por favor, ocúpese de que sus hombres traigan algunas botellas de agua y unas toallas. Puede que estemos aquí un rato", dijo Castillo.

"Sí, teniente", respondió López. Raquel, Jimmy y Jack se sentaron en sillas plegables de metal a la izquierda del doctor Fishman, dentro del campo de visión del tembloroso dentista.

"De acuerdo entonces. Ese oficial sentado allí con el portátil estará tomando notas de nuestra conversación. Al final de esta sesión, se le entregará un documento para su firma. Así que, empecemos, ¿de acuerdo?"

Fishman parecía a punto de desmayarse. Tenía el pelo oscuro, fino y postizo, pegado a la cabeza y sudaba a mares. Sus ojos brillantes se movían por toda la habitación, y el hedor de su aliento y sus flatulencias impregnaban todo a su alrededor.

"Doctor Fishman, dígame qué hace en un fin de semana típico. Más específicamente, ¿qué suele hacer un viernes por la noche?". —preguntó Castillo. El teniente se paseó a metro y medio de la silla a la que estaba atado Fishman.

"Lo siento, ¿de qué se trata todo esto? ¿Qué hice de malo?"

"Por favor, doctor, responda a mis preguntas".

"Bueno, vaya, veamos. Bueno... a veces voy a tomar unas copas. A veces voy en auto a La Romana, no sé. Cosas diferentes".

"¿Qué tal el pasado viernes por la noche? ¿Dónde estaba, doctor?"

"Estoy tan nervioso que apenas puedo recordar. Déjame pensar un segundo. ¡Oh Dios! Estuve en el Onno's Bar en Bavaro. Así es, fui a cenar al Capitán Cook y luego a Onno's".

"¿Capitán Cook? ¿En la playa?"

"Sí, ese es el lugar".

"¿A qué hora llegó...

"Seis y media, salgo temprano de la oficina los viernes. Luego me quedo un rato".

"¿Solo?"

"Sí, estoy solo".

"¿No hay chica estable?"

"No... no."

"¿Chicas?"

Fishman se sintió incómodo con la pregunta. Miró a Raquel.

"Vamos, doctor, aquí todos somos adultos. ¿Usted frecuenta a las chicas?"

"Sí."

"¿Qué tipo de chicas prefieres?"

"¿Qué quieres decir? Las flacas. Me gustan flacas".

"Me refería a la nacionalidad, doctor Fishman". Castillo se acercó por primera vez al dentista.

"La verdad es que me gustan todas".

"¿Prefiere chicas dominicanas o venezolanas, doctor?"

"Mire, si se trata de esas chicas asesinadas, puedo asegurarle que no tuve nada que ver con eso".

"Ahora veremos, ¿no?"

"Dominicanas, doctor. ¿Prefiere dominicanas?"

"Prefiero las venezolanas. Pero no le hice daño a nadie, Dios es mi testigo".

"Hacer daño" es un término muy amplio, ¿verdad, doctor? Se puede hacer daño a alguien de muchas maneras. Tenemos informes de que ha abusado de varias de sus pacientes femeninas. También abusó de esa mujer sentada allí. ¿Cómo sabemos hasta dónde está dispuesto a llegar?"

"Okey, sí, le he hecho algunas de esas cosas a mis pacientes. No es ético y está mal. Tengo un problema. Lo he hecho antes. Por eso tuve que dejar los Estados Unidos. Lo siento."

"Sabemos por qué dejó los Estados Unidos, doctor. Ahora volvamos a las preguntas. La noche que fuiste al bar de Onno, ¿estaba con una chica?"

"No."

¿En serio, doctor? ¿Y por qué recuerda tan rápido que no estuvo con una mujer?

"Es difícil para mí decirlo frente mujer".

"Fui policía en Nueva York. Lo he oído todo, Fishman", dijo Raquel.

"Bueno, acababa de satisfacerme con uno de mis pacientes... ¿de acuerdo?"

"Así que admite sodomía y violación, doctor Fishman. Ciertamente comprobaremos lo que nos ha dicho hasta ahora, pero tendremos muchas otras preguntas. Permanecerá bajo custodia mientras continuamos nuestra investigación. Permítame hacerle otra pregunta importante que tengo en mente", le ofreció Castillo.

"¡Yo no maté a nadie... lo juro!"

"Encontramos evidencia muy incriminatoria en su oficina, doctor. ¿Por qué tiene hidrato de cloral? ¿Es para noquear a sus pacientes y poder abusar sexualmente de ellas?"

"¡De ninguna manera!" Fishman gritó.

"Entonces, ¿por qué lo tiene?"

"La explicación es muy sencilla. Tengo pacientes pediátricos. Algunos de dos o tres años. Les administro un régimen oral de hidracina e hidrato de cloral. Este sedante ha sido ampliamente utilizado y considerado seguro y eficaz para el tratamiento de pacientes dentales pediátricos jóvenes y poco cooperativos. Puedo mostrarle los registros de los pacientes en los que lo he utilizado. Soy un dentista muy bueno, señor".

"Ya no, doctor. Ha atendido a su último paciente en la República Dominicana", añadió Castillo.

CAPÍTULO 23

"Señor Díaz, 'Lenny', mi hombre, estoy seguro de que puede imaginarse lo que le pasará si no coopera conmigo esta noche. Soy un hombre con muy poca paciencia para las tonterías. ¿Mis hombres? Son profesionales; están entrenados para sacar confesiones de criminales como usted. Le sugiero que responda a mis preguntas con sinceridad y por completo. Es por su propio bien -ordenó Fumar-.

Lenny, al igual que Fishman, estaba atado a una silla con cinta adhesiva gruesa en un almacén similar situado en otra parte del edificio. Dos de los hombres de Fumar, policías fornidos con mucha experiencia en interrogatorios, se sentaron a ambos lados del sospechoso en sillas plegables de metal. Vic se sentó a un lado, mirando fijamente a Lenny para contribuir al factor intimidatorio. Otro hombre se sentó en una mesa hecha de cajas con una portátil para grabar lo sucedido.

"Con sus propias palabras, díganos cuál es su profesión, señor Díaz", le pidió Fumar.

"¿Mi profesión? Realmente no tengo una profesión, señor".

Fumar miró a su hombre, que estaba sentado a la derecha de Lenny. El corpulento policía, que llevaba guantes de cuero negro, se levantó de la silla y le dio una fuerte bofetada en la cara a Lenny.

"No seas tímido conmigo. ¿Qué Le pasa? Acabo de decirle que no tengo paciencia".

"Hago cosas para los turistas. Les organizo muchas cosas. Llevo aquí diez años sin ser arrestado".

"No es cierto. Ahora está arrestado, Sr. Díaz. Le va a ir

muy mal en nuestro sistema penitenciario, se lo aseguro. Así que ahora, dígame, ¿qué es exactamente lo que organiza para los turistas?"

"Principalmente, estoy en el aeropuerto. Como hablo inglés, consigo transporte para la gente, organizo viajes de pesca, en barco y visitas turísticas, organizo partidas de golf... ya sabes... cosas así".

Fumar observó al policía que estaba a la izquierda de Lenny. Sin preocuparse, el policía se levantó de su silla y le dio a Lenny un puñetazo en el plexo solar, haciendo que el pobre hombre se encogiera en una bola. Lenny comenzó a toser y a intentar recuperar el aire, con los ojos desorbitados y la cabeza brillante de sudor.

"¿Qué otra cosa puede hacer, Sr. Díaz? Déjese de tonterías. Estos hombres lo golpearán toda la noche. Realmente disfrutan esta parte de su trabajo."

Lenny se esforzó por hablar.

"Yo... yo consigo las chicas para los turistas. Y a veces drogas".

"Así está mejor, Sr. Díaz. Tengo curiosidad, ¿qué tipo de drogas?"

"Marihuana y coca. Eso es todo". Lenny se estremeció, pensando que su respuesta no era lo que el general quería oír.

"¿Qué clase de chicas, Sr. Díaz?"

"Señor, por favor, no entiendo la pregunta. ¿De qué tipo?"

"Sí. ¿Edad, nacionalidad, raza?"

"Ah, ya veo. Ahora mismo son principalmente venezolanas. Antes, dominicanas y haitianas. Depende de si a los hombres les gustan más blancas o las negras".

"¿Y qué edad tienen estas chicas?"

"De diecinueve o veinte a unos treinta o así".

"¿Más joven? Cuidado con la respuesta, señor Díaz", advirtió Fumar.

"Sí, a veces muy joven. Doce, trece años. Estas chicas son sobre todo para los europeos. La mayoría alemanes, algunos americanos".

"¿Eres consciente de que el proxenetismo es ilegal en este país, y la pena puede ser de diez a quince años de cárcel?".

"Dios mío, no hay suficientes cárceles para meter a toda la gente que consigue mujeres para tener sexo por dinero. Todos los camareros, caddies, taxistas, empleados de hotel y tabaqueros tienen una lista de chicas. ¿Por qué yo? Lo que hago es bueno para la economía. Estas chicas al menos pueden alimentar a sus hijos".

"Esa es una decisión que deben tomar los jueces. La ley es la ley".

"¡Eso es un montón de mierda, y lo sabes!", explotó Lenny.

Fumar le dio una gran sonrisa al policía que estaba a la derecha de Lenny. Esta vez golpeó a Lenny en la cara con el puño cerrado. La fuerza del golpe casi hizo caer la silla al suelo del almacén. Lenny casi se desmaya del puñetazo. Le salió una línea de sangre de la nariz.

"Ahora bien, Sr. Díaz, tengo algunas preguntas más. Le aconsejo que baje de su púlpito y responda con la verdad".

"¿Qué son esos cortes y rasguños en sus manos, Sr. Díaz?"

"Alguien robó a unos clientes míos y me encargué del problema. Me arrepiento, pero lo admito".

"Entonces, ¿estás diciendo que esos moretones son el resultado de la golpiza que le diste a la Sra. Lilly Bianchi en su apartamento de Bávaro?".

"Sí, señor."

"¿Y la violaste analmente y la orinaste?"

"Sí, lo hice".

"La Sra. Bianchi dijo que usted recuperó el dinero y los objetos que ella y sus amigos robaron a sus clientes. ¿Es eso cierto, Sr. Díaz?"

"Recuperé la mayor parte de lo robado. Sí".

"¿Y se lo devolviste todo a sus clientes?"

"No, señor, devolví una pequeña cantidad. Me quedé con la mayor parte de lo robado", admitió Lenny. Tenía miedo de mentir, ya que no sabía si la policía conocía la respuesta a la pregunta.

Fumar se levantó de la silla y se plantó frente Lenny. La voz del general era apenas un susurro. "Creo que mientes al decir que te hiciste estas heridas en las manos por golpear a esa pobre chica. ¿Quieres saber lo que pienso, Díaz? Creo que te hiciste esos raspones en las manos con el coral cuando metiste a esa chica asesinada en la cueva de Punta Espada. Estoy convencido de que has asesinado a cuatro mujeres en Punta Cana. Cuatro que sepamos".

"Juro por todo lo que amo que nunca maté a nadie. Golpeé a esa puta, sí, lo hice. Pero nunca maté a nadie. Jamás". Lenny miró a su acusador directamente a los ojos.

"Entonces, ¿quién mató a esas chicas, Sr. Lenin Díaz? Usted es ahora un proxeneta, violador y traficante de drogas confeso. ¿A quién cree que deberíamos poner en la silla en la que está sentado ahora?"

"Sé algunas cosas, algunas cosas que pueden ayudarlo a encontrar a quien buscas. Si lo ayudo, puede…"

"Si nos ayudas, lo único que se te pegará será orinar en público", afirmó Fumar.

"Bueno, hay gente a la que deberías mirar. Por ejemplo, hay una pareja que tiene una propiedad cerca de esta casa. Alquilan villas y están metidos en cosas muy pervertidas. Nadie creería lo que sé. Ambos son muy guapos. De algún lugar de Europa, no recuerdo, tal vez Dinamarca o Suecia. La mujer es una rubia preciosa, y el marido es profesor de tenis. Tienen un par de hijos. Parecen una familia feliz y perfecta. Yo mismo me follé a la mujer mientras el marido grababa un vídeo, pero lo que más les gusta es el sadomasoquismo. Yo les proporcioné chicas, y esas chicas tenían que hacer cosas para ganar dinero extra por las locuras que la gente quería que hicieran", confesó Lenny.

"Vic, este tipo quiere hacernos creer que solo porque una pareja tiene una vida sexual diferente, ha asesinado a cuatro mujeres en el último mes. Espero que tenga algo más que ofrecernos, de lo contrario será una buena novia para alguien de nuestra prisión. Creo que la cárcel La Victoria es el lugar perfecto para que Lenny encuentre a su compañero, bromeó Fumar con ironía.

"Señor, hay otros. Quizá mi mejor cliente sea el asesino. Tiene un gran apetito por las chicas venezolanas. Solamente venezolanas, y las mejores. Le di muchas chicas. Guarda sus fotos y números de teléfono en su teléfono. Me pagó bien, así que no me importa que vaya directamente a las chicas. A veces las chicas son maltratadas por él, pero ellas les gusta la gran cantidad de dinero que les da. Pero nadie creerá que es así porque es un pez gordo".

"Dime su nombre", exigió Fumar.

Lenny tragó saliva. Hizo una pausa demasiado larga para el gusto de Fumar.

"Díaz, ¿necesitas un poco de ayuda para recordar?"

Lenny parpadeó con fuerza dos veces y pronunció el nombre. "Ralph Ledon".

Vic intercambió una rápida mirada con Fumar.

Fumar se acercó a Lenny, casi a un palmo de su cara. Sacó un puro Churchill recién encendido y dejó escapar el humo.

"¿Sabes lo que me han dicho? Me han dicho que este cigarro está a unos quinientos grados cuando no le doy una calada. Pero... cuando le doy una gran calada, puede llegar a los ochocientos o novecientos grados. Así que, amigo mío,

Sr. Díaz, deje de joderme, o daré una calada gigante y colocaré este hijo de puta justo en su bonita naricita".

Lenny sintió el calor del cigarro cerca de la cara e intentó apartar la cabeza. Los dos policías matones sujetaron la cabeza del desventurado Lenny.

"Señor, se lo juro. Esto es lo que sé. No hice nada de lo que me acusa. Todo lo que le estoy contando es sobre algunas personas que son raras. Tal vez no sean ellos, pero al menos intento decirle todo lo que sé", suplicó Lenny.

"De acuerdo, Díaz. Voy a tocar la puerta del Sr. Ledon, uno de los hombres más ricos del país, y le preguntaré si está involucrado en el asesinato de las chicas. Mi jefe recibirá una llamada de Medina, y yo estaré trabajando en el aeropuerto, haciendo hamburguesas. No juegue conmigo, Díaz, chulo". inhaló profundamente su puro y exhaló el humo en la cara de Lenny. El general observó la brasa del puro y sonrió.

Vic interrumpió el drama. "General, creo que ahora deberíamos dejar que el señor Díaz piense un rato en sus opciones. Enciérrenlo aquí toda la noche. Mañana reanudaremos el interrogatorio. Pero esta vez, insistiré en que le saquen las respuestas que buscamos".

Fumar lanzó a Lenny una mirada de decepción. "Estos americanos tienen leyes que protegen a cabrones como usted. Son débiles, pero, como es mi invitado, mañana empezaremos de nuevo con usted. No seré tan amable, Díaz", espetó Fumar. Lenny olió el cigarro en el aliento agrio de su captor y sintió ganas de vomitar.

"Vas a tener muchas ganas de vomitar en La Victoria, amigo mío", bromeó Fumar.

CAPÍTULO 24

Fumar mantuvo retenidos al doctor Fishman y a Lenny Díaz durante unos días mientras continuaba la investigación. Vic se comportó como el poli bueno con Lenny, llevándole comida, productos de higiene y otras cosas, siempre charlando con él. Jack hizo lo mismo con Fishman, que no paraba de llorar como un niño, defendiendo su inocencia y lamentándose por sus problemas con su madre.

El sargento López, alentado por su padre, pidió a Vic y Raquel que asistieran a una gala benéfica de etiqueta en la casa club de Punta Espada, un evento que no podían perderse por varias razones.

"Cariño, estás haciendo girar cabezas en este lugar. ¿Qué se siente al ser la mujer más bella de la fiesta?" Vic se entusiasmó.

"La adulación te dará suerte. Pero basta de tonterías. ¿Viste a algunas de las mujeres aquí esta noche? Empiezo a sentirme mayor. Parece la mansión Playboy, por el amor de Dios", respondió Raquel.

"Esa es mi historia y me atengo a ella".

Esa mañana, Raquel había comprado en las tiendas de lujo del puerto deportivo de Punta Cana mientras Vic paseaba mirando los magníficos yates alineados en los muelles como si fueran sellos de correos. Eligió su atuendo para el evento, un clásico esmoquin negro, de un solo pecho y bastante conservador.

"Me encantó lo que elegiste, Raquel. Impresionante". Vic comentó.

"Tú tampoco te ves mal, Sr. James Bond. Solo quédate a mi lado. Las puertorriqueñas son conocidas por apuñalar".

Una fundación creada hace cinco años en beneficio de un orfanato de Santo Domingo decoró suntuosamente el gran salón de baile de Punta Espada para la Navidad de marzo. La fundación estaba presidida por su fundador, el ex huérfano Ralph Ledon.

Cerca de quinientos invitados se dieron cita en el evento formal, donde se reunieron las personas más elegantes y adineradas del Caribe. Se instalaron carpas con aire acondicionado justo frente a las puertas del salón de baile, que da al green dieciocho. El propio green y parte del mar a su lado brillaban con los colores de la bandera dominicana: blanco, rojo y azul. Treinta camareros, vestidos de esmoquin y con guantes blancos, ofrecían bandejas de plata repletas de mini bocadillos cubanos, sushi, chuletas de cordero y otros aperitivos.

"¿Quién iba a pensar que los dominicanos superarían a mi pueblo en lo que se refiere al jamón serrano? Es el mejor que he probado, sin duda". Vic mencionó.

Raquel, por su parte, estaba distraída mirando las flores, las luces y los preciosos vestidos de las invitadas... e incluso una o dos que no parecían damas.

Vic continuó su crítica: "Nunca lo había visto trinchado de la pierna entera. Y sabe increíble".

"¿Qué es eso, cariño?"

"¡El prosciutto!"

"¿En serio, Vic? ¿Eso es lo que te tiene tan emocionado? Apenas me he puesto este vestido y ya estás insistiendo con el jamón serrano. Comeré cuando volvamos a casa", respondió Raquel.

"Pero solo mira este maldito lugar. La comida se ve increíble, la música es fabulosa, la gente puede fumar, incluso vi a algunas señoras con puros", dijo Vic.

Raquel se inclinó y susurró: "So te fijaste en sus puros,

perro. Recuerda, estamos aquí por una razón".

"Vaya, tienes razón".

Un camarero se acercó a la pareja con una bandeja. "¿Pato Pekínes?" Las oscuras y crujientes lonjas de pato estaban puestas sobre una finísima tortita china con rodajas de pepino y cebolleta.

Vic tomó una, mojó el sabroso pato en una guarnición de salsa hoisin y se lo metió en la boca. Raquel se negó cortésmente.

"¿Está segura, señorita? Son deliciosos", preguntó el camarero.

"Seguro, gracias".

El vestido que llevaba Raquel era de un impresionante color verde oscuro, con los hombros al aire y un tejido que recordaba a la piel de una serpiente. Se ajustaba perfectamente a cada curva y contorno del cuerpo tonificado de Raquel. Su cabello castaño caía en suaves ondas por su espalda, justo por encima del cuello. El elegante cuello de Raquel y su tono de piel oliva natural brillaban sin necesidad de joyas. Una abertura que iba desde la parte inferior del vestido hasta la mitad del muslo dejaba entrever sus piernas esculpidas, lo que hacía que todos los hombres en la sala no pudieran evitar mirarla.

"¡Eso es un Óscar de la Renta! Ojalá mi querido amigo Óscar estuviera aquí para verte con su creación. Sencillamente, impresionante", declaró nada menos y nada menos que Ralph Ledon, junto a su esposa.

"Sí, es de la Renta. Gracias", respondió Raquel.

"Permítanme que me presente. Soy Ralph Ledon. Esta es mi esposa, Lissandra Hoyos-Ledon, es un placer".

"Soy Vic Gonnella, y ella es Raquel Ruiz, mi compañera", dijo Vic.

Lissandra era una auténtica belleza. Bastante más joven que su marido, tenía un aire más castellano que cubano.

Sus ojos grandes y oscuros, su pelo liso casi negro que le caía hasta la parte superior de la espalda, labios carnosos y un cuerpo que haría que muchos hombres hicieran lo que fuera por estar a su lado. Tanto Lissandra como Ralph eran los únicos en la sala que vestían de blanco. Ella llevaba un traje de pantalón de seda blanca, adornado con una gargantilla de diamantes y rubíes que parecía tener su propio código postal. Ralph, por su parte, lucía un esmoquin blanco con una camisa negra y corbata blanca.

"Es un placer conocerlos y les damos la bienvenida a mi país adoptivo", respondió Ledon.

"Es una gala maravillosa, señor Ledon", afirmó Raquel.

"Por favor, llámeme Ralph. El Sr. Ledon era mi padre, y fue asesinado, junto con mi madre, por la barba en La Habana cuando yo estaba en la cuna. Prefiero la informalidad".

"Entonces, ¿por eso decidiste crear esta increíble organización benéfica?" Vic preguntó.

"Sí, así es. Crecí en una familia adinerada en Cuba, curiosamente de cafetales. Castro se llevó todo, incluso a mis padres. Pasé un año en un orfanato en Cuba, y luego una familia dominicana pagó para sacarme de allí. Este año cumplo sesenta y tres años... bueno, creo que son sesenta y tres, nunca tuve un certificado de nacimiento original, pero la República Dominicana siempre tendrá un lugar especial en mi corazón. ¿Y tú? ¿De dónde eres?"

"Soy una chica del Bronx, de padres puertorriqueños. Ahora vivimos en Manhattan".

"Ahh, la gran tierra del valiente y noble señor", pronunció Ralph.

"¿Perdón?"

"Ese es el significado de la palabra Borinquen".

"De verdad, no lo sabía", contestó Raquel.

"¡Ahora ya lo sabes!" Ralph se rio. "Y tú, Víctor, ¿de

dónde eres?"

"Soy del Bronx. Mi familia es de Sicilia e Italia. El año pasado hice una prueba de ADN y resultó que tengo un siete por ciento de ascendencia judía europea. Fue sorprendente".

Lissandra se unió a la conversación. "Yo también tengo sangre judía. Los judíos sefardíes estaban por toda España, de donde son casi todos mis antepasados. Se establecieron en Cuba hace mucho tiempo".

"¿Naciste en Cuba?", preguntó Raquel.

"Sí, así fue. Hasta que este hombre maravilloso me 'robó'".

"Bueno, en realidad fue más como si te hubiera 'robado', ¿no? Verás, estaba en Cuba por trabajo y vi a Lissandra en la recepción de un hotel. Con solo una mirada, me cayó como un rayo. Tuve la suerte de tener algunos contactos importantes en Cuba. Un mes después, Lissandra estaba conmigo. Poco después, nos casamos".

"¿Tienen hijos?" Vic soltó.

"No, no hay niños", respondió Lissandra. Su tono parecía cargar con un peso o una razón oculta por la que no había niños. Vic y Raquel sintieron un malestar entre los Ledon.

¡Yo y mi bocaza! Vic pensó.

Ralph rompió el incómodo momento: "Bueno, ha sido un placer conoceros a los dos. Disfruten de la velada. Gracias por asistir esta noche. Debemos hacer las rondas, por supuesto".

Raquel y Vic sonrieron y alzaron sus copas hacia la pareja mientras se alejaban. Ambos siguieron a Lissandra con la mirada, aunque los ojos de Vic estaban distraídos.

Pasando la mano por debajo del brazo de Vic, Raquel los dirigió hacia la carpa exterior, de donde procedía la música.

"Cariño, no fue la mejor pregunta. un tema delicado para

ella", susurró Raquel.

"Lo sé. Debería haber hablado de otra cosa, como el patrimonio. La cagué".

"Sí, un poco".

"Es un tipo dinámico, ¿no crees?" Vic preguntó.

"¿Desde cuándo espeluznante es sinónimo de dinámico? El tipo me estuvo desnudando con la mirada todo el rato. ¿No lo viste mirándome y saboreándose como el puto Hannibal Lecter? Y... con una esposa que se ve así, debe estar totalmente jodido. ¿Por qué usa prostitutas, Vic? ¿Qué demonios les pasa a los hombres?"

"Un amigo mío siempre dice, ahora es un amigo mío... no yo... mi amigo dice: 'detrás de cada mujer guapa hay un tipo que está harto de follársela'".

"Eso es asqueroso. Solo dime cuando te hartes de mí, ¿quieres?"

"Jesús, dije que lo dijo mi amigo, no yo. Es una teoría que algunos..."

"Déjalo mientras vas ganando, Gonnella."

"Vaya, mira este sitio. Me encantaría jugar al golf aquí antes de irnos", reflexionó Vic.

"No estamos en buen camino con este caso, Vic. Tenemos que pisar el acelerador y resolver esta mierda", susurró Raquel.

"Hablando de... ¿Te pareció una algo malvada?" Vic preguntó.

"¿Quién?"

"Lissandra. ¿Parecía una perra malvada, en cierto modo?"

"Para nada. Pero hay algo triste en ella. Tal vez sea lo de no tener hijos o lo del marido mayor o el hecho de que sé que es un asqueroso. Escúchame, cariño, si yo supe que era un asqueroso en cinco minutos, ella seguro que lo sabe".

"Creo que debemos mantener a Ralphy en lo alto de nuestra lista de sospechosos", ofreció Vic.

"¡Oh, sí!"

CAPÍTULO 25

"Bueno, Sr. Díaz, ha tenido unos días para pensar las cosas. Seguro a que no ha dormido bien. Aquí estamos de nuevo. No creo que tenga que recordarle cómo soy cuando me enojan", declaró Fumar.

"No señor, ya recuerdo lo que pasa cuando lo irritan", respondió Lenny.

"¿Qué más puede decirme sobre las chicas asesinadas?"

"Yo no he matado a nadie. A veces he sido violento, a veces, pero nunca..."

"¡Cállate de una puta vez! Casi matas a esa chica. La golpeaste hasta dejarla inconsciente. Probablemente le dañaste la cara de por vida, por no hablar de chulearla, violarla y mearte encima de ella. Tienes una personalidad muy agresiva. Tengo una pregunta, Díaz. ¿En qué momento de tu vida creíste que eras un tipo duro?"

"Yo... lamento lo que hice, pero le aseguro que no soy un tipo duro, y no soy ese carnicero que está buscando".

"Lo único de lo que te arrepentirás es de que te pillen y te caiga una larga condena en la cárcel. Después de un tiempo, te acostumbrarás a que te la den por el culo y a chupar pollas. ¿Cuántas chicas fueron violadas por ti que no sepamos? Mi oferta sigue en pie. Ayúdanos a encontrar al asesino y saldrás libre".

"Nunca había hecho ese tipo de violencia a una mujer. Sí, perdí la cabeza aquella noche. Sí, había pegado a unas cuantas chicas, pero palabra de Dios, nunca así". Los labios de Lenny temblaron mientras contenía el llanto.

"Díganos más sobre por qué cree que uno de los pilares de la comunidad, el Sr. Ralph Ledon, está involucrado en el asesinato de estas cuatro mujeres". preguntó Vic.

"Porque algunas de las chicas me contaron cómo les hizo daño. Les pagaba el doble, a veces el triple, para que las chicas venezolanas volvieran a él. Y su esposa estaba involucrada".

"¿Involucrada?" añadió Vic.

"Su hermosa esposa tenía que verlo con las chicas. Solo venezolanas. A veces hacía que su mujer se uniera a él para tener sexo con las chicas".

"¿Y sus costumbres pervertidas lo convierten en un asesino?", preguntó Fumar.

"No puedo asegurarlo. Pero todos los cuerpos fueron encontrados no muy lejos de su villa. Piénselo. Siempre fue muy exigente con el aspecto de las chicas. Delgadas, de piel clara, grandes tetas falsas, de pelo castaño... un tipo muy específico de mujer."

"¿Alguna vez le enviaste a alguna de las chicas que fueron asesinadas?" Vic preguntó.

Lenny hizo una pausa. Bajó la cabeza y asintió con la cabeza.

"No escuché tu respuesta, Díaz", gritó Fumar.

"Sí... sí lo hice".

"¿Cuál chica, Lenny?" Vic preguntó.

"Se llamaba Pamela. Una verdadera belleza. Fue la que encontraron en Punta Espada".

Vic miró a Fumar e hizo un gesto con la cabeza al general para que se alejara de la silla a la que estaba atado Lenny. Los dos hombres caminaron hacia el otro extremo del almacén.

"Pamela León. Su nombre nunca se dio a conocer a la prensa", señaló Vic.

"Para mí, eso no significa nada. Estoy seguro de que muchas de las chicas venezolanas la conocían. Este tipo probablemente escuchó su nombre. Además, si él es el asesino... sabe su nombre".

Vic y Fumar volvieron con Lenny.

Fumar dio una larga calada a su puro. "Señor Díaz, vamos a seguir reteniéndole por los cargos que le imputamos. Y ahora, también le consideramos sospechoso de asesinato. Será detenido temporalmente en la prisión de Higuey. En aislamiento, por su propia seguridad".

"¿Qué? ¡Que no! ¡Soy inocente!"

***

"Dios mío, me están arruinando. Sáquenme de su país... Sigo siendo ciudadano estadounidense", gritó Fishman.

"Déjame ver. Abusaste de pacientes, eso se llama violación en tu país... y también se llama violación aquí. Pero en tu país, puede salir impune de ese delito siempre que tenga suficiente dinero y buenos abogados. Ahora, doctor, hemos comprobado su uso de sedantes. Específicamente, hidracina, hidrato de cloral y óxido nitroso. Tiene toda la razón. Estos productos químicos se utilizan para algunos pacientes pediátricos. Y una investigación más profunda muestra que sus registros están completos, como usted declaró. Pero eso no significa que nunca utilizara el sedante hidrato de cloral con prostitutas desprevenidas", declaró el teniente Castillo.

"Mire, tengo una enfermedad. Seré totalmente honesto contigo. He usado una droga para... para salirme con la mía con algunas mujeres, pero nunca he matado a nadie. Como mucho soy un delincuente sexual reincidente, no un asesino".

"¿Qué droga o drogas admite haber usado en estas chicas, doctor?"

"Ketamina". Eso es todo. Nunca hidrato de cloral... nunca".

"A lo mejor lo dice porque sabe que encontramos hidrato de cloral en el organismo de las chicas asesinadas", ofreció Castillo.

Raquel habló: "Ketamina... Especial K. ¿Cómo se consigue, doctor?".

"Tengo una fuente. Prefiero no decirlo".

"Doctor Fishman, ¿recuerda cuando dije que no soy un hombre violento? Pues tampoco soy un pusilánime. Responda a la pregunta, o estos hombres que están conmigo se encargarán de joderlo", siseó Castillo.

Fishman empezó a llorar de nuevo.

"¿Quién es su fuente, doctor?" gritó Castillo.

"Vale... vale, todo lo que sé es su apodo... Lenny."

CAPÍTULO 26

El cielo nocturno se llenó de estrellas y la brisa fresca y salada del océano hizo que la velada de Vic y Raquel fuera mágica.

"Oh, Vic, cariño, "Raquel suspiró. "¿No es tan hermoso aquí? Es tan... tan sensual".

Vic no tenía ni idea de si su señora se refería a la habitación, la casa, el campo... pero no le importaba. Habían estado trabajando sin parar en este caso, y su libido, que normalmente era fuerte, pedía atención.

"Cariño", le dijo. "TÚ eres sensual", susurró Vic cuando se acercó a ella por detrás en la terraza fuera de su habitación, rodeando su cintura con los brazos mientras se inclinaba para oler su pelo. Ella se apartó el pelo a un lado para que Vic pudiera acurrucarse en su cuello y oler su nuevo perfume especial que había comprado solo para este viaje. "Mmmmmm", dijo él.

Raquel se dio la vuelta y sonrió a su amante. "¿Qué te parece si tú y yo... lo hacemos aquí fuera?", susurró mientras se inclinaba lentamente hacia él y le daba un beso apasionado y húmedo.

Vic, se rio y dijo: "¿Y darles a los guardias de seguridad una historia para toda la vida? ¿Qué tal si pasamos al patio y..."

Raquel puso un dedo en los labios de Vic para tranquilizarlo y, cogiéndole suavemente de la mano, lo condujo a su habitación, donde se encontraron entrelazados en la cama.

"Oh, sí", gimió Vic cuando Raquel se la chupó.

"¡Silencio!"

Raquel dejó de hacer lo que estaba haciendo por un segundo y se rio porque la mayoría de las veces, durante sus apasionadas sesiones de amor de varias horas, Vic tenía que mandarla a callar. A medida que avanzaban las cosas, esta noche no iba a ser una excepción.

***

"¿Soy yo, o el sexo está mejorando?" Vic preguntó mientras recuperaban el aliento.

"Te lo digo, es esta isla. Creo que algún día deberíamos comprar una casa aquí. O al menos venir de vacaciones. No es que no seas el hombre más sexy del mundo, estés donde estés, ¡pero también sabes lo que me pasa cuando hay luna llena! Me vuelve loca. Mmmm, ya estoy lista para otra vez, nena -ronroneó Raquel.

Vic soltó un aullido bajo y los dos estallaron en risas. "Necesito unos minutos. Mi equipo está diseñado de forma ligeramente diferente al tuyo, mi amor. Charlemos un rato sobre el caso".

"¿Qué? ¡Eso arruina el ambiente! Vale, pero no te vayas a sentar en tu portátil o a quedarte dormido encima de mí, Vic. Una mujer tiene necesidades, ¡ya sabes!"

"Eres un maníaco y te quiero", respondió Vic.

"De acuerdo, veinte minutos de asuntos, ¡luego volvemos a lo nuestro!". Raquel, totalmente desnuda, saltó de la cama, tomó dos botellas de agua y se dejó caer de nuevo en la cama, sentándose con las piernas cruzadas.

"Trato hecho", dijo Vic dándose cuenta de que le iba a costar concentrarse. Seguía encontrándola enormemente atractiva y sexy, más atractiva, de hecho, que cualquier otra mujer que conociera. *Soy un tipo con suerte*, pensó.

"Este caso no es un juego. Pensé que vendríamos aquí, analizaríamos las pruebas, haríamos algunas averiguaciones, una detención rápida y disfrutaríamos del sol durante unos días", ofreció Raquel.

"La conexión entre Fishman y Lenny. ¿Qué piensas de eso?" Vic preguntó.

"No estoy segura. Punta Cana es un lugar pequeño y grande a la vez. La mayoría de los lugareños, los residentes a tiempo completo, tienen uno o dos grados de separación. Por lo que sabemos, Fishman le arreglaba los dientes a Lenny", dice Raquel.

"Lo sé. Cuando me dijiste que Fishman consiguió especial K de Lenny, todo mi enfoque sobre ellos cambió. Sí, puede que no encajen en el perfil clásico de un serial, pero... ¿Juntos? ¿Quién sabe?"

"¡Oooh! ¿Juntos? Nunca lo había pensado". *Es tan inteligente y sexy. Realmente soy la chica más afortunada del mundo*, pensó Raquel. "Pero estoy atascada en algunas cosas. La arpillera. ¿Qué tiene de especial esa arpillera? Que Jack investigue ese ángulo y vea si viene del mismo sitio. Y sigue presionando a las chicas por información. Creo que Jimmy debería conseguir chicas diferentes esta vez. Las traeré aquí para otra entrevista. Dios, no puedo creer la situación que tienen que soportar en su tierra natal. Toda esa pobre gente. Leí que el venezolano promedio ha perdido como veintiséis libras en el último año".

"Seguro que es un agujero de mierda. Así es el socialismo".

"Vic, estoy preocupada. ¿Y si todas estas pistas son callejones sin salida? Quiero echar un investigar más a fondo esa pareja danesa también. Realmente creo que tenemos que ampliar nuestro enfoque, cariño".

"Eres tan jodidamente sexy. ¿Qué tal si haces que esto se expanda?", dijo Vic mientras se miraba su pene.

"¡Gracias a Dios!" Se burló Raquel mientras se sentaba sobre él. "¡Han sido los veinte minutos más largos de mi vida!"

***

A las siete y media de la mañana, Fumar y sus hombres, Vic, Raquel y su equipo se reunieron para desayunar.

Olga se había levantado temprano y estaba ayudando a Louisa a preparar el desayuno. Se lo estaban pasando en grande preparando un enorme pernil al estilo puertorriqueño para el almuerzo. Theresa y Gabriella también se habían levantado temprano y estaban en la terraza disfrutando del sol de la mañana, preparándose para una clase de natación. Theresa llevaba un bikini modesto y el cabello recogido en una coleta apretada.

Raquel empezó la reunión. Estaba llena de energía. "Señores, hoy tenemos que redoblar esfuerzos en algunas cosas. Si no les importa, voy a detallar algunas ideas que Vic y yo queremos poner en marcha. Jack, por favor, sigue el ángulo de la arpillera. Analicemos la arpillera para ver qué tipo de arpillera era y qué había dentro de las bolsas, si es que había algo. No creo haber visto nada en los informes sobre eso, así que haz tu mejor esfuerzo para acotar las cosas. Jimmy, traigamos un nuevo grupo de chicas hoy. Tal vez nos ofrezcan más pistas. Intenta almorzar a la una. Todavía pueden llegar al trabajo por la noche. Ofrece la misma cantidad, transporte también, como antes.

"Además, creo que la conexión entre Fishman y Lenny puede aportar algo. Fumar, son tus prisioneros, así que tal vez puedas..."

interrumpió Fumar. "Sí, Raquel, ya lo he hablado con mis hombres. Vamos a cambiar un poco las cosas. Voy a entrevistar a Fishman y a ponerme duro con ese enano. López y Castillo harán equipo con Lenny. Prometo que será interesante".

"Me gusta. Ojalá hubiéramos podido hacer lo que tú haces cuando estábamos en la policía de Nueva York", soltó Vic. Fumar sonrió a través de su Churchill apagado.

"Esta mañana me voy a investigar a esa pareja danesa a la que Lenny tiró debajo del autobús. No creo que gente con dos hijos y una vida estupenda en Punta Cana decida estrangular y mutilar prostitutas por gusto, pero es una pista y quiero seguirla", anunció Raquel.

"Teniente Castillo, ¿algo que añadir?". —preguntó Raquel.

Castillo estaba un poco distraído, intentando ver a Theresa en bikini en la piscina. Volvió bruscamente a la reunión.

"Ah, sí. Se me ocurrió algo anoche cuando revisaba el mapa de los lugares donde se descubrieron los cuatro cadáveres. En dos de los casos, descubrimos que las víctimas fueron trasladadas a donde las encontraron en algún tipo de vehículo pequeño, como un carrito de golf o algo similar. Tenemos algunos moldes y fotos de las huellas de los neumáticos. Además, al observar la zona donde se encontraron los cuerpos, creo que el asesino mató a las chicas en un radio de seis o siete kilómetros. Hay muchos carritos de golf en los campos, y muchas villas también tienen estos vehículos. Creo que deberíamos revisar la zona para buscar todos los carritos o vehículos similares que podamos encontrar".

"Teniente, ¿me permite?" Interrumpió el sargento López. "¿Cómo encontramos los carritos de golf que están guardados dentro de los garajes de las villas? Esto parece una tarea titánica. Ya sabe, cómo buscar una aguja en un pajar". Su tono tenía un toque de sarcasmo, y su gesto de poner los ojos en blanco no mostraba respeto hacia Castillo.

"Preferiría al menos seguir todas las teorías posibles que sentarme a esperar otro cadáver más", replicó Castillo.

Fumar intervino: "Estoy de acuerdo con Castillo. Debemos intentarlo. Teniente, elija tres escuadrones de dos hombres cada uno. Seleccione a los mejores que tengamos. Explíqueles la importancia y entrégales copias de las fotografías de los neumáticos. Asegúrese de llevar un registro preciso de los lugares que estamos revisando. Empiecen de inmediato".

"Sí, señor". Castillo se puso de pie, hizo un gesto de despedida y salió de la reunión. Al llegar a la puerta, se dio la vuelta para echar un último vistazo a Theresa, que estaba en bikini junto a la piscina.

López se dio cuenta de que Castillo estaba fascinado con la profesora americana. También se fijó en el increíble cuerpo de Theresa. Decidió poner en práctica todo su encanto dominicano en cuanto la situación se lo permitiera. Era consciente de que si lograba acercarse a ella, Castillo se molestaría.

CAPÍTULO 27

El dormitorio era una gran combinación de mármol y caoba. Las baldosas de terrazo italiano, con sus manchas verdes y blancas, junto a los pesados muebles de madera tallada y una cama king size de cuatro postes, le daban un aire impresionante a la habitación. Las luces LED empotradas iluminaban el espacio en tonos de verde, rojo y azul, mientras que una pared retroiluminada en blanco y naranja creaba un ambiente casi inquietante y dramático.

"¡Lissandra, ven aquí ahora!" gritó Ralph Ledon. El rey del café esperaba a que su joven esposa se uniera a él y a una despampanante venezolana de veinte años.

"Eres un cerdo. Te dije que no me sentía muy bien esta noche. Ve a buscar a otra chica y haz que sea tu tercera", gritó Lissandra.

"¡Ven aquí ahora, puta de mierda!"

Le odio. Deseo que le dé un infarto esta noche. Quiero verlo ahogarse. No soporto ni un minuto más de esta mierda, pensó Lissandra. La bella y joven esposa del rey del café se comenzó a subir lentamente la gran escalera de mármol hacia su dormitorio.

"Ya voy, ¿okey? "Solamente dame un minuto".

Al acercarse a la puerta del dormitorio que compartía con su marido, los inconfundibles gemidos de otra mujer le produjeron un escalofrío por la espalda.

"Vamos, mi amor. Quiero que la lamas mientras golpeo ese culo. Túmbate debajo de ella", ordenó Ralph. Estaba desnudo, excepto por un sombrero panamá blanco brillante que llevaba puesto. La chica llevaba unos pantalones negros de spandex con la entrepierna rasgada.

La miserable muchacha, con el pelo castaño enmarañado y pegado a la espalda empapada de sudor, estaba de rodillas, con las piernas y los brazos atados a los enormes pilares de la cama. En la boca tenía una mordaza de bola roja transpirable, sujeta al cuello por una correa de cuero negro.

"Ponte sobre ella Lissandra y tira de mis bolas. ¡Haz que la perra se corra!" Ralph instruyó.

Unos instantes después, la desdichada chica empezó a sentir la lengua húmeda y caliente de Lissandra sobre ella. Ambas mujeres gemían falsamente para ayudar a Ralph. La pobre chica seguía pensando en el dinero, mil dólares americanos por quizá dos horas de trabajo. Lissandra no pensaba en nada, estaba en piloto automático.

Los golpes y las lamidas continuaron hasta que las rodillas de Ralph empezaron a acalambrarse.

"Bueno, zorra, vamos a ver cómo gimes cuando te ahogas", anunció Ralph.

Ralph estaba detrás de la joven, penetrando intermitentemente su recto y su vagina. Lissandra dejó de lamer por un momento, fingiendo disfrutar de los actos sádicos.

Ralph tiró con fuerza de la gargantilla negra, cortando el suministro de aire de la chica. Al darse cuenta de que estaba a punto de morir asfixiada, la chica tiró con fuerza de las ataduras de sus brazos sin resultado. Sintió un rápido cosquilleo en la cara, preludio del desmayo. Sus ojos, grandes y brillantes, comenzaron a derramar lágrimas mientras perdían su brillo. De repente, Ralph aflojó su agarre en el cuello de la chica justo cuando se corría dentro de ella.

"Oh, Dios mío, fue increíble... lo mejor de lo mejor", exclamó Ralph. "Lissandra, me has hecho muy feliz esta noche. Espera a ver lo que te voy a regalar. Serás la mujer más feliz de todo el Caribe. Me amarás aún más. Me amas, ¿verdad?"

"Sí, mi amor. Claro que sí".

La chica trataba de contener el llanto, con la bola roja aún en la boca. Sentía una presión en el estómago y ganas de orinar. No pudo aguantar más y terminó mojando las sábanas de satén mientras soltaba un gas desagradable.

"Por Dios... Ralph, por favor, suéltala y sácala de aquí, ¿quieres? Y que alguien queme estas sábanas", dijo Lissandra.

Si tan solo muriera, mi vida sería perfecta. ¡Cómo odio a este cerdo! pensó Lissandra.

CAPÍTULO 28

John Deegan dijo: "Tengo que decirte que tú y Raquel estaban espectaculares. El vestido que llevabas la otra noche era simplemente impresionante. Y tú tampoco te quedabas atrás, tenías un aire entre Dean Martin y Sean Connery." Había llamado a Vic por su móvil.

"¿Nos viste salir de la villa, supongo?"

"Para nada. Estuve en la gala. Un evento maravilloso".

"¿Estabas *qué*?"

"Estuve en la gala. De hecho, interactué contigo y con Raquel", se rio Deegan.

"Déjate de tonterías, ¿quieres?"

"Te tragaste ese Pato Pekín como si no hubieras comido en días."

"¿Me estás ocultando o qué? ¿Eras ese maldito camarero?"

"No, yo era ese maldito servidor. Soy un servidor en serie", se rio John.

"¡Seré un hijo de puta! Espera a que se lo diga. Va a alucinar".

"En fin, volviendo al tema. Miré por mi ventana esta tarde y vi otro grupo de hermosas venezolanas, ah... ¿cómo se llaman, chicas?".

"¿Por qué tengo la sensación de que te estás divirtiendo porque aún no hemos cerrado el caso, John?". Vic replicó.

"Nunca esperé que detuvieras a este asesino en menos de una semana. Como viejo amigo y consejero, debo decirle que el asesino está delante de sus narices".

"Te lo dije en Roma, no eres un viejo amigo. Eres John Deegan, un asesino en serie buscado en todo el mundo que tiene mucho dinero, que se salió con la suya en sus crímenes porque yo era estúpido y débil. En cuanto a consejero, escucharé al mismísimo diablo si eso ayuda a meter a este tipo en la cárcel".

"Traer a las chicas fue una idea brillante, pero puedes olvidarte del dentista de y de ese personaje de Lenny. Degenerados de hecho, pero esta es una isla llena de degenerados y no solo los turistas. Céntrate en las pruebas, Vic. Céntrate en las cosas que tienes delante. Me estoy divirtiendo mucho con esto, de verdad -Deegan pulsó el botón rojo del móvil-.

Típico. Lanza mierda por ahí y te deja colgado. ¡Idiota! Vic pensó.

CAPÍTULO 29

"Eres la niña más linda y con más talento de toda la República Dominicana", le dijo el sargento Manuel López a Gabriella Gonnella. Había vuelto a la sala de guerra para recoger una información que se había dejado convenientemente olvidada.

Gabriella y Theresa estaban dando los últimos retoques a sus páginas para colorear de mandalas.

Gabriella levantó la vista de la página para mirar al apuesto sargento y le sonrió tímidamente.

"Deberías decir 'gracias', jovencita", añadió Theresa.

Gabriella ignoró las palabras de su profesora.

"Es la edad. Lo siento", dijo Theresa.

"¿Puedo presentarme a los dos? Me llamo Manny. Vivo en Santo Domingo, la capital".

"Soy Theresa, vivo en Nueva York, la gran manzana", se rio Theresa.

"Santa Teresa, la pequeña flor. Mi madre es devota de esa santa".

"¡La mía también!"

"¿Qué le parece República Dominicana?", preguntó López.

"No he visto mucho. Solo esta preciosa villa y la playa, pero lo poco que he visto es increíble. ¿El tiempo es siempre perfecto?"

"Perfecto hasta que llueve a cántaros. Entonces no es tan divertido. Ahora no es temporada de lluvia. Solo unas lloviznas por la noche".

"Anoche escuché la lluvia y vi el fantástico espectáculo de relámpagos".

"Theresa, tengo una pregunta. ¿Tienes algún tiempo libre de tus obligaciones?"

"Sí, tengo algo de tiempo. Estaba pensando en hacer una excursión en catamarán dentro de unos días".

"Sería un honor que me permitiera acompañarla por Punta Cana. Lo único es que solo puedo salir pasado mañana, este domingo", López contuvo la respiración, esperando.

"Eso puede funcionar. Solo necesito confirmarlo con Raquel".

López le pasó a Theresa su teléfono. "Perfecto, Theresa, la florecilla, pon tu número aquí. Yo te mando un mensaje, tú me mandas un mensaje. Espero poder recogerte sobre las nueve de la mañana del domingo para que podamos disfrutar mucho. Lo siento, pero tengo que ir a la prisión ahora. Espero verte entonces". López se despidió rápidamente de Gabriella y se fue.

***

Treinta minutos después, López se reunió con Fumar en la prisión de Higuey.

"Doctor Fishman, soy el teniente general Esteban Disla Martínez, de la unidad de Identificación e Investigación del Ministerio de Interior y Policía. Estoy a cargo del caso de las cuatro mujeres asesinadas en Punta Cana en el último mes."

"Le dije a los otros policías que no tenía nada que ver con esto. Admití otras cosas, pero no soy su hombre", se quejó Fishman. El dentista estaba atado a la silla en una austera sala de conferencias de la prisión.

"Ya veremos. Ya veremos. Le diré que no soy un hombre paciente. Las cosas se hacen de manera diferente aquí que en los Estados Unidos. Si creo que está mintiendo u ocultando hechos o pruebas, no le va a ir bien hoy".

Fishman lucía cansado y pálido. Estaba incomunicado en la planta baja de la prisión. No le daba la luz del sol, solamente agua y un poco de comida.

"Hábleme de su uso de sedantes. Estoy especialmente interesado en su asociación con ese tal Lenny, de quien obtuvo la ketamina", dijo Fumar, acomodándose en una silla a un metro del acusado. Sus dos matones estaban de pie a cada lado de Fishman.

"No sé mucho sobre él. Solo que puede conseguir la droga, y otras cosas también, y se ofreció a conseguirme algunas mujeres", Fishman ahogó sus palabras.

"Pero usted tiene sus propias mujeres, ¿no es así Doctor Fishman?"

"Sí... algunas de mis pacientes".

"Ya veo. Entonces, ¿nunca usaste a ninguna de su red de venezolanas?"

"Nunca. Solo la droga".

"¿Y cuántas veces recibiste el especial K de Lenny?"

"No me acuerdo. Unas cuantas veces tal vez".

Fumar miró al policía gordo que estaba a la derecha de Fishman.

El policía se puso detrás del desafortunado prisionero. Le apretó con fuerza la cabeza a la altura de ambas orejas, luego la soltó y aplastó con sus fornidas manos las orejas de Fishman.

El dentista gritó de dolor. Empezó a llorar. Sintió que la cabeza le iba a estallar.

"'No me acuerdo' y 'unas cuantas veces' no es una respuesta aceptable, doctor. Inténtelo de nuevo", gritó Fumar.

"Tres veces, creo. Me reunía con él en el bar donde estaba. Nunca vino a mi oficina. No sabía lo que yo hacía con la droga".

"¿Y el hidrato de cloral? ¿Lenny también lo proporcionó?"

"No... no. Lo pedí a una empresa de suministros médicos para una aplicación dental legítima. Lo juro."

"¿Espera que me crea que usaba hidrato de cloral solo para sus pacientes pediátricos, sabiendo lo que le hace a un individuo, pero que solamente usaba la ketamina para sus pacientes adultas? Por favor, doctor, no insulte mi inteligencia", arremetió Fumar.

Una rápida mirada de Fumar, y el policía a la izquierda de Fishman se puso delante del desafortunado dentista, apretó un guante de cuero negro en su mano derecha, y luego enterró su puño en el estómago del hombre atado.

Fishman se dobló, sufriendo, y se quedó sin aliento. Se quedó sin aliento. Empezó a aspirar aire durante treinta segundos antes de vomitar sobre la camisa y los pantalones de la prisión. Su regazo estaba cubierto de mucosidad maloliente.

Fishman recuperó el aliento al cabo de un minuto.

"Únicamente le di ketamina a esas chicas. Y un poco de óxido nitroso. Eso es todo lo que hice... lo juro".

"¿Cómo conociste a este Lenny?" preguntó Fumar.

"Del salón de Bávaro. Fui varias veces a tomar algo y a ver qué pasaba allí. Se me acercó. Me ofreció chicas y cocaína. Esta zona está llena de tipos como Lenny. Tuve la mala suerte de hacer negocios con él".

"Voy a hacerte una oferta única, Doctor Fishman. Escúcheme con mucha atención. Asumiendo que usted no mató a estas mujeres, quiero saber quién lo hizo. Si me ayuda, yo le ayudaré. Me encargaré de que sea deportado inmediatamente por sus crímenes en lugar de pasar veinte años en este agujero infernal".

Fishman gimió como un animal herido. "¿No crees que te lo diría? ¿No sabes que no sobreviviré aquí en una cárcel? Quiero ver al embajador americano. Sigo siendo ciudadano de EE. UU".

Fumar se inclinó más cerca de Fishman. El acre olor a vómito y orina hizo que el general echara la cabeza hacia atrás.

"Ahora mismo, mi patético hombre, usted no tiene país".

CAPÍTULO 30

"Hoy puede ser tu día de suerte, Lenny. Bueno, en primer lugar, no voy a darte una paliza, así que llevas ventaja. Segundo, si me ayudas, yo te ayudaré. Podemos trabajar juntos", declaró Vic.

Estaban en la oficina del alcaide de la prisión de Higuey. El lugar parecía sacado de un bufete de abogados de Nueva York. Paredes de madera de cerezo, un humidor de puros de roble antiguo de metro y medio de altura, un enorme escritorio de caoba negra con un enorme sillón de cuero marrón, un bar completo en un rincón, sillones de lujo de tela granate y dorada, una alfombra persa... todo.

Lenny estaba en confinamiento solitario en el lado opuesto de la cárcel donde estaba Fishman. Cuando le hicieron pasar a la población general para reunirse con Vic, Lenny sabía muy bien que sería un blanco para los delincuentes profesionales de Higuey.

"Por aquí, calvito. Cuando entres en esta sección, serás mi puta perra, ¡te lo prometo!", gritó un preso.

"Oye, aquí tengo algo para ti, marica. Te lo vas a tragar y te va a gustar, maricón", gritó otro.

"Lo que tenga que hacer para mantenerme fuera de este sitio... me apunto", declaró Lenny.

"No te culpo. En primer lugar, háblame de ese dentista Fishman. Ese tipo de aspecto raro. Era cliente tuyo, tengo entendido", preguntó Vic.

"No con chicas. Creo que es medio marica. Sólo le vendí chit a él".

"¿Chit?"

"Sí, ya sabes, drogas".

"Oh, ya veo, mierda. ¿Qué drogas?"

"Creo que solamente el especial K. eso es todo."

"¿Para qué usaba la K?"

"Para lo que todo el mundo lo usa, supongo. Ponerlo en las bebidas y conseguir chicas todas jodidas. No puede tener sexo sin dinero o drogas, ese hijo de puta es muy feo".

"¿Sabes lo que pienso? Creo que él podría ser el que está matando a esas chicas", ofreció Vic.

"Amigo... míralo. Ni siquiera puede... es un puto marica. Espero que lo haya matado para que me deje en paz, pero no lo creo. A menos que tuviera ayuda, no podría mover un cuerpo ni tres metros".

"Esa es la teoría de alguien en el Ministerio de Policía de La Capital. Mató a las chicas y te pagó mucho dinero para que le ayudaras a esconder los cuerpos", mintió Vic.

"Eso es una maldita mierda de mentira. ¡De ninguna manera!"

"Bueno, olvidémonos de él un rato. Cuéntame más sobre esa pareja danesa o alemana que mencionaste".

"Me dicen que no soy yo y que no es ese maricón de Fishman. Sigues buscando a ese asesino", soltó Lenny, quien sonrió a Vic en busca de aprobación.

"Eres un tipo muy inteligente, Lenny. No la basura común y corriente. Veamos lo que tenemos aquí. Si cooperas conmigo, le hablo bien del general, tal vez te ayude un poco. Si no me ayudas, realmente no entendí lo que esos tipos te decían en el camino, pero creo que entiendo la idea. Eso no puede ser divertido, Lenny".

"¿Estás loco? ¿Tal vez el general me ayude? Me odia a muerte. Esto no es como lo que veo en la televisión americana, donde el malo les ayuda y hacen un trato legal. Aquí todo el mundo es un chupapollas y un mentiroso".

"Haré el trato. Tienes mi palabra. Lenny, no tienes absolutamente nada más que hacer en este momento", razonó Vic.

Lenny se detuvo a pensar en sus escasas opciones.

"¿Qué tienes en mente? Sé que no tengo elección".

"Lo sé. Eres un cabeza de chorlito, Lenny, pero me caes bien. Te prometo que, si no me haces quedar como un imbécil, te ayudaré. Así que esto es lo que necesito de ti. Te saco de aquí y tú emparejas a esa pareja rubia con una chica venezolana, alguien que les guste. Has trabajado con ellos antes, así que te acercas a ellos con una verdadera belleza. Una chocha de primera. Le pagamos bien a la chica, y ella lleva un micrófono. Escuchamos, si hacen un mal movimiento, entramos. Si no lo hacen, al menos los chicos pasarán un buen rato escuchando".

"Las chicas venezolanas no me quieren, amigo. Es difícil ahora".

"Viendo que tu culo depende de ello, será mejor que lo resuelvas, Lenny".

"¿Cuánto me pagan?"

"Buen intento, cabeza de mierda. Tienes las pelotas más grandes que Andrew Carnegie".

"¿Quién?"

"Donald Trump".

"Jajajajajaj. Ya entendí. Tengo las pelotas más grandes que Trump".

CAPÍTULO 31

"Creo que tenemos que pedir ayuda", soltó Vic. La pareja disfrutaba de su café matutino bajo la sombra de la veranda, cerca de la piscina, vistiendo sus albornoces turcos blancos de algodón en esa perezosa y soleada mañana de domingo.

"¿Deegan?" Raquel preguntó.

"Oh, no te preocupes. No tendremos que pedirle ayuda. Espero una visita suya con el nombre del asesino en cualquier momento. Ha venido aquí porque está muerto de aburrimiento en Suiza. Solo me pregunto cómo se enteró de que estábamos en el trabajo".

"¿Quién sabe lo que sabe y cuándo? Es increíblemente inteligente, creo que se ha referido a Deegan".

"Estaba pensando más bien en llamar a Gail Gain a Langley", dijo Vic.

¿"G.G."? Me encanta. Siempre pensé que sentías algo por ella, cariño", bromeó Raquel. Se llevó la taza de café a la boca y le hizo un guiño sexy a su hombre.

"Bueno, tiene un sueldo alto y una gran pensión del FBI".

"Pero Lewandowski dijo que el FBI pasó el caso, ¿recuerdas?"

"G.G. es brillante. No le estoy pidiendo ayuda oficialmente. Solo creo que podría echar un vistazo a lo que tenemos hasta ahora, ya sabes, los puntos clave del caso, para ver si tiene alguna idea."

"No me opongo a contactar con ella, únicamente me preocupa que se corra la voz de que estamos perdidos", se preocupa Raquel.

"No creo que estemos perdidos. Aún no. Solo que las

cosas avanzan muy despacio aquí. El asesino es el único que se mueve rápido. Cuatro asesinatos en tan pocas semanas no es nada tranquilo. Quiero más acción... más movimiento. Seguimos esperando a López y el análisis de la arpillera, por Dios. Jack dijo que López está esperando un informe".

"Sí, y no hemos oído nada sobre la revisión de los carritos de golf. Eso si las marcas de neumáticos fueron hechas por un carrito de golf. Quizá sea otro tipo de vehículo", sugirió Raquel. Ambos tomaron un sorbo de café. Vic mordió una rodaja de mango que Louisa había dejado en la nevera.

"Creo que necesito reunirme con Fumar y su equipo", dijo Raquel.

Vic ignoró el comentario de Raquel, casi como si estuviera preocupado. "Es domingo y todavía es un poco temprano en Langley. Aunque sea domingo", murmuró Vic. Miraba el campo de golf como si estuviera en otro mundo.

"Vic, tengo su número de móvil y de casa. Tal vez no estés listo para llamarla. Si piensas que llamarla significa rendirte, estás muy equivocado. Debemos usar todos los recursos que tengamos para atrapar a este tipo", insistió Raquel.

Justo entonces, sonó el timbre de la puerta principal de la villa.

"¿Quién demonios está tocando el timbre tan temprano un domingo por la mañana?" Vic preguntó.

Batista, el chico de la casa, estaba regando las plantas de los jardines interiores y se apresuró a contestar al timbre.

"Oh, probablemente sea López. Olvidé mencionarlo. Está aquí para recoger a Theresa", informó Raquel.

"¿Recoger a Theresa? ¿Para qué?"

"Pidió el día libre para poder ver Punta Cana. López está libre hoy y va a enseñarle los sitios de interés".

"Él le va a mostrar algo, claro."

"Deja de pensar mal, ¿quieres? Él es soltero, ella es soltera. ¿Y qué? Ambos han estado trabajando muy duro. Es solo una cita, Vic."

Batista dejó entrar a López, dándole al sargento el apretón de manos, la rutina del choque de hombros.

"Los yanquis patearon traseros anoche", susurró Batista.

"Demasiado pronto en la temporada", siguió López.

Theresa bajó la escalera radiante. Batista se quedó tan boquiabierto que casi se cayó al jardín que estaba regando.

"Estás preciosa", exclamó López.

"Vaya, gracias. No traje mucha ropa. Espero que no sea demasiado informal". preguntó Theresa, quien mostraba sus hermosas piernas. Sus pantalones cortos de color caqui no eran exactamente Daisy Dukes, pero tampoco eran del estilo de las niñas de la escuela católica. Un par de alpargatas color canela hacían que López no se quedara boquiabierto ante sus piernas largas, bronceadas y atléticas. Un top azul claro sin mangas apenas dejaba ver sus planos abdominales, pero mostraba lo suficiente de su escote como para mantener un aire de misterio. Unas gafas de sol sobre una gorra azul de los Mets de Nueva York y el pelo recogido en una coleta le daban un toque de universitaria alegre y lista para la diversión.

López tuvo que esforzarse mucho para ser el dominicano cool, pero pensaba, *¡mierda!*

"Te ves muy bien, Manny. ¡No puedo esperar a ver Punta Cana!"

Estoy deseando ver esa ropa en el suelo de mi habitación de hotel, pensó Manny, y luego se reprendió a sí mismo. *Es una buena chica americana, Manuel, no la cagues.*

El sargento tenía un aspecto muy diferente fuera de su rígido uniforme. Llevaba unos pantalones negros de lino ligeramente holgados, sandalias marrones y una camisa guayabera color crema de manga corta, cuadrada y sin remeter. Del cuello de López colgaba una cadena tejida de oro de dieciocho quilates, que pasaba por delante del primer botón de la camisa.

"¡Eh, chicos, espero que tengan un buen día! El clima dominicano está perfecto", anunció Raquel. Salió al vestíbulo para saludar a López y besar a Theresa. Vic no tenía nada que ver con eso. Prefirió quedarse bajo la veranda.

"Gracias, señora", logró decir López. Se sentía un poco fuera de lugar, viniendo a visitar a Theresa.

"Hasta luego, Raquel. Gracias por el día", le dijo Theresa. La tutora abrazó a su jefe, y López y ella se marcharon en una patrulla verde, no muy nueva y sin matrícula.

Raquel se reunió con su hombre cerca de la piscina.

"¿Estás loca? No me gusta para nada. En la oficina no apoyamos este tipo de cosas, así que ¿por qué aceptarlo aquí?" exigió Vic.

"No es lo mismo".

"¿Por qué no es lo mismo? Estamos aquí para hacer un trabajo. Para atrapar a un asesino, y la tutora de nuestra hija ha salido con uno de los investigadores. Y, por cierto, ¿has visto cómo estaba vestida?"

"Oh, ¿así que estuviste espiando desde tu escondite? Dime, Vic, ¿cómo se veía?"

"No me escondía. Solamente... me sentía incómodo. Y ella se veía muy bien. Quiero decir, es una mujer guapa".

"Típico. Juro que te arrastrarías sobre cristales rotos para ver un buen culo. Los hombres son unos cerdos". exclamó Raquel.

Vic soltó un bufido que hizo que Raquel se riera a carcajadas.

"Pongámonos a trabajar y llamemos a G.G. Si nos salta

su buzón de voz, podemos dejar un mensaje y volver a llamar más tarde", sugirió Raquel.

"Mi madre solía decir: 'La familiaridad genera desprecio'. No, No apoyes esto de Theresa, por favor", suplicó Vic.

"Supéralo. Es solo una cita, y probablemente no vuelvan a salir. Además, tengo la sensación de que este caso terminará pronto".

CAPÍTULO 32

"Lo siento, chicos, pero hice lo que pude. La policía dominicana está llena de excusas y se están tardando con las pruebas forenses de las bolsas de arpillera. Tengo la impresión de que no van a poder con esto, comentó Jack. Habló con Vic y Raquel desde la comisaría de Higuey, no lejos de Punta Cana, por el altavoz del móvil de Vic.

"Todo lo que queremos saber es si había alguna marca en las bolsas que pudiera llevarnos a su origen, y qué había dentro de la arpillera, si es que llevaban algo". soltó Vic.

"¿Puedo proponer algo?" Jack pidió.

"Todo oídos", siguió Raquel.

"Creo que tenemos que llevar las bolsas a un laboratorio en los Estados Unidos, o a la policía de Nueva York, o a alguna empresa competente para que haga un análisis completo. De lo contrario, estamos perdiendo el tiempo con la prueba más importante que tenemos en este caso", apeló Jack.

"Vic, estoy de acuerdo. Aquí no están preparados para un análisis tan detallado. Tenemos que hablar con G.G. Creo que tenemos que hacer esa llamada ahora mismo", coincidió Raquel.

"De acuerdo. Jack, quédate en Higuey. Me pondré en contacto tan pronto como pueda. Haré que Fumar te entregue las maletas y tal vez consiga ese jet para que puedas volar a Virginia. Todo depende de si nuestro amigo del FBI nos ayuda. Quédate tranquilo".

***

Raquel hizo una llamada rápida y se puso en contacto con G.G., quien aceptó tener una videollamada por Skype desde su apartamento. En diez minutos, verían a G.G. en el portátil de Raquel.

"Hola, G.G. ¡Cuánto tiempo sin verte!", anunció Vic. Raquel y él eran todo sonrisas, como si estuvieran llamando a una vieja amiga o pariente. Habían trabajado en el caso de John Deegan con G.G. durante bastante tiempo.

"Siete años", respondió G.G. Su rostro estaba demacrado y ojeroso. El pelo de G.G. parecía un nido de ratas. como el que se encuentra en el ático de una casa antigua. Se notaba que no había dormido en días. Vic y Raquel pudieron ver un poco del desorden en el apartamento de G.G. detrás de ella. El lugar parecía como si Gail Gain fuera una acaparadora compulsiva. Enormes pilas de periódicos, libros, botellas de refresco vacías y paquetes aplastados de cigarrillos Pall Mall llenaban el lugar.

"El tiempo vuela, supongo", murmuró Raquel. G.G. parecía distraída. Encendió un Pall Mall con una llama demasiado alta en su mechero. Aquella llama parecía salida de un soplete industrial.

No había bromas amistosas con G.G. Tenía una personalidad excéntrica, probablemente en el espectro autista, quizá Asperger. Se mostraba distante y poco amigable. No iba a preguntar cómo estaban Vic y Raquel o qué tal el clima. Su mente estaba completamente enfocada en una sola cosa: su obsesión por hacer perfiles y atrapar asesinos en serie para el FBI.

"¿Cómo has estado, G.G.?" Vic preguntó.

Gail miraba fijamente a la cámara, con un ojo a la izquierda y el otro ligeramente a la derecha. Si Vic y Raquel no supieran que la treintañera tenía un coeficiente intelectual de 160, habrían pensado que tenía una ligera discapacidad mental. Esperaron a que G.G. saliera de su habitual trance.

De repente, G.G. habló: "Lewandowski me envió un

email hace unos días. Me informó de que estabas en un caso en serie en la República Dominicana". La voz de G.G. era tan áspera que parecía que hubiera estado tres días en el desierto del Sahara sin agua.

"Sí, estamos en dominicana y nos vendría bien tu ayuda, G.G.", reveló Vic.

"¡Yo no vuelo!"

"Sí, lo sabemos. No te pedimos que vengas aquí, solo necesitamos que nos aconsejes un poco y, con un poco de suerte, podremos atrapar a este asesino", respondió Vic.

"Envíame un e-mail. Quiero tantas especificaciones de las víctimas de asesinato como sea posible".

"No hay problema. Estamos un poco apurados, G.G. ¿Podrás mirar esto pronto? También tenemos unas bolsas de arpillera que dejaron sobre las cabezas de las cuatro víctimas. Necesitamos analizarlas cuanto antes", declaró Raquel.

G.G. no respondió, solo siguió mirando.

"Si te enviamos esas bolsas, ¿crees que ayudaría?" Vic preguntó.

Otro minuto de mirada fija y silencio.

"Posiblemente". G.G. inhaló profundamente el cigarrillo, dejando que el humo saliera de su boca y por la nariz.

"Podemos enviar a nuestro hombre, Jack Nagle, con las bolsas esta noche o mañana a primera hora. ¿Estarás en el cuartel general?"

"No, voy a estar en el laboratorio. Voy para allá ahora. Envíalas allí. Dile que no intente darme la mano, por favor. No me gusta dar la mano".

"También lo recordamos, G.G. No te preocupes. Así que... te enviaremos inmediatamente por correo electrónico los datos de las víctimas", articuló Raquel.

"¿Algún sospechoso?", preguntó G.G. Estaba mirando su cigarrillo cuando habló.

"Sí, unos cuantos".

"Envíame esa información". G.G. desconectó la llamada de Skype.

"¡Jesucristo! Puedo olerla a través del vídeo", dijo Vic.

"¡Dios mío! Recuerdo lo mal que olía. ¿Por qué la oficina se aferra a ella?"

"Porque es una verdadera genio, por eso".

CAPÍTULO 33

"Este es igual que el de Hollywood, Florida, Manny. Es fabuloso", afirmó Theresa.

"¿De verdad? ¿Cuándo fuiste allí?"

"El año pasado con dos amigas. Nos divertimos mucho. Se llama Seminole Hard Rock. Tienen un casino enorme, muy parecido a este lugar, y un hotel increíble. Es alucinante cómo tres chicas en un casino nunca tuvimos que pagar nuestras propias bebidas. Los chicos no paraban de invitarnos a rondas".

"Supongo que esos tipos saben reconocer a las mujeres guapas", dijo Manny. *Me pregunto si se habrá acostado con alguno de esos tipos cachondos*", pensó.

Después de conducir por Punta Cana, ver los lugares de interés, las hermosas playas y la línea costera, y después de un emocionante paseo de dos horas en lancha rápida para dos personas, la pareja se dirigió al Hard Rock Café para un almuerzo tardío.

"Espero que te haya gustado lo que visto hoy". preguntó Manny.

"Me encantó. Me gusta mucho este país. Sobre todo, la gente y el ritmo. Es realmente como el paraíso".

"Bueno, espero que yo también te guste, Theresa."

Manny había estado todo el día pensando cuándo mostrarle sus mejores movimientos a la atractiva tutora. Mientras caminaban hacia el bar, Manny rodeó con el brazo la delgada cintura de Theresa.

"Eres un gran tipo, Manny. Y un maravilloso guía turístico".

"¿Eso es todo? ¿Solo un gran tipo?" Manny dejó de caminar. Acercó a Theresa hacia él, como si quisiera abrazarla en un baile íntimo. La profesora se apartó.

"¿Qué pasa?" Manny preguntó.

"Me lo he divertido mucho contigo hoy, Manny, pero no quiero convertir esto se convierta en algo más".

"No lo entiendo, Theresa. ¿Qué quieres decir con 'algo más'?"

"Mira, no busco ser otra de tus conquistas. Toda la narrativa me perturba. El cliché de la chica americana que se tira al dominicano sexy en la primera cita. Esa no soy yo".

"¿Ves? Crees que soy sexy. Eso es un comienzo", soltó Manny. No bromeaba.

"Estoy muy cansada y no quiero abusar de la amabilidad de Raquel y Vic. De todas formas, quiero volver y ocuparme de Gabriella antes de que se vaya a la cama".

Manny no se dio por vencido. Su ego de macho latino estaba herido. Volvió a acercarla a él. "¿Solo un buen beso?"

"Nada de buenos besos. Ahora llévame de vuelta a la Casa Blanca", insistió Theresa. Era una chica de Nueva York que no aceptaba tonterías de nadie, y menos de un tipo tan arrogante.

Manny se fue molesto, como un niño caprichoso, mientras Theresa lo seguía. No intercambiaron ni una palabra más durante los veinte minutos que duró el trayecto de regreso a Tortuga Bay.

***

"¡Hola a todos, he vuelto!", gritó Theresa. Gabriella bajó la escalera y saltó a los brazos de su profesora.

"Te extrañé Srta. Panny... ¡de verdad!" Gabriella declaró.

"No tanto como yo a ti, Gabby". Theresa abrazó a su

estudiante y le dio un beso en su suave mejilla.

Vic y Raquel estaban ocupados repasando sus notas sobre el caso en el salón convertido en sala de guerra. Vic seguía sin querer saber nada de la situación. No perdía detalle del trabajo. Raquel saltó de su silla para saludar a Theresa.

"Creo que todos te echamos de menos. ¿Cómo la bien?", preguntó Raquel.

"Toda esta zona es preciosa. Los alrededores de Bávaro son un poco sórdidos, y el zigzagueo de ciclomotores y motos es suficiente para marearte, pero la gente es realmente dulce".

"Regresaste temprano a casa. ¿Comiste?"

"¡No preguntes!", murmuró Teresa. Tenía la cara roja por el sol, pero Raquel se daba cuenta de que estaba molesta. "¡Me muero de hambre!"

"Oh, vaya, ¿te importan las sobras? ¿Pollo y arroz y una buena ensalada? Louisa está en su habitación, pero seguro que no..."

"No, no... yo me encargo. Gabby, ven y hazme compañía. ven y hazme compañía. Déjame mostrarte en el mapa a dónde fui hoy. Te contaré todo sobre mi viaje en barco y todos los hermosos peces y corales que vi".

***

Raquel volvió a la mesa de conferencias y a Vic. Decidió no decirle nada a Vic sobre la evidente molestia de Theresa. Raquel no quería oír ningún sermón del tipo "te lo dije". En el fondo, sabía que Vic tenía razón.

"Mañana por la mañana, Jack volará a Quantico. Fumar cooperó totalmente. También se ofreció a acompañarme a visitar a Ralph Ledon. Ya es hora de que sigamos esa pista. Es una situación delicada, así que tenemos que andar con pies de plomo", anunció Vic.

"Voy a preparar un plan para acercarme a la pareja danesa. Jimmy está ahora mismo con Lenny averiguando cosas y Lenny ya preparó la trampa", ofreció Raquel.

"Eso nos deja a ese jardinero, Freddy. Creo que deberíamos asignar al teniente Castillo para dirigir esa investigación. Hablaremos con él por la mañana. Ahora mismo, quiero llevar a mi encantadora esposa puertorriqueña a nuestra suite y ver un poco la televisión", pronunció Vic.

"Disculpe, Sr. Gonnella, pero si intenta alcanzar ese control remoto, le apuñalaré en la mano".

CAPÍTULO 34

"Isabel, me enteré por Lenny de que tiene algo que ofrecernos hoy mientras los niños están en la escuela", anunció Adam.

"¿De verdad? Debo decirte que me apetece mucho, pero tengo clase de golf a las once", respondió la mujer de Adam.

"Según Lenny, quizá sea buena idea cancelar esa clase. Tengo clases de tenis de cuatro a siete. Podemos terminar fácilmente a las tres, antes de que los niños lleguen a casa.

"Cuéntame más", soltó Isabel.

"Evidentemente, es la venezolana más guapa que ha visto hasta ahora. Llegó ayer a Punta Cana. Diecinueve años y pervertida, dijo. Nos la puede conseguir por doscientos americanos".

"Pídele que envíe una foto".

"Ya lo hice. Deberíamos recibirlo por mensaje en unos minutos".

En la zona del Arrecife de Punta Cana, a solo tres minutos en auto de la Casa Blanca, Adam e Isabel Jensen vivían en una lujosa villa que administraban para una adinerada familia de Copenhague. La atractiva pareja, ambos altos y rubios nórdicos, tenía predilección por las mujeres exóticas que estaban dispuestas a compartir su cama por dinero. Lenny había estado con Isabel unas cuantas veces mientras Adam grababa vídeos caseros ardientes. A Isabel le gustaban las chicas tanto como los hombres, mientras que Adam era estrictamente un amante de las latinas.

Adam era el hombre que todas las mujeres solteras y casadas de Punta Cana deseaban. Tenía un cuerpo envidiable, una sonrisa brillante y una larga melena rubia, algo poco común en la República Dominicana. Isabel, con sus pómulos altos de modelo y un cuerpo que mostraba que había sido madre de dos, hacía ejercicio con un entrenador personal en su casa cada dos días.

Los Jensen tenían mucho dinero gracias a varias casas de lujo que gestionaban para sus jefes. Juntos disfrutaban de una vida envidiable y de una relación sexual abierta.

El teléfono de Adam sonó.

"Muy bonita... muy, muy bonita", espetó Adam. Le entregó el teléfono a su ansiosa esposa.

"Mira sus labios. Su culo y sus piernas son increíbles", declaró Isabel. Estaba mirando la foto de la chica con profunda intención. "Definitivamente, es de alta calidad, eso seguro. Llama a Lenny. Voy a cancelar mi clase", exclamó Isabela.

***

Fumar y Vic condujeron hasta la extensa mansión de Ralph Ledon, situada en lo alto de una colina y daba al club de golf de Punta Espada. Los llevaron en un vehículo oficial del Ministerio del Interior y de la Policía, repleto del símbolo del Ministerio en ambas puertas delanteras y matrículas oficiales en ambos extremos.

"Es una villa impresionante", espetó Vic.

"¿Qué esperabas del hombre más rico de la región? Probablemente de todo el país, quizá de todo el Caribe", respondió Fumar.

"Seguro que esta casa tiene que tener unos cincuenta mil pies cuadrados, apuesto".

"He aprendido a no dejarme impresionar por las posesiones de los demás. Mucha gente rica de este país ha cometido muchos delitos. La gente es, en su mayoría, mala.

Incluido Ledon", dijo Fumar.

"Raquel diría que eres un pesimista. Yo lo llamo ser realista. Estamos en la misma sintonía, amigo", replicó Vic.

Ambos caminaron hacia la enorme puerta de roble, que se encontraba al final de un camino de coral rosa triturado, y luego sobre baldosas de mármol blanco y negro con incrustaciones doradas que parecían gigantescos granos de café. Fumar se quitó el sombrero oficial, se lo metió bajo el brazo izquierdo y tocó el timbre. Vic se apartó, sintiéndose como un repartidor del A&P del Bronx.

"Buenos días, ¿puedo ayudarles, señores?", respondió un mayordomo con un acento británico y mala dentadura.

"Buenos días, soy el teniente general Esteban Disla Martínez, de la unidad de Identificación e Investigación del Ministerio de Interior y Policía, y este es el señor Vic Gonnella, de Nueva York. Estamos aquí para hacer una visita de cortesía al Sr. Ledon.

"Por favor, pasen, caballeros. Les anunciaré al Sr. Ledon de inmediato".

"Podría vivir aquí... sin problemas", reflexionó Vic en voz alta.

"No podría costear el papel tapiz", susurró Fumar. Una inesperada gota de sudor corrió por el cuello de Fumar, manchando la camisa marrón claro de su uniforme.

Los dos hombres quedaron boquiabiertos al ver el vestíbulo y la triple escalera de mármol que subía al segundo piso. Aunque las arañas de cristal estaban apagadas, las luces de colores le daban al lugar un aire casi estridente.

El mayordomo regresó rápidamente. Vic estaba demasiado ocupado mirando los dientes manchados del hombre para darse cuenta de que estaba vestido con un traje de mañana formal, con frac y todo.

"Caballero, el Sr. Ledon bajará en un momento. Está terminando una llamada al extranjero. Me ha pedido que le dirija al estanque de peces que está más allá de la piscina".

Suena como un paseo de quince minutos, pensó Vic mientras los dos agentes de la ley seguían al mayordomo de Ledon.

Cuando se acercaron a la piscina, allí estaba ella, Lissandra-Hoyas Ledon, pero esta vez no llevaba un traje de pantalón blanco de seda. Lissandra estaba sentada en una silla de playa bajo una palmera, con unas grandes gafas de sol y el bikini más increíble que ninguno de los dos hombres había tenido la suerte de ver jamás. Sus pechos rellenaban el escueto top dorado, además de un poco más en los laterales. La parte de abajo no era más que una brillante tanga dorada.

Jesucristo, pensaron ambos hombres.

"¡Bueno, hola de nuevo, Sr. Gonnella!", gritó Lissandra. Dejó su libro, se levantó de su asiento, se puso sus tacones de diez centímetros sin respaldo y se dirigió hacia los dos hombres. Fumar, cuyo trabajo dependía del decoro, miraba a su alrededor como si fuera un estudiante de diseño de interiores. Vic disfrutó de todo el espectáculo.

"Me sorprende y halaga que recuerde mi nombre, señora Ledon", tartamudeó Vic.

Lissandra se acercó a Vic y le besó en ambas mejillas. Luego, se presentó formalmente al general con un fuerte apretón de manos.

"Sr. Gonnella, mi marido me ha enseñado a recordar nombres para poder hacer lo que acabo de hacer con usted. Me he entrenado para recordar a todos los que conozco, es como un juego. ¿cómo está Raquel Ruiz?"

"¡Increíble! Quiero decir... ella está bien, gracias. Dije increíble para alabar su increíble memoria".

"Supongo que han venido para ver a Ralph. Ha tenido una mañana muy ocupada, como todas las mañanas. Sé que esta tarde se marcha a Cuba por unos días", reveló Lissandra. Se quitó las gafas de sol y sus brillantes ojos negros delataron su interés por Vic, quien tragó saliva.

"Bueno, Sr. Gonnella, me alegra verlo de nuevo, ¿cómo está su impresionante esposa, Raquel?", gritó Ralph Ledon.

"¿Ves lo que quiero decir?" Lissandra susurró. Lissandra se despidió. Estrechó la mano de Vic y la sostuvo demasiado tiempo.

Los dos hombres se dieron la mano. El apretón de manos de Ralph fue como un tornillo de banco. Vic presentó al general Martínez utilizando su nombre completo. Se sorprendió a sí mismo de haber acertado con el nombre completo.

"¿Qué puedo ofrecerles de beber, caballeros?"

"Un expreso, por favor, si no es mucha molestia", dijo Vic.

Ralph soltó una risa estruendosa. "Sr. Gonnella, no me llaman el rey del café por nada. Nuestra máquina de café expreso es del tamaño de una Ford Taurus".

Los tres hombres se echaron a reír con la analogía de Ralph.

"Y tengo el licor apropiado para corregir el café, como dicen los italianos. Supongo que, siendo italiano, preferiría anís".

"Perfecto... podría haber dicho Sambuca", dijo Vic sonriendo.

"Ningún italiano del sur de sangre roja bebería Sambuca con su café", rio Ralph.

"¿Y usted, General? ¿Anisette para usted?"

"No, señor, lo siento, solo café normal".

"Ahhh, un verdadero latino. Un hombre como yo".

Un camarero bajo, calvo y uniformado oyó los pedidos y se apresuró a atenderlos.

"Vamos al estanque de los peces. Me gusta estar allí", ordenó Ralph.

El estanque tenía un metro de profundidad y era tan grande como una piscina olímpica. Miles de peces nadaban en el agua salada con corales autóctonos visibles hasta el fondo de la piscina.

"¿Saben una cosa, caballeros? Somos muy parecidos a esos peces. Todos intentan sobrevivir en ese estanque y en el mar, igual que nosotros. Lo único es que no estoy seguro de que tengan sentimientos que interrumpan su subsistencia como los humanos".

Fumar intervino: "Plantea una pregunta filosófica sorprendente. ¿Tienen sentimientos los peces? Yo opino que no. Creo que están diseñados por la naturaleza solo para reproducirse".

"Muy interesante, General. Me gustaría pasar más tiempo filosofando con un hombre brillante como usted, pero me temo que tengo que salir del país unos días. Me marcho pronto".

Fumar se aclaró la garganta: "Permítame ir al grano de nuestra visita, señor. Estoy seguro de que está al tanto de los asesinatos que hemos sufrido últimamente aquí en Punta Cana".

"¿Te refieres al Carnicero de Punta Cana? Sí, estoy al tanto de ello".

"Sr. Ledon, las mujeres asesinadas eran todas prostitutas venezolanas. Sus cuerpos han sido encontrados en un radio de seis kilómetros. Como usted seguramente sabe, una chica asesinada fue encontrada allí mismo, en Punta Espada", explicó Fumar.

"Sí, puedo ver la cueva donde la encontraron desde mi balcón de arriba. Muy perturbador".

"Así es, señor. ¿Has tomado alguna precaución extra de seguridad, Ralph?" Preguntó Vic.

"Ahhh, ya estoy sumando dos y dos. Así que usted es el famoso detective americano. Lo llamaron para que ayudar a encontrar al Carnicero. Ahora lo entiendo, y me siento aún más honrado de haberle conocido".

Vic sonrió e inclinó un poco la cabeza.

"Para responder a tu pregunta, no he aumentado la seguridad, y te diré lo que pienso. Aparte de un sistema de alarma y algunas cámaras alrededor de este lugar, Lissandra y yo somos tiradores de campeonato. Competimos en el club de tiro en La Romana. Ella puede dispararle a una abeja. Yo tampoco soy tan malo. Pero más que nada, él únicamente está matando venezolanos. Nosotros, como todo el mundo sabe, somos cubanos, y la última vez que miré, no éramos prostitutas. Así que, ¿por qué preocuparse?"

"A riesgo de ser grosero, Ralph. Si le doy algunas fechas, ¿podrías decirnos dónde estuvo?", empujó Vic.

"¿Qué? Preguntó Ledon. "¿Ahora soy sospechoso en esta mierda? ¡Eso es lo más absurdo que he oído en mi vida! General, me sorprende que permita este tipo de interrogatorio, conociendo mis conexiones en la capital y mi estatus en el país. Debo estar soñando".

"Sr. Ledon. Hasta que encontremos a este asesino, a este maníaco, tenemos que investigar todas las pistas", respondió Fumar.

"¿Dígame cómo llegué a ser investigado, General?"

"Alguien se presentó e informó a nuestro grupo de trabajo que a menudo se relaciona con prostitutas. Con un interés especial en las prostitutas venezolanas. Simplemente, estamos siguiendo esa pista".

"Mira, si cualquier chupapollas señala con el dedo a un rico, ¿eres tan crédulo para creértelo? ¿Y si te digo que muchos de los dirigentes de tu República Dominicana van con prostitutas? ¿Les llamarías a la puerta y les acusarías también de asesinato?".

"Ralph, nadie te está acusando. Simplemente, queremos unir todas las piezas de este rompecabezas. Surgió tu nombre y, por absurdo que parezca, tenemos un trabajo que hacer. Dinos, dónde estuviste en determinadas fechas y todos seguiremos adelante", imploró Vic.

"Hoy tengo negocios en Cuba. Mándame las putas fechas, y hablaré con mi abogado, y él le dirá si me voy a meter en tu juego".

Vic y Fumar se levantaron para abandonar el estanque de peces. Ralph se quedó mirando a los peces, ignorándolos por completo.

"Gracias, Sr. Ledon. Lo contactaré por correo electrónico".

"Y empezaré a follarme a chicas brasileñas".

***

Al salir de la villa del rey del café, Fumar se fijó en un carro de golf para cuatro pasajeros, más grande de lo normal y hecho a medida, que estaba aparcado justo delante de uno de los cuatro garajes. El carro tenía algunos extras que no solían verse en los campos de golf. Sistema estéreo de cuatro altavoces, faros halógenos de gran tamaño, un ventilador en el lado del conductor y del pasajero, y grandes neumáticos con llantas personalizadas.

"Mira esos neumáticos", susurró Fumar.

"Traeré a alguien para que lo revise", dijo Vic.

"Eso debería decírselo yo. Tengo todo un departamento de policía a mi disposición", respondió Fumar.

"Sí, pero tengo al tipo adecuado para esto... confía en mí. Es especial".

CAPÍTULO 35

"¿Ya te estás aburriendo?" Preguntó Vic, mientras llamaba a John Deegan al móvil.

"¿Cómo voy a aburrirme, viendo cómo entras y sales de esa Casa Blanca donde te quedas?", respondió John Deegan.

"Es un poco raro tener a un asesino en serie internacional suelto acechando mi trabajo, pero nos lo pasamos tan bien en los últimos episodios, tal vez podamos colaborar".

"¡Genial! ¡Tengo trabajo otra vez!" Deegan gritó.

"¿Quién habló de un trabajo? Esto es un favor, viejo amigo".

"Para mí, sigue siendo un trabajo. Dime, dime, dime".

"Uno de los sospechosos del caso, que resulta ser uno de los hombres más ricos de la República Dominicana, es Ralph Ledon. ¿Le conoces?"

"Sí, sé quién es, el rey del café. Creo que está en la lista de los cien de Forbes".

"Exactamente. Asquerosamente rico. Solamente quiero que revises la situación y hagas un reconocimiento sigiloso. ¿Te animas?"

"Claro que sí. Y te daré un consejo más. Me guardaré mis pensamientos para el almuerzo que me vas a invitar. Pero, mi querido Gonnella, seré educado y me callaré, por ahora.

"De acuerdo, Deegan, me gustaría que..." Vic fue cortado por Deegan.

"Tut, tut, tut... Ya sé lo que necesitas. Te daré los resultados en un día o así. Hace unos días pensaba investigar a Ledon. Solo quería la satisfacción de recibir una llamada tuya".

Deegan terminó la llamada.

***

"Hola, Sra. Gain. Soy Jack Nagle". Jack estaba en el laboratorio forense del FBI en Quantico, Virginia, listo para entregar las cuatro bolsas de pruebas selladas que contenían los sacos de arpillera encontrados en las cabezas de las cuatro chicas asesinadas.

G.G. estaba en su pequeña oficina, con el escritorio tan lleno de papeles, tazas de café vacías y latas de Coca Cola que Jack no podía distinguir si el escritorio era de madera o de metal.

Ese olor es una combinación de humo de cigarrillo y culo, pensó Jack.

G.G. levantó la vista, con sus gruesas gafas sobre el puente de la nariz. Se quedó mirando al ex marine.

Jack le devolvió la mirada con una pausa incómoda.

"No se preocupe, Sra. Gain, a mí tampoco me gusta dar la mano". Jack intentaba ganársela. En vano.

"¿Tienes la arpillera?"

"Sí, señora. Están en esta bolsa, todos sellados".

"Necesitarás un COC".

"¿Perdón?"

"Un formulario de cadena de custodia. Tengo uno por aquí en alguna parte".

G.G. comenzó a buscar entre el desorden de papeles hasta que finalmente encontró el documento. Sin mirar a Jack, le ofreció el formulario firmado.

"Todos saben que el perpetrador es un asesino en serie

de misiones, ¿verdad?" soltó G.G.

"¿Señora?"

"Debes tomar notas del Sr. Gonnella. Según lo que he investigado a partir de los datos que me enviaron, este asesino encaja en la categoría de asesino orientado a una misión. He descartado las otras categorías en mi perfil". G.G. se rascaba su enmarañada melena, y Jack notó caspa cayendo sobre los papeles frente a él.

"¿Otras categorías?"

"Sí. El asesino no actúa por lujuria ni por deseo de poder. No es un asesino que se guía por visiones o emociones. Es evidente que justifica lo que hace, creyendo que es necesario eliminar a estas prostitutas de la sociedad. Tal vez elige a mujeres venezolanas para hacer una declaración sobre la situación en su país o porque siente una culpa oculta por haberlas utilizado en el pasado. Detrás de estos crímenes hay rituales, y en este caso, la mutilación es su forma de ritual. Escoge a chicas que se parecen y siente que deben ser "honradas" al ser asesinadas por él. Es un caso típico de misión. No parará hasta que lo atrapen o lo maten".

"Ya veo."

"Creo que este asesino tiene una cuota, es decir, un número específico de víctimas. Generalmente, de diez a doce asesinatos. Recuerda, solo es una teoría... espera por favor."

G.G. tomó un paquete arrugado de cigarrillos Pall Mall para sacar uno, pero no había ninguno en el paquete, así que tomó uno nuevo de una caja que estaba encima de un montón de papeles. Lo encendió, inhaló profundamente y lanzó una nube de humo al aire.

"Me sorprende que se pueda fumar aquí", mencionó Jack.

"O fumo, o me voy a casa".

"Ya veo. Entonces, dime, ¿me quedo por aquí y espero el análisis de la arpillera?".

"El proceso dura dos días", murmuró G.G.

"Supongo que volveré a Punta Cana entonces".

G. G. entró en modo de mirada fija durante un minuto.

"Como quieras", murmuró G.G.

CAPÍTULO 36

"Entonces, ¿qué pasó?" Raquel preguntó.

"Me divertí todo el día. Hicimos muchas cosas. Luego fuimos a comer al Hard Rock y se puso un poco raro", respondió Theresa.

Raquel se preparaba para salir al campo con Jimmy a vigilar a los Jensen. Se detuvo a ver a Gabriella, que estaba haciendo un examen de matemáticas. Theresa y Raquel se alejaron unos minutos.

"¿Realmente espeluznante o solo un poco raro?". — preguntó Raquel.

"Te lo diré de esta manera, él era insistente y no aceptaba un no por respuesta. Le dejé claro que no soy ese tipo de mujer".

"Tenía esa mirada. Probablemente, no ha oído la palabra 'no' muy a menudo aquí".

"Me trajo aquí desde Bávaro, como si actuar como un bebé fuera a hacerme cambiar de opinión. Antes de eso, era un caballero".

"Estoy un poco sorprendido de él, sabiendo que estás con nosotros, pero ya sabes lo de los hombres latinos y su testosterona hiperactiva".

"Sí, es guapísimo y lo sabe, pero ahora va a ser un poco incómodo que venga aquí a una reunión".

"Lo vigilaré. Ocúpate de tus asuntos e ignóralo".

"Esa es mi intención".

***

De camino a la villa de los Jensen en Arrecife, Jimmy puso a Raquel al corriente del plan.

"Lenny lo consiguió. Estos dos personajes de Jensen son quizá la pareja más desordenada del Caribe. La venezolana se llama Cynthia y es una estrella, muy joven y muy guapa. Isabel Jensen lleva la batuta allí, y es una rarita total", aconsejó Jimmy.

"¿Que tan joven?" preguntó Raquel.

"Diecinueve. Llegó ayer de Caracas. Lenny la llevará a la casa".

Jimmy continuó: "Está preparada. Tiene una grabadora inalámbrica en su bolso, otra en el forro de sus vaqueros y otra en su móvil. Obviamente, no tiene ni idea de por qué queremos esto, pero el dinero manda".

"¿A qué hora llegan?"

"A las once. En quince minutos. Tengo a dos de los detectives de Fumar en una villa al otro lado de la calle, vestidos de obreros. Están arrancando malas hierbas y podando árboles. Hay otros dos hombres apoyándonos en un camión frente a la casa de al lado. Estaremos a unos metros, listos para abalanzarnos si creemos que la chica corre verdadero peligro".

"¿Y Lenny?"

"Aún no estoy seguro. Si los Jensen quieren que los filme con la chica, cosa que ya han hecho antes, se queda. Si no, se sentará aquí con nosotros.

"¿Confiamos totalmente en Lenny?", preguntó Raquel. Arrugó la cara y negó ligeramente con la cabeza.

"Es un perro, pero sabe que Fumar lo encerrará. Estas prisiones dominicanas son una pesadilla, Raquel, y Lenny solo tiene una oportunidad: cooperar. Si nos traiciona, está jodido. Perdón por el juego de palabras".

Jimmy se acercó a la entrada del chalet junto a los Jensen. Faltaban unos minutos para las once cuando Lenny apareció con Cynthia.

Decir que Cynthia era hermosísima, era quedarse corto. Era un poco más alta que la mayoría de las chicas venezolanas que veían, con el pelo largo, liso y negro que le llegaba a la altura de su perfectamente formado trasero. Llevaba un enterizo de spandex de una sola pieza, de color crema que se amoldaba perfectamente a la raja de su culo. La parte de arriba del mono dejaba entrever sus pechos jóvenes y bien formados, salvo por la cinta adhesiva de doble cara que llevaba en cada teta. Completaba su atuendo con unos tacones rojos de diez centímetros y un bolso marrón de Louis Vuitton.

"¡Jesucristo!" Raquel jadeó.

"¡Te lo dije!" Jimmy se ofreció.

"¿Por qué una mujer con ese aspecto necesita venderse a esta puta gente?".

"Saca tus conclusiones, Raquel".

"Quiero decir que puede tener cualquier neurocirujano rico en el área triestatal de Nueva York".

"O un viejo policía retirado como yo", añadió Jimmy, soñando despierto mientras seguía ese culo hacia la villa. Lenny echó un vistazo rápido hacia el vehículo en el que iban Jimmy y Raquel.

"Tienes un arma, ¿verdad?", preguntó Raquel.

"Claro que sí, y aquí tienes una amiguita, por si acaso", añadió Jimmy. Metió la mano bajo el asiento del vehículo y le entregó a Raquel una Beretta APX subcompacta gris de nueve milímetros.

"Ahora, si me siento cómoda", murmuró Raquel.

"Hola, Adam, hola Isabel, esta es Cynthia", anunció Lenny.

Cynthia le tendió la mano a Adam. Él la tomó y la besó suavemente. La chica luego ofreció su mano para estrechar la mano de Isabel. La Sra. Jensen pasó del brazo de la joven y se acercó para darle un erótico beso. Cynthia entró de lleno en la acción chica con chica. Isabel parecía un pastor alemán en celo. Rodeó a la chica con la pierna y empezó a follar.

A Lenny lo mandaron de paseo. Una posible señal de que los Jensen no querían ningún testigo. Lenny se retiró al vehículo con Jimmy y Raquel como estaba previsto. Al típico estilo de la policía de Nueva York, Jimmy cacheó al dominicano antes de permitirle subir al vehículo.

No tardaron en llegar a la suite principal. Lenny tuvo que traducir para Jimmy mientras las voces llegaban por el receptor.

Isabel era la que estaba al mando. "Pon tu boca aquí, tu coño allí, siéntate en su cara mientras te beso. Ponte en esta posición, cuélgate un poco de la cama, pon esto dentro de mí, ¿te gusta, nena?". La mayoría de los gemidos y las frases cortas de instrucción fueron suficientes para excitar a Lenny y Jimmy. Raquel fingía asco, pero en realidad se estaba excitando al imaginar la escena.

La acción duró hasta cerca de las dos y media. Solo hubo gemidos placenteros. No hubo asfixia, ni golpes, ni siquiera se abofeteó un culo. Solo un trío puro y sano.

"Ha sido una tarde agradable, supongo". Pensó Jimmy.

"Tacha a esos dos de la lista, Jimmy", dijo Raquel.

CAPÍTULO 37

El teniente Castillo fue llamado a la Casa Blanca para una reunión con Fumar, Vic y Raquel.

"Castillo, el último trabajo que se te asignó fue recopilar información y hacer un análisis sobre las bolsas de arpillera. No cumpliste con las expectativas, lo cual me preocupa bastante. Es bastante penoso que nuestro departamento haya fallado en las escenas del crimen y en la parte forense. No poder rastrear el origen de la arpillera afecta negativamente a toda nuestra operación. El Sr. Gonnella y la Sra. Ruiz han enviado a su hombre a Washington con las bolsas. Pasarán unos días antes de que tengamos los resultados. En ese tiempo, si hay otro homicidio... bueno... ambos podemos ser reasignados. Pero, por supuesto, usted tiene los contactos políticos para colocarse donde desee - afirmó Fumar, con un tono áspero y sarcástico.

"General, asumo toda la responsabilidad por ese retraso y ese fracaso. Como usted sabe, nuestro departamento está limitado en muchos aspectos, pero como el encargo era solo mío, debería haber hecho otros arreglos con las bolsas. Si me permite ser honesto, no usaré los contactos de mi padre para ocultar mis fracasos. Si mi inacción causa otra muerte, estoy dispuesto a renunciar".

"No hay necesidad de eso, Teniente. Ya tenemos otra misión para usted. Una que requiere total discreción y acción inmediata. Dejaré los detalles de esta misión al Sr. Gonnella y a la Srta. Ruiz".

"Teniente, me parece admirable que sea lo suficientemente hombre como para no tirar a su departamento debajo del autobús, como decimos en Estados Unidos. Sigamos adelante, por favor", declaró Vic.

"Gracias, señor."

Raquel tomó la palabra. "Mientras esperamos el análisis de nuestro laboratorio forense del FBI, suponiendo que realmente lleguen a una respuesta, hay dos cosas en nuestra lista, justo en esa pizarra, en las que tenemos que enfocarnos. Alguien dijo que algunos usos de la arpillera son el café y la jardinería. Uno de nuestros sospechosos, como saben, es el rey del café. El otro, que no hemos investigado hasta ahora, es un paisajista, Fernando "Freddy" Reyes".

Vic continuó: "Necesitamos que investigues a fondo a ese tal Freddy. No me refiero a llamarlo y darle una paliza. Hablo de un trabajo detectivesco a la vieja usanza. Una de las prostitutas venezolanas tuvo un encuentro con él y, si le creemos, parece tener una tendencia a la violenta que no excluye que sea un asesino.

"Te proporcionaré el testimonio de la chica sobre Reyes, y podemos traer al acusador a la mesa si es necesario. Mientras tanto, queremos averiguar todo lo que podamos sobre este tipo. Ex mujeres, antiguas novias, amigos, su trabajo en Punta Espada, su negocio de jardinería, si utiliza prostitutas, cualquier cosa", dijo Vic.

"¿Está listo para esta misión, teniente?" preguntó Raquel.

"Sí, señora. Será un honor hacer esta investigación".

Fumar se aclaró la garganta y sacó de la boca su siempre presente cigarro apagado.

"Teniente, no tengo que recordarle la importancia de esta misión. Tiene todo mi apoyo, y tiene carta blanca para lo que necesite dentro de nuestro departamento."

"Gracias, General. Haré todo lo que pueda". exclamó Castillo.

***

Castillo saludó a su General y estrechó la mano de Vic y Raquel. Cuando se dirigía hacia la puerta principal, una voz familiar le llegó por detrás.

"Es usted muy impresionante, teniente. No pude evitar escuchar lo que estaba pasando. No estaba escuchando a escondidas, claro", dijo Theresa.

La tutora estaba sentada con Gabriella en el comedor contiguo a la sala de guerra. Gabriella estaba leyendo un trabajo. Theresa se dirigió hacia el vestíbulo para hablar con Castillo.

"Vaya, gracias, señora. Es muy amable por su parte". Castillo se quitó el sombrero y se lo metió bajo el brazo izquierdo.

"Debo decirle que Gabriella no ha dejado de mirar la muñeca de su abuela. Ha sido muy generoso de su parte".

"Me alegro mucho, Sra. Panny. Me encantan los niños. Como no tengo ninguno ni planes de tener, pensé que tal vez le gustaría el regalo".

"¿No hay prospectos? Un hombre de su posición debería tener una fila de mujeres entre las que elegir", respondió Theresa.

"Bueno… yo… mi trabajo ocupa la mayor parte de mi tiempo. Y francamente, estoy un poco… ¿Cómo puedo decir esto…?"

"¿Tímido? ¿Reservado?"

"Prefiero reservado", dijo Castillo. Se miró los zapatos y se sonrojó un poco.

"Teniente, es un rasgo admirable. Prefiero a las personas un poco reservadas que a las demasiado agresivas. Hombres y mujeres por igual".

"Gracias, Sra. Panny, debo seguir mi camino".

"Por favor, llámame Theresa. ¿Puedo llamarlo Mateo?

"Mateo" o "Matt", por favor. Gracias. Espero volver a

verla", respondió Castillo. Quería decir algo más, pero no sabía cómo.

"Será un gran placer volver a verlo, Mateo", respondió Theresa.

CAPÍTULO 38

"Buenos días, buen hombre. ¿Existe alguna posibilidad de que pueda hablar con el propietario de esta hermosa casa? - preguntó John Deegan, usando el acento irlandés original de Donegal de su familia para enmascarar su verdadero acento neoyorquino.

"¿De parte de quién?", preguntó el mayordomo. Al oír el acento, el mayordomo inglés miró al interlocutor de arriba abajo, levantando la nariz para indicar su desagrado. *Maldito imbécil,* pensó.

Deegan estiró el cuello, fingiendo dolor, y echó un vistazo al interior de la villa. El mayordomo cerró la puerta tras de sí para evitar la curiosidad del irlandés.

"Me llamo Sean. Sean Collins, de Nova Publishing, Dublín". Deegan mostró una identificación falsa, pero de aspecto oficial, con su foto destacada en el centro.

"¿Y el motivo de su visita?", preguntó el mayordomo entre dientes desordenados y mandíbula apretada.

"Soy fotógrafo para Architecture Ireland. Una pequeña revista de arquitectura en mi país".

Deegan llevaba unas bermudas marrones arrugadas, una camiseta de rugby verde de manga corta, calcetines blancos y sandalias. También llevaba una gorra plana de tweed irlandés. Del cuello le colgaban dos cámaras de treinta y cinco milímetros, una Canon y otra Nikon. Llevaba una pequeña mochila con varios artículos de fotografía en su interior.

"No creo que el maestro esté disponible. ¿Qué puedo hacer por usted, señor?" El "señor" goteaba sarcasmo británico.

"Me han enviado a la República Dominicana a fotografiar algunas de las mejores casas para la revista. Seguro que ya has oído hablar de Architecture Ireland". Deegan se llevó la mano derecha a la boca, tapándosela como si estuviera compartiendo un secreto. "Y para jugar un poco al golf en la empresa".

"Tenga la amabilidad de dejar su tarjeta, Sr. Collins, y cuando el señor esté disponible, quizás le llame".

"Oh, Jesús, no lo sabes, me voy por la mañana a Shannon, y no quiero que nuestros lectores se pierdan lo que he visto aquí, simplemente la mejor villa de toda la isla. Tal vez en todo el Caribe, por el amor a Dios."

"Lo siento, buen hombre. Quizá debería haber llamado antes y concertar una cita".

"Deme una oportunidad, ¿quiere? Puedo tomar unas fotos del exterior y seguir mi camino. Me habré ido antes de que puedas contar hasta veinte".

Lissandra sintió curiosidad por saber quién había llamado al timbre. Abrió la puerta de par en par y salió al paseo de mármol. A Deegan casi se le doblaron las rodillas. Lissandra llevaba un cover up azul sobre un bikini blanco de tirantes.

"Henry, ¿quién es?", preguntó Lissandra.

"No importa, señora. Quiere hacer unas fotos para una maldita revista irlandesa".

"¡Qué especial! ¿Nuestra casa en una revista en Europa? Déjalo entrar, Henry".

"Esto es bastante fuera de lo común, señora", protestó Henry.

"No seas tonto. Seremos la comidilla de Irlanda, y quién sabe de dónde más".

Henry, el mayordomo, gruñía en silencio como un tejón.

"Gracias, señora. Mi mujer me espera mañana para nuestro aniversario. Esta es mi último artículo, ¡no lo sabía!

Me van a jubilar después de esta edición. He estado esquivando la jubilación durante diez años. Mi jefe dice que debería darle una oportunidad a otro. Dice que aún debo tener el dinero de mi primera comunión envuelto en el dinero de mi bautismo. Mi nombre es Sean Collins, encantado de conocerla, señora."

"Qué hombre tan dulce. Seguro que su mujer se alegra de su regreso. Llévale algo bonito de Punta Cana", declaró Lissandra.

"Claro que sí, señora, claro que sí".

"¿Desea hacer tomas interiores también, Sr. Collins?"

"Si no le molesta, señora."

Henry seguía a Deegan a todas partes. Los dormitorios, la escalera de mármol, la zona de la piscina, la bodega, la sala de billar, mientras Deegan se alejaba. Sólo el estudio de Ralph Ledon estaba cerrado y fuera de los límites.

"Madre de Dios, mira esa máquina. ¿Es para café, señora?" preguntó Deegan. La máquina está en la enorme cocina, que empequeñecía a los tres.

"Sí, aquí solamente se sirve café cubano. Mi marido hizo fortuna en el negocio del café. Esta cafetera es única, hecha a medida para él. Es su orgullo".

"Mira todos los artilugios y vapores y tuberías y cosas. ¿Sería imponente pedirle una probadita de café a ese goliat?". Deegan vio algo cerca de la máquina de café que despertó su interés.

"Lo siento mucho, Sr. Collins, soy una pésima anfitriona. Solo estaba emocionada por hacer fotos de la villa. Henry, por favor, haznos un café cubano a cada uno", ordenó Lissandra.

Henry hubiera preferido que le hicieran una endodoncia en su diente frontal que hacer el café.

Deegan se movía de un lugar a otro como si fuera una turista japonesa. Lissandra y Deegan se tomaron dos cafés cada uno y charlaron sobre la casa y la antigua vida de ella en Cuba.

"¿Naciste en Cuba, entonces?", preguntó Deegan.

"Sí, así es. Aprendí inglés de mis padres, que lo hablaban con fluidez. Miro a mi alrededor y a veces tengo que pellizcarme. Nuestra casa en Cuba no era más que una choza de hojalata con siete personas, un dormitorio y un baño fuera. Creo que no he visto todos los cuartos de baño de esta villa", se rio Lissandra.

"Bueno, eso es un gran progreso para usted."

Deegan agradeció humildemente la sesión de fotos y el café.

"Señora, gracias por la maravillosa visita y por permitirme fotografiar su hermosa villa. Si me da su dirección de correo electrónico, se las enviaré cuando vuelva a casa, y en otoño recibirá un ejemplar de la revista por correo".

Lissandra y Henry acompañaron a Deegan hasta la puerta.

"Una serie más de fotos en el exterior de la fachada lo completará todo. Es tan amable como hermosa, señora".

Lissandra le dio un beso en la mejilla a Deegan por el cumplido. Henry y ella se retiraron al interior de la villa.

Deegan estaba ansioso. Solo le quedaba una cosa más por fotografiar. Por suerte, la puerta del garaje estaba abierta.

CAPÍTULO 39

"Martínez, ¿no tienes cerebro? ¿Tienes idea de quién es Ralph Ledon? Acabo de llegar de la oficina del presidente. Recibió noticias de Ledon y de su puto abogado. ¿Tienes alguna idea de cuánto apoyo le da a esta administración?" Gritó el ministro Castillo.

"Ministro Castillo, estamos haciendo una investigación legítima de asesinato. La información que nos ha llegado indica que Ledon puede ser sospechoso", respondió Fumar. Estaba sentado con Vic y Raquel en la sala de guerra planeando sus próximos movimientos.

"¿Quieres decir que el hombre más rico de este país está matando prostitutas extranjeras únicamente por diversión?"

"Ministro, es mi deber seguir todas las pistas. Debo informarle que estamos a la espera de pruebas más contundentes sobre el Sr. Ledon. No descarto ninguna posibilidad en este caso. Usted mismo nos indicó el impacto que estos asesinatos pueden causar a nuestra economía turística. Si el Sr. Ledon es absuelto de cualquier delito con base en las pruebas, yo mismo le pediré disculpas".

"¿Es esto lo mejor que tienes? ¿Qué dice Gonnella sobre esta ridícula afirmación?"

"Ahora estoy con el Sr. Gonnella y la Sra. Ruiz. Ellos apoyan sin reservas mi acción sobre el Sr. Ledon; sin embargo, la responsabilidad de este caso recae sobre mí. Lo único que le pedimos al Sr. Ledon es que nos dijera dónde se encontraba los días en que ocurrieron estos asesinatos. No creo que se le deba dar ningún trato preferente en este caso".

"Hay algo que se llama discreción. En este caso, le ha faltado. Quizá debiste haberte puesto en contacto conmigo para hablar del señor Ledon antes de acercarte a él", gritó el ministro Castillo.

"¿Y si lo hubiera hecho? Me habría ordenado que no lo visitara, eso es ahora obvio para mí".

"Voy a ser claro: Ledon no debe ser tocado. ¡Es una orden!"

El ministro Castillo cortó la llamada con Fumar.

Vic no tenía ni idea de lo que estaba pasando, pero Raquel entendió la parte de la conversación de Fumar.

"¿Qué demonios está pasando?" Vic preguntó.

"El ministro Castillo me acaba de ordenar que me mantenga alejado de Ralph Ledon... ¡ese imbécil!"

"¡Increíble! El dinero manda como en Estados Unidos", responde Vic.

"Juro por todo lo que amo, que, si las pruebas apuntan a este rey del café, yo mismo le pondré las esposas. Espero por Dios que sea el Carnicero, espero..."

Raquel interrumpió el pensamiento de Fumar: "Vamos a ver cómo se desarrollan las cosas. Por ahora, jugamos a su manera. Si surge algo que apunte directamente a Ledon, cruzaremos ese puente cuando lleguemos a él".

"Ella tiene razón. Vamos a ver qué pasa", aceptó Vic.

CAPÍTULO 40

"Ni una mancha en su expediente. Nada. Este tipo es tan limpio como puede estar. Lo seguimos durante dos días. Se levanta para ir al campo de golf a eso de las cinco y media o seis de la mañana, trabaja todo el día, luego revisa las cuentas de su chalet para ver cómo ha ido el trabajo de su equipo, cena solo y se regresa a casa. Su vida parece girar completamente en torno a su trabajo y sus negocios, comentó el teniente Castillo.

"Entonces, ¿no hay registro de violencia en su expediente?". preguntó Fumar.

"Señor, no tiene antecedentes. Hasta ahora, lo único que nos ha llevado a investigarle es un incidente con una prostituta, que puede ser cierto o no, la palabra de un conocido traficante de drogas y violador, y el hecho de que tiene acceso a la arpillera. En cuanto a su uso de prostitutas en su vida sexual, eso no es suficiente para pensar que es un asesino. Por supuesto, seguiremos monitoreando su comportamiento las 24 horas. Solo estoy informando lo que ha pasado en los últimos dos días, general", declaró Castillo.

"Teniente, siga con eso, por favor. Un asesino en serie tiene una personalidad muy diferente y muy difícil de descifrar. Ahora mismo, sigue estando en lo alto de nuestra lista de asesinos potenciales. Permítanme decir que la mujer que nos informó de él es creíble. El hecho de que sea prostituta no significa que no haya sido víctima de su comportamiento violento -replicó Raquel-.

"Sí, señora."

Vic intervino. "¿Ha oído hablar de Ted Bundy, teniente?"

"Sí, señor. Era un asesino en serie en los Estados Unidos".

"Bueno, confesó haber matado a treinta mujeres, pero nunca sabremos a cuántas personas asesinó en realidad. Era un buen estudiante, iba a la iglesia, tenía antecedentes juveniles por robo que se borraron cuando cumplió dieciocho años, pero ningún otro antecedente policial. Era un tipo carismático y elocuente, pero también un loco. Lo que quiero decir, teniente, es que Fernando Reyes puede ser perfectamente el Ted Bundy de su país", añadió Vic.

"Entiendo, señor. Únicamente informaba de mis hallazgos, pero de ninguna manera eludiré mis responsabilidades. Continuaremos la investigación y la vigilancia".

"Todos estamos frustrados con esta investigación. Siga adelante, teniente", respondió Raquel, "atraparemos al responsable de esto".

***

"¡Aquí Deegan! ¡Informando a la central!"

"¿Qué tienes, John?" Vic preguntó.

"Tengo bastante, mi viejo amigo. ¿Qué tal si tú y la encantadora Raquel nos reunimos en algún sitio? Me muero de hambre, para ser sincero".

"Hay un restaurante, Playa Blanca, en la playa. ¿Qué tal treinta minutos?" Vic preguntó.

"¿Qué tal quince?"

"¡Siempre negociando! Vamos en camino", respondió Vic.

Cuando Vic y Raquel llegaron a la Playa, Deegan estaba sentado en una mesa bajo una palmera, en pantalones cortos, sin zapatos, con un sombrero de paja en la cabeza y una camisa yanqui abierta, de rayas, con MANTLE impreso en la espalda.

"Bonita camisa", murmuró Vic.

"Gran jugador. Era mi ídolo cuando era niño en el Bronx. Esa es la edad que tengo. Raquel, estás estupenda, un poco cansada, pero estupenda al fin y al cabo", afirmó Deegan.

"Gracias, John. Este caso me está sacando canas".

"Pedí pescado local a la parrilla y arroz con frijoles. A no ser que se hayan vuelto veganos", soltó Deegan.

"Está bien... ¿qué averiguaste?".

"Puedo enseñarte las fotos que hice".

"¿Fotos?" preguntó Raquel.

"Lissandra es una mujer súper simpática. Hasta me tomé un par de cafés con ella en la cocina, comentó John entre risas.

"¿Cómo diablos entraste en ese lugar?" Vic preguntó.

"Solo tengo un poco de encanto, eso es todo", Deegan utilizó su acento para crear efecto.

"¡Jesucristo! Me da miedo preguntar", respondió Vic.

Deegan sacó sus cámaras de una bolsa de playa que tenía debajo de la silla. Encendió la Nikon y el visor parpadeó.

"Mira el tamaño de su dormitorio. Es dos veces más grande que mi primer apartamento", dijo Deegan.

"Vamos, John, ve al grano, ¿quieres?", rugió Raquel.

"Está bien, entonces pasaré de todas estas". Deegan hojeó los cientos de fotos hasta que encontró lo que buscaba.

"Mira el tamaño de esa máquina de café, ¿viste?", soltó Deegan.

"¿Cómo lograste que apareciera en la foto?". preguntó Raquel.

"Dile a una mujer que saldrá en una revista y hará

cualquier cosa", respondió Deegan.

"¿Y cuál es el problema?" Vic preguntó.

"¿Quita tus ojos de Lissandra y mira un poco a la derecha?", recomendó Deegan.

"¡Por supuesto... bolsas de arpillera!", gritó Raquel. "Yo también estaba mirando su atuendo".

"En efecto, pero cuando se hace un trabajo sigiloso, ¡hay que verlo todo!". predicó Deegan.

"¿Son del mismo tipo que se encontraron en los cadáveres?". preguntó Raquel.

"Eso no lo sé. De haber tenido la oportunidad, habría tomado, pero había granos de café en ellos y un puto británico idiota respirándome en la nuca", añadió John.

"Conocí a ese tipo cuando entrevistamos a Ledon. Pero Ledon está fuera de los límites ahora", declaró Vic.

"¿Qué demonios quieres decir con fuera de los límites?"

"John, este tipo es súper rico. Le hicimos algunas preguntas, ya sabes, sobre su paradero cuando mataron a las chicas, y se puso nervioso con el general y conmigo, luego salió corriendo a buscar a sus amigos influyentes. No hay que incomodarlo, explicó Vic.

"Está bien, entonces. Supongo que no te enseñaré las dos fotos importantes que tengo en mi otra cámara. No hay problema, las guardaré como recuerdo".

"A verlas, Deegan", contestó Raquel. A Deegan le encantaban los juegos más que nada.

Deegan sacó la cámara Canon, la puso sobre la mesa para que los tres pudieran ver las fotos juntos y empezó a hojearlas.

"Ahí está la piscina, bonita piscina, ahí está el patio trasero, bonito césped, ahí están los rosales, bonitas espinas, ahí está la piscina de peces... ¿notaron algo?".

Vic y Raquel se miraron en busca de ayuda. Se

encogieron de hombros el uno al otro.

"Me decepcionan, de verdad".

"¿Qué? ¿Qué nos perdimos? Muéstralas otra vez", exigió Raquel.

"Solo le eché un vistazo y lo vi enseguida. Tal vez ya tenía que estar allí, supongo. Está bien, mostraré únicamente una toma".

Deegan se desplazó hasta la foto de la que hablaba.

"Es el césped del patio trasero. Es un césped Bermuda muy bonito", dijo Vic.

"Correctamundo, amigo. Mira más de cerca, si quieres".

"¡Acabo de ver algo en el césped!", declaró Raquel.

"¿Víctor? ¿Un intento más, para el doble del premio?"

"Me cago en la leche", contestó Vic.

Deegan usó su dedo meñique y señaló la pantalla de la cámara.

"¿Lo ves? Justo ahí. Mira la diferencia en el color del césped. Esa hierba parece haber sido tratada con algo. Algo pegajoso que la decoloró".

"¿Sangre? ¿Crees que es sangre?" Raquel habló apenas por encima de un susurro.

"Posiblemente. Es solo una teoría en la que estoy trabajando. Solamente una teoría, pero tengo una foto más que necesita un análisis comparativo. Déjame subirla". Deegan se desplazó de nuevo. "Bingo".

"Vi ese carrito de golf en la villa de Ledon. Eso es lo que quería que vieras", casi gritó Vic.

"Hice algo mejor que mirar. Tomé un primer plano de los neumáticos. Compara esto con las impresiones que tenemos. Vamos a ver qué pasa", pronunció Deegan.

Deegan se sentó en su silla, con una sonrisa en la cara, como un escolar de ocho años que acaba de dar la respuesta correcta en un concurso de ortografía.

Deegan se puso en pie de un salto, haciendo que Vic y Raquel se sobresaltaran. "Oh, Dios mío. ¡El pescado está aquí! Lo filetearé para nosotros. Vic, pide una botella de blanco, por favor".

CAPÍTULO 41

"Hola, Sra. Gain. Soy Jack Nagle, ¿cómo está? Estoy aquí en la República Dominicana con Vic Gonnella y Raquel Ruiz. ¿Puede vernos?" La conexión de Skype fue sorprendentemente buena para la República Dominicana.

Silencio. G.G. se rascó los dientes con un clip doblado.

"¿Señorita Gain?"

"Sí. Estoy hablando".

"Hola, G.G., soy Vic", Vic casi se ríe de lo parecida que parecía Gail Gain a una científica loca.

Silencio. G.G. empezó a jugar con un mechón de pelo enmarañado que le colgaba por encima de la frente afectada por la rosácea.

"G.G., hola, soy Raquel. Llamamos para saber si hay resultados de las pruebas de las bolsas de arpillera."

G.G. encendió un cigarrillo, escupió un trozo del tabaco del Pall Mall sin filtrar, bebió un sorbo de Pepsi y tosió.

"Ahora mismo estoy revisando los informes finales. El proceso es bastante sencillo. Hicimos análisis de rastros en las cuatro bolsas. El análisis de rastros significa exactamente lo que suena. Hay un rastro de materia adherida a las fibras de yute de la arpillera. A partir de estas hebras, el análisis de las fibras se realiza utilizando microscopios de comparación de alta potencia. En este caso, nuestro laboratorio utilizó un microscopio de Comparación Forense Steindorff S-1010.

A continuación, se efectúa un análisis químico. El microscopio electrónico es la herramienta más efectiva que tenemos para estudiar la superficie de cualquier fibra. Con este microscopio, se puede analizar una muestra seca siempre que su grosor esté dentro de ciertos límites. La principal restricción es que la muestra necesita estar en un ambiente de vacío. Básicamente, se genera un haz de electrones a partir de una fuente fija. Luego, ese haz escanea la superficie de la muestra, que debe ser muy delgada, a veces incluso inmedible. Es importante mencionar que nuestros técnicos están capacitados para identificar contaminantes combinando la manipulación de la muestra con un microscopio de infrarrojos de etapa caliente, lo que les permite determinar la composición química de la fibra. Los datos obtenidos pueden ser utilizados para rastrear el producto hasta su fabricante a través de bases de datos estándar. Este método refuerza el valor probatorio de las pruebas.".

"Disculpe, ¿Srta. Gain?" murmuró Jack.

"Por favor, déjame terminar". G.G. se rascó la nuca como un perro picado por las pulgas. Raquel tuvo que resistirse a vomitar.

"La microscopía electrónica de barrido es genial porque proporciona imágenes de alta resolución y gran profundidad de campo de la superficie de la muestra y cerca de la superficie. Es la herramienta más popular para análisis, ya que puede dar imágenes muy detalladas de manera rápida. Además, si se combina con un detector de espectroscopia de rayos X por energía dispersiva, el SEM permite hacer análisis elementales de casi todos los elementos de la tabla periódica."

"¡Srta. Gain!" Jack gritó.

"Estoy hablando", respondió G.G. No levantó la vista hacia la cámara de Skype.

Vic intervino: "G.G., te agradecemos mucho la información detallada y el favor que nos has prestado, pero te llamamos simplemente por los resultados de las pruebas. Como usted sabe, esta puede ser la mejor prueba que tenemos en este caso. Los detalles sin duda pueden ser utilizados más tarde en los tribunales si es necesario."

"¿Tribunales? ¿En la República Dominicana?", preguntó G.G. Se quedó mirando al techo con cara de conejo asustado.

"Tal vez, suponiendo que detengamos al asesino y lleguemos tan lejos", respondió Vic.

"¡Yo no vuelo!", murmuró G.G.

"No te preocupes por eso, G.G. No es como los tribunales en los Estados Unidos. Su informe escrito será suficiente".

"Residuos de granos de café", soltó G.G.

"¿Perdón?", preguntó Vic.

"Las cuatro bolsas llevaban granos de café en algún momento. Había rastros de pintura en al menos dos de las bolsas. Tal vez algunas marcas de identificación que probablemente fueron removidas químicamente".

Vic miró a Raquel y enarcó las cejas. Dijo con la boca: "¡Ralph Ledon!".

"Muchas gracias, G.G. Esto reduce bastante la búsqueda. ¿Tienes algo más que añadir?"

"Sí. Hay bolsas de arpillera fabricadas en todo el mundo, Brasil, Uganda, Vietnam y Estados Unidos. Estas bolsas se fabricaron en la isla de Cuba".

CAPÍTULO 42

Vic llamó de inmediato a Fumar, pidiéndole que fuera a Casa Blanca para una actualización importante.

"Fumar, ¿estás cerca?" Vic preguntó.

"A cinco minutos, amigo mío. ¿Qué pasa?"

"Bien, tenemos noticias interesantes. Esperaré a que llegues", Vic terminó la llamada.

"Cariño, llama a Jimmy Martin. Tiene que estar aquí", le pidió Vic a su señora.

"Esto se está convirtiendo en toda una locura. Odio decirlo, pero si Ralph Ledon es realmente un sospechoso viable, esa noticia hará que los medios de comunicación internacionales acudan en masa a Punta Cana. Será mejor que nos aseguremos de que estamos en lo cierto antes de que se filtre nada. Si nos equivocamos, seremos el hazmerreír del mundo", añadió Vic.

Theresa, Gabriella y Olga entraron en la sala de guerra.

"¡Mira qué guapa estás!" Vic gritó.

"Gracias, papá", respondió Gabriella. Llevaba un bonito vestido rosa con sandalias blancas y un ramillete de buganvillas en el pelo castaño.

"¿Adónde vas?" preguntó Raquel. Gabriella se acercó a su madre, la abrazó mientras Raquel le acariciaba el pelo.

"¿No recuerdas que hoy es el día en que vamos al parque de Aventuras Bávaro?", explicó Theresa.

"Vaya, lo siento. Se me había olvidado con todo lo que está pasando", dijo Raquel.

"¡Mami, papi, tienen un parque infantil al aire libre con

muchas atracciones, rocódromo para niños, una gran piscina con cascada e incluso paseos en carrito!". exclamó Gabriella.

"Tiene puesto su vestido de baño bajo del vestido. Y tenemos nuestras propias toallas de en este bolso de playa", ofreció Olga.

"Diviértete, cariño", dijo Vic, besando la mejilla de su hija.

"Escucha, quédate cerca de tu abuelita y de la señorita Panny", advirtió Raquel.

Theresa respondió: "No se preocupen, dos detectives nos llevarán al parque y estarán con nosotros todo el día. Regresaremos a tiempo para la cena".

Gabriella corrió hacia la puerta justo cuando llegaba Fumar y sus hombres.

"Vamos al parque de Bávaro", anunció Gabriella.

Fumar se quitó el puro de la boca y sonrió de oreja a oreja.

"Es un sitio estupendo. He llevado allí a mis hijos muchas veces. Se divertirán mucho", añadió Fumar.

El general miró a los dos detectives que esperaban fuera en el Escalade. Señaló a Gabriella y se llevó dos dedos a los ojos.

"Por supuesto, General", respondió uno de los hombres. Las tres damas subieron al vehículo y partieron.

"Fumar, tenemos noticias del laboratorio del FBI. El análisis mostró que las bolsas de arpillera tenían restos de granos de café", dijo Vic.

"¡Hijo de puta!" respondió Fumar, casi dejando caer el puro

"Y las bolsas son de fabricación cubana", añade Raquel.

"Esa es una pista muy clara, ¿no crees?" declaró Fumar.

"Hay más", afirmó Vic. "¿El carrito de golf en la villa

Ledon? Las huellas de los neumáticos coinciden con las fotos que tenemos de una de las escenas del crimen. La última en la playa donde encontraron a la víctima en el bote".

"Hay algunos posibles indicios de sangre en el césped trasero de la villa, aunque no tenemos muestras del césped. Lo único que tenemos son algunas fotografías que muestran manchas", añadió Raquel.

"¿Puedo preguntar cómo consiguieron esta información sobre la villa Ledon?". preguntó Fumar.

"Digamos que tenemos un ayudante especial que pudo entrar en la casa y los alrededores", declaró Vic.

"Madre de Jesús. ¿Y ahora qué hacemos?" dijo Fumar, mientras el general comenzaba a caminar por la habitación, perdido en sus pensamientos. Encendió su puro a pesar de estar dentro de la casa.

Raquel comentó: "Con la orden de mantenernos alejados de Ledon, debemos ser muy cuidadosos con lo que hagamos a continuación".

"No sigo todas las órdenes que me dan al pie de la letra. Tengo a un hombre en La Habana siguiendo a ese cabrón del rey del café. Todavía está en Cuba", sonrió Fumar.

"Buen trabajo. Creo que deberíamos traer al Teniente Castillo aquí. Así le contamos sobre Freddy Reyes, vemos cómo avanza su investigación y le pasamos lo que encontramos en el laboratorio. Tengo la corazonada de que no deberíamos informar al sargento López", advirtió Vic.

"Totalmente de acuerdo. López es un trepa político como su padre. No confío en él para nada. Si se entera de lo que descubriste, en menos de una hora me llamarán a la capital", arremetió Fumar.

"Opino lo mismo. En algún momento, tendremos que presentar las pruebas al ministro Castillo. Yo me encargaré de eso para que tú no te metas en la política", declaró Vic.

"¿Qué, en nombre de Dios, podría llevar a un hombre

como Ledon, con tanto dinero y poder, a querer matar prostitutas?".

"Si realmente es el Carnicero de Punta Cana y resulta ser un asesino en serie con un objetivo, tal vez haya algo en su infancia que lo haya llevado a ese comportamiento extraño. O quizás un fervor religioso que lo impulse a eliminar a las prostitutas. No había evidencia sexual en los cuerpos, solo mutilaciones, lo que sugiere que está en una misión", respondió Raquel-.

"Y su uso de prostitutas, con la preciosa y joven esposa, hace suponer que también tiene una desviación sexual, lo que lo coloca en una categoría adicional de asesino en serie. Un asesino impulsado por la lujuria o la emoción, de una manera retorcida", añadió Vic.

"Vic, me encantaría conseguir algunas muestras claras de lo que creemos que puede ser sangre de en ese césped. ¿Quizá nuestro amigo pueda volver allí y arrancar algo de hierba y tierra?". —preguntó Raquel.

"Gran idea. Llamaré a nuestro amigo especial en un momento. Mientras tanto, tenemos que poner una vigilancia discreta en esa villa. Fumar, ¿puedes hacerlo?"

"Por supuesto. Me encargaré".

CAPÍTULO 43

El teniente Castillo llegó a la Casa Blanca diez minutos después de que su jefe lo llamara.

"¿Qué tiene que decirnos de su investigación sobre Freddy Reyes, teniente?". preguntó Fumar. Estaban sentados en la terraza junto a la piscina. Fumar se dio cuenta de que estaba fumando dentro de la villa. Al encenderlo, tuvo que disculparse cuatro veces con Raquel. Ella le explicó amablemente al general que, mientras crecía en el Bronx, su difunto padre, junto con sus tíos y tías, solían fumar en casa. Cigarros, cigarrillos y pipas se encendían sin parar en sus pequeños apartamentos, sin preocuparse por el olor o los problemas de salud. Fumar se sintió aliviado, ya que él también había crecido en un ambiente similar.

"General, este tipo lleva una vida muy aburrida hasta ahora. Mientras husmeábamos y hacíamos preguntas, hemos descubierto que el personal y los trabajadores, que mantienen el campo de golf de Punta Espada y el club de golf La Cana, piensan que Reyes es un buen jefe y un hombre justo. Lo estamos vigilando las veinticuatro horas del día. Si hace algo, nuestros hombres lo sabrán. Hoy es viernes. Si hace alguna locura esta noche, estaremos encima de él", informó el teniente Castillo.

"¿Le tienes confianza a los hombres que tienes vigilando a Reyes?", preguntó Fumar.

"Sí, señor, todos están bien entrenados, mis mejores hombres".

Fumar miró con aprobación a Vic y Raquel, como si la discusión hubiera sido planeada.

"Teniente, tenemos información, aún no del todo

concluyente, pero Ralph Ledon es un sospechoso clave en este caso", ofreció Raquel.

Fumar hablaba a su oficial de forma diferente a como lo hacía antes. Un poco más como un compañero que como un simple subordinado. "Castillo, como sabes, se me ha ordenado mantenerme alejado de Ledon. No debo acercarme a él ni molestarle de ninguna otra forma. Confío en usted, teniente. Sé que su dedicación a este caso no le llevará a contactar con su tío ni con nadie de la capital. Le pediré de nuevo total discreción y secreto".

"Tiene mi palabra, General. Por si no se ha dado cuenta, mi tío no es muy amable conmigo. Nunca lo ha sido. Francamente, mi padre y el ministro no se hablan desde hace muchos años. Diferencias políticas".

"Lo entiendo. Dicho esto, quiero que te mantengas en contacto cuando necesitemos movernos sobre Ledon. Por el momento, asegúrese de que sus hombres le informen de sus hallazgos sobre Reyes por teléfono. Y otro asunto importante. Quiero que el sargento López se mantenga al margen de todo lo relacionado con este caso. Lo reasignaré fuera de aquí en cuanto vea la oportunidad -afirmó Fumar.

"Sí, señor. Lo comprendo". Castillo no pudo evitar sentirse complacido por la caída en desgracia de López. Nunca confió en el sargento, con su personalidad cáustica y sarcástica. En cierto modo, Castillo se sintió aliviado de no tener a López vigilándolo.

Vic intervino: "Fumar, ¿qué planes tienes con el doctor Fishman y Lenny? Llevan tiempo encerrados".

"Quiero mantenerlos encerrados por un tiempo. Ledon tiene un gran alcance en todo el país. Si piensa que hemos eliminado a estos dos como sospechosos, quizás se ponga un poco nervioso. Permanecerán en custodia preventiva por el momento. Recuerde que nuestras leyes para detener a sospechosos son un poco diferentes a las suyas", aconsejó Fumar.

"Pero Ledón sigue en La Habana, ¿verdad?". preguntó Raquel.

"Sí, y parece que se quedará unos días más.".

Las siguientes tres horas en la Casa Blanca se pasaron completamente frente a la pizarra. El teniente Castillo recibió información sobre lo que se había descubierto acerca de Ralph Ledon. Vic y Raquel le hicieron un resumen del caso a Castillo y Fumar. Los cuatro miembros de las fuerzas del orden prácticamente descartaron a Fishman, Lenny y los Jensen como sospechosos. Los clasificaron como un desviado sexual, un matón de la calle y un pervertido, en ese orden. Ninguno de ellos encajaba con el perfil del asesino en serie, y no había pruebas concretas que los vincularan con el asesinato de las cuatro chicas venezolanas.

***

En el parque de Aventuras Bávaro, Gabriella se movía como un torbellino, saltando de una atracción a otra, luego de la piscina con cascada a los buggies. El parque estaba abarrotado de escolares, maestros y padres. Algunas de las atracciones más populares, como el látigo y los karts, tenían largas colas. La piscina de la cascada estaba abarrotada y los socorristas mantenían el orden, con los chicos preadolescentes que corrían como locos. La música de salsa parecía rodear todo el parque.

"Bueno, Gabby. Vamos a calmarnos un poco. Es hora de que tu vieja abuelita se siente y descanse. ¿No estás cansada?"

"No, abuelita, quiero volver a las atracciones", soltó Gabriella.

"Okey, si a la Sra. Panny le parece bien, pueden ir ustedes dos. Iré en unos minutos, mi amor. Solo tengo que quitarme los zapatos un rato", suplicó Olga.

"Nos encontraremos cerca del gran elefante, ¿de acuerdo?", dijo Gabriella mientras tiraba del brazo de Theresa. Los dos detectives siguieron a la señora Panny y a Gabriella a una distancia segura de veinte metros.

Cuando llegaron a la parte del parque que precede a las atracciones, el sol abrasador se cubrió de repente de grandes nubes oscuras, como si estuviera a punto de llover.

"Gabriella, creo que va a llover. Es mejor que volvamos a recoger a la abuelita y luego regresemos al auto", ofreció Theresa.

"Aww, por favor, solamente un paseo más", suplicó Gabriella.

Inesperadamente, un grupo de jóvenes en bikini empezó a bailar desenfrenadamente delante de Theresa y Gabriella. Las dos detectives estaban disfrutando del espectáculo de tetas falsas y culos llenos y dominicanos.

"¡Bien, Gabriella, esa es nuestra señal para irnos!" Theresa ordenó.

De repente, una furgoneta Ford nueva, reluciente, sin ventanas y de color marrón, entró rápidamente en la pasarela que separaba a la tutora, su estudiante y sus guardaespaldas. Dos hombres fornidos con capuchas que les cubrían el rostro abrieron la puerta corredera del vehículo. Agarraron a Gabriella y Theresa y las metieron bruscamente en la furgoneta. El más alto de los matones sujetó a Theresa por la cintura y le tapó la boca para que no pudiera gritar. El otro simplemente levantó a Gabriella del suelo como si fuera un saco de patatas, dejando sus sandalias tiradas frente a la furgoneta. Gabriella logró gritar: "¡Señorita Panny!", en los pocos segundos que tardó el rufián en meterla dentro. El conductor arrancó a toda prisa hacia la salida del parque.

Cuando los dos distraídos detectives se dieron cuenta de lo ocurrido, ya era demasiado tarde. El conductor de la furgoneta tocó el claxon, dispersando a los peatones del parque en todas direcciones. Uno de los detectives sacó su arma de fuego, pero fue en vano. Había demasiada gente en el parque para que el policía pudiera disparar, y sus acusados ya estaban en la furgoneta.

Gabby y Theresa habían desaparecido.

CAPÍTULO 44

"¿Me estás diciendo que esos tipos entraron al parque en una furgoneta y se llevaron a la niña y a su profesora... justo delante de ustedes dos?, gritó Fumar.

"General, señor... sucedió en un instante. Hubo mucha confusión en el parque. Estábamos ahí un segundo y al siguiente ya no estaban", explicó uno de los detectives.

"¿Confusión?... ¿Confusión? ¡Malditos imbéciles! ¿Qué clase de confusión podría separaros de vuestra misión?". rugió Fumar.

"Había un grupo de bailarinas... puede que nos distrajeran un momento", soltó el segundo detective.

"Estabas mirando tetas y culos en vez de mirar a la niña y a su profesora, ¿es eso lo que me estás diciendo, idiota?".

Ambos detectives se miraron los zapatos avergonzados. Sabían muy bien que sus carreras habían terminado.

El teniente Castillo entró en la sala de guerra.

"General, la furgoneta fue encontrada en una calle lateral de Bávaro, a pocos kilómetros del parque. Fue robada en el aeropuerto esta mañana. Además, con respecto a las bailarinas. Son locales que estaban en la piscina del tobogán. Un hombre alto de ojos verdes les había dado veinte dólares por bailar en ese lugar. Nuestros hombres están tomando sus declaraciones completas.

"¿Algún testigo que pueda identificar a los asaltantes? ¿Alguien vio algo donde dejaron la furgoneta?"

"Señor, un hombre conducía y otros dos agarraron a la niña y a la profesora. Todos llevaban máscaras de lana, tipo comando. Estamos buscando testigos en la calle donde dejaron la furgoneta. Hasta ahora, no tenemos nada. La gente tiene miedo de presentarse. Esa zona es un barrio marginal. Nadie ve ni oye nada".

"¿Fumar? ¿Cómo coño pueden haber sido secuestradas mi hija y Theresa hayan sido secuestradas a plena luz del día con dos de tus hombres cuidándolas?", estalló Vic al entrar en la habitación como un toro.

"Vic... no sé qué decirte", afirmó Fumar.

"Tengo una esposa histérica arriba. El médico que llamó dijo que Olga necesita ser hospitalizada. Le dio un sedante, pero su corazón está más acelerado que...", Vic se detuvo, comenzando a ahogarse.

"Encontraremos a tu hija, Vic, lo juro por mi vida. Estamos haciendo todo lo que podemos por el momento. Según mi experiencia, debemos esperar a que los secuestradores hagan sus demandas. Sé que esto no te va a consolar ahora, pero hemos visto situaciones así antes. Siempre termina con un pago. Estos criminales solo buscan dinero".

"¡Qué país de mierda! Prostitutas asesinadas por todas partes y secuestros. Menudo puto paraíso es este", gritó Vic.

"Por favor, intente mantener la calma. Déjenos hacer nuestro trabajo. Ahora mismo, tenemos que esperar".

"Disculpe, general. El ministro Castillo está al teléfono", interrumpió el teniente Castillo.

Fumar fue al teléfono. Vic le siguió de cerca.

"Martínez, ¿qué demonios está pasando ahí? Mi oficina recibió una llamada anónima sobre el secuestro de la niña Gonnella. Esto es, como mínimo, inaceptable, General".

"Señor, estamos haciendo todo lo humanamente posible para encontrar a la niña y a su profesora. No tiene sentido que le cuente los detalles. Baste decir que fue un trabajo profesional. Se llevaron a las víctimas delante de dos de nuestros agentes".

"Dos de nuestros antiguos oficiales, querrás decir.

¡Quiero que los arresten! Estoy enviando hombres adicionales de mi oficina a Punta Cana. El coronel Ramírez se hará cargo de sus tareas en este caso y en el del asesino en serie. ¡Están acabados!", chilló al ministro Castillo.

"Sí, señor", respondió Fumar.

"¿Está disponible el Sr. Gonnella?"

Fumar le pasó el teléfono a Vic.

"¿Ministro?" Vic dijo.

"Sr. Gonnella, le ofrezco mis más sinceras disculpas a usted y a su esposa. Haremos todo lo posible para que su hija regrese sana y salva."

"Eso es todo lo que quiero."

"Hoy reemplazo al General Martínez. Pronto conocerán a su sustituto, el coronel..."

"¡Y una mierda!" Vic gritó.

"¿Perdón?"

"Ya me ha oído, ministro. La puta que lo parió sustituirá al general en esta situación. Le juro por mi hija, si envías a un pendejo, le romperé personalmente la puta mandíbula".

"¡Sr. Gonnella, contrólese!"

¿"Controlarme"? No tiene ni idea del control que tengo de mí mismo. Se lo advierto, ministro. Estamos cerca de terminar el caso para el que nos contrató. Por lo que sé, los secuestradores de mi hija son parte del caso. Tal vez el asesino preparó todo. El general Martínez se quedará conmigo hasta el final. ¿Me entiende?" Vic colgó el teléfono de golpe.

Vic se volvió hacia Fumar. "¡Ese cabrón! ¡Ese político de mierda! Solo hace lo que le conviene a él, no a mi hija y a Teresa. Quería reemplazarte, ahora ve la oportunidad de deshacerse de ti. No lo permitiré. Mejor que nadie de Santo Domingo se aparezca por aquí. Convertiré este lugar en un verdadero campo de batalla."

La noche siguió al día y no hubo noticias de los secuestradores.

CAPÍTULO 45

"Esta casa es simplemente espectacular. No puedo creer lo que estoy viendo. Podría acostumbrarme a vivir aquí, especialmente contigo", dijo la chica.

"¿Te gusta?"

"¿Estás de broma? Creo que nunca he visto un lugar de este tamaño. Al menos no en Venezuela, ni siquiera cuando había mucho dinero volando por ahí. Nunca pensé que estaría dentro de un lugar tan hermoso. Gracias por traerme a tu casa".

Los dos chasquearon las copas y luego compartieron un largo y húmedo beso.

"Me sorprende que cuando te beso, tus aparatos no se interpongan".

"He tenido mucha práctica con todas las mamadas que he dado, tengo que ser un poco cuidadosa. Nunca quiero cortar esa cosa". La chica guiñó un ojo a su anfitrión. Ambos se rieron.

"Toma, prueba un poco de delicioso coco fresco. Es lo que más me gusta antes de una sesión de sexo".

"Me encanta el coco. Mi padre tenía tres cocoteros en su propiedad. Eso fue antes de que lo perdiéramos todo. Qué triste".

La joven morena mordió parte de la fruta y la masticó lentamente, mientras sus labios rojos se movían sensualmente con un movimiento circular y burlón.

"Me alegro de que te guste el Brugal y no solo la cerveza como a tantas otras chicas de tu país. Hay algo en una mujer que bebe cerveza de una botella que me desanima".

"La cerveza me llena y me incomoda, además sabe asqueroso. Me encanta el ron, pero creo que puedo quererte más a ti".

"Solo lo dices para que te dé una propina más grande. No te preocupes, mi amor. Estarás bien atendida".

"Brugal, es un ron bastante fuerte, mi amor. Me siento un poco mareado, casi mareado".

"Está funcionando entonces".

"¿Qué? ¿Qué quieres decir? Me siento... como si fuera a vomitar o algo así".

"Nada de vomitar aquí, querida. No puedo permitirlo, lo sabes. Aquí, déjame sacarte de tu miseria y ahogarte hasta la muerte. "

"¿Qué coño... qué estás...?"

"Déjalo ir, mi adorable puta. Será mucho más fácil para ti. Deja que el aliento se te escape por última vez. Te estoy haciendo famosa. Tu nombre pronto estará en todos los periódicos. Después de todo, estás siendo asesinada por el famoso Carnicero de Punta Cana".

CAPÍTULO 46

El sol apareció a las seis y media, prometiendo un sábado radiante en Punta Cana. Raquel y Vic intentaron dormir cerca del teléfono en la sala de guerra, pero fue en vano.

Fumar y el teniente Castillo ya estaban en la Casa Blanca, examinando mapas de la zona con seis policías locales y varios de sus propios hombres, tratando, sin éxito, de reducir las posibilidades.

"Te juro, Vic, que, si le hacen daño a mi bebé, los cazaré y los mataré yo mismo".

"Cariño, quieren dinero, eso es todo. La soltarán en cuanto consigan lo que quieren. Son secuestradores profesionales, como dijo Fumar", susurró Vic, intentando consolar a su mujer, pero su mente no paraba de pensar en cosas negativas. Se sentía completamente vacío e inútil. Vic tenía el estómago tan tenso que pensó en vomitar solo para aliviar la incómoda sensación de presión.

"Me culpo a mí mismo. Nunca debí sugerirle que viniera a este trabajo. Gabby estaba más segura en casa. Y luego nunca debí aceptar que fuera a ese puto parque", se quejó Raquel.

"No te castigues por estas cosas. No es culpa de nadie. Fue una gran idea traerla a ella y a tu madre de vacaciones. Nadie hubiera…"

"¿Crees que Ledon tiene algo que ver con esto? ¿Crees que de alguna manera se ha dado cuenta de que estamos tras su pista?"

"Eso se me ocurrió. Tiene el dinero y el poder para hacer algo así. Trataré con él, a mi manera".

De repente, la puerta del porche se abrió de golpe.

"Siento entrometerme, pero su hija también significa mucho para mí", declaró John Deegan.

Fumar y sus hombres se apresuraron a detener al intruso.

"¡Espera, Fumar! Es un amigo de la familia", gritó Vic.

"Es la primera vez que te refieres a mí como amigo. No es importante en este momento. General, por favor, únase a nosotros, tengo información para todos ustedes", anunció Deegan.

Fumar se sacó el puro apagado de la boca. La expresión de su rostro era de estupefacción.

"¿Puedo preguntar quién es usted exactamente, señor?"

"Ya escucharon al hombre. Soy un amigo, un amigo especial. Estoy en la misión de traer al bebé de vuelta a casa... ¡AHORA! Si mi teoría resulta ser correcta, y generalmente lo son, todos ustedes se quedarán boquiabiertos. Además, estoy convencido de que Gabby y su profesora están bien. Pero antes de que decidan si realmente soy el genio que dicen que soy, tienen que escuchar lo que descubrí esta mañan.."

"¿Esta mañana? ¿Encontrar qué?", soltó Vic.

"Me pediste que revisara el césped de la Villa Ledon. Debía buscar señales de sangre seca en el suelo y en la hierba. Bueno, me colé en esa propiedad. Soy bastante bueno siendo sigiloso. Mi gobierno me entrenó bien. Hice lo que me pidió y recogí algunas muestras. Las muestras no son importantes en este momento. Disculpe, ¿me podría traer una taza de café... con leche y azúcar, por favor?". Deegan no preguntó a nadie en particular.

"Café, ¿quieres un café?", gritó Raquel.

"Sí, leche y azúcar, por favor".

Uno de los policías corrió hacia la cafetera que Louisa había preparado en la cocina.

"Puedo continuar mientras me preparan el café".

Fumar pensó: "Este hombre está loco". La mirada del general delató sus pensamientos.

"Sí, General, soy muy excéntrico. Eso viene con el territorio de estar al borde de la locura. De todos modos, creo que ha habido un quinto asesinato".

"¿Qué?" Vic gritó.

"Oh bien, mi café. Gracias, oficial. Déjeme tomar un sorbo... ¡ah perfecto!"

"Jesucristo todopoderoso, John, ve al grano", pronunció Raquel.

"Tomé muestras de la hierba descolorida, junto con algo de tierra. Mientras lo hacía, descubrí algo de sangre fresca en la hierba, justo donde encontré las manchas durante mi primera visita. La sangre que encontré antes del amanecer de esta mañana, todavía estaba húmeda. Además, hay residuos de arena y grava y algunas hojas de árbol mojadas en los neumáticos y en el suelo del lujoso carrito de golf de Ledon. También encontré restos de sangre en el asiento trasero", declaró Deegan.

"Que yo sepa, no hay noticias de ningún cadáver, señor", declaró Fumar.

"Aún no. Ve a buscar cerca de la playa. La grava del carro se parece a la que he visto en las carreteras de aquí. Esas carreteras que están al lado de la playa, cerca del campo de golf de La Cana. Eso podría explicar la arena también. Ah, y las hojas. Son esas hojas delgadas, verdes y amarillas que he visto en los árboles cerca del océano.".

"General, me llevaré a unos cuantos hombres para inspeccionar la zona de la playa entre La Cana y el hotel", recomendó Castillo. Fumar movió la cabeza en señal de aprobación. Castillo y tres policías nacionales salieron corriendo hacia la puerta. Cogieron el carrito de golf para cuatro personas que había en el garaje, ya que aquella zona estaba a solamente dos minutos de la Casa Blanca.

Fumar se levantó, sobresaliendo sobre Deegan. "Señor, hay un error importante en su teoría sobre un supuesto quinto asesinato. Ese error me hace dudar de su seriedad, si me permite decirlo".

"No hay supuesto, General. Hubo un asesinato. Haga un libro sobre eso", comentó Deegan con desparpajo.

"Hablé con mi hombre en Cuba esta mañana. El Sr. Ralph Ledon fue a su habitación en La Habana a las tres y media de esta mañana. con dos jóvenes prostitutas".

"Bueno, quizás no tenía suficientes mantas en su habitación", bromeó Deegan.

"Ledon no puede haber matado a nadie en Punta Cana anoche. Suponiendo que efectivamente se cometiera un asesinato. Ledon nunca salió de La Habana".

"¿Alguna vez dije que el Sr. Ledon era el asesino? Vic, Raquel, ¿me oíste decir eso? No recuerdo haberlo dicho". Deegan fingió estar perdiendo la memoria.

"Entonces, ¿quién es el Carnicero de Punta Cana?". preguntó Raquel.

"Tengo mis sospechas, pero primero tenemos que probar que los asesinatos, sin ninguna duda, tuvieron lugar realmente en la villa Ledon. Podría haber varios sospechosos. Tal vez el mayordomo, alguien del personal o de los trabajadores, o simplemente alguien astuto que está utilizando la villa para hacer su trabajo sucio. Tal vez alguien con acceso a la casa... el jardinero del campo de golf también es dueño de la empresa que hace el paisajismo de Ledon, ¿no es así?".

Raquel interrumpió a Deegan: "Perdona, ¿te refieres a Freddy Reyes? Lo hemos tenido vigilado todo el día y toda la noche. Creo que podemos eliminarlo".

Vic intervino: "No elimine a nadie. Lamento decirle, general, que he perdido toda la confianza en su departamento. Puede tomar mis palabras como algo personal si lo desea, pero no creo que sus hombres sean tan eficientes. Mi hija y su profesora fueron secuestradas a plena luz del día frente a su gente. Este tipo que tiene delante acaba de entrar en esta villa, y ya lo hizo una vez haciéndose pasar por jardinero. Tal vez Freddy Reyes logró escabullirse de su casa o de donde sea que estuviera. No... Freddy sigue siendo un sospechoso en mi lista, a pesar de que ha estado viviendo como un monje estos días".

"Ustedes vayan y prueben mi teoría. Volveré sobre Gabby. Pronto recibirás una llamada de los secuestradores, sin duda. Hasta luego", dijo John. Se le notaba el acento del Bronx.

"Señor, tengo una pregunta tonta más para usted..." preguntó Fumar.

"¡Dígame!"

"¿Cómo pasaste a los guardias en la parte trasera de esta villa?"

"Buena pregunta, General. Verá, siempre tomo dos tazas de café por la mañana en ... me mantiene regular. Llevaba los dos cafés en bonitos vasos de papel con esas bonitas tapas de plástico. Los compré en el campo de golf esta mañana. En realidad, eran gratis. Cuando me acerqué a la parte trasera de la casa, vi a los dos guardias, les di el café, les di las gracias por patrullar la villa y les dije que era el padre de Vic. ¡Tengo que irme!"

CAPÍTULO 47

"Ese amigo tuyo me resulta extrañamente familiar. He visto su cara en algún parte, pero no recuerdo dónde", declaró Fumar.

Raquel miró a Vic.

"Tal vez solo tiene ese tipo de cara", soltó Vic. "Debo decirte que si alguien puede ayudar a encontrar a mi hija, es él".

"Lo llamaste John. ¿Cuál es su nombre completo?", preguntó Fumar.

"Johnson... John Johnson. Es un viejo amigo de la familia, de Nueva York", mintió Vic.

"Entiendo. En cualquier caso, todavía tenemos que ver si el viejo tiene razón. Si aparece otro homicidio, tendremos que..." Fumar fue interrumpido por el timbre de su móvil. Miró el identificador de llamadas.

"Sí, Teniente."

"General, hemos encontrado un cadáver", declaró Castillo.

"¿Tan rápido? Espera, te pongo en el altavoz... vamos, por favor", ordenó Fumar.

"Sí, señor, tal como dijo ese hombre, encontramos el cuerpo de una mujer joven. Parece ser el quinto homicidio por el mismo asesino".

"¿Dónde exactamente la encontraron?" Vic preguntó.

"Extrañamente, en una carretera de grava y arena, entre el campo de golf de La Cana y los apartamentos del condominio, justo antes de la propiedad del Hotel Punta Cana. Su cuerpo estaba tirado entre la maleza a lo largo de la carretera. Prácticamente, a la vista", respondió Castillo.

"¿Cuál era el estado del cuerpo?", preguntó Fumar.

"Estaba desnuda, salvo por la arpillera que le rodeaba la cabeza. El cuerpo estaba cortado, igual que los demás. Su bolso, con su identificación y dinero, fue dejado junto al cuerpo. Es como si el asesino quisiera que supiéramos quién era. La mujer es una ciudadana venezolana que llegó a Punta Cana recientemente. Le sellaron el pasaporte el lunes pasado. Estuvo aquí solo cinco días".

"¿Han asegurado la zona donde fue encontrada?", preguntó Fumar.

"Sí, señor. Puedo decirle que hay huellas claras de vehículos que llegaron hasta la escena del crimen, dieron la vuelta y se dirigieron hacia la salida del recinto. Ya envié a algunos detectives para investigar quién entró y salió por la puerta. Tengo la impresión de que el asesino no usó la entrada, sino que conocía bien la zona y logró evadir a los guardias. Pronto sabremos qué dice el turno de seguridad de anoche".

"Buen trabajo, Castillo. ¿Llamaste al forense?"

"Sí, claro, señor. Estará en la escena en cualquier momento. Tomará la temperatura del cuerpo y podrá estimar la hora de la muerte, pero creo que ya está en rigor mortis".

"Vuelva aquí tan pronto como pueda, teniente, quiero traer a este Freddy para interrogarlo. Puede que nos sorprendamos de lo que encontremos", pronunció Fumar.

***

Theresa y Gabriella estaban ilesas, aunque asustadas, en una antigua casa que pertenecía a uno de los secuestradores, en el corazón del barrio más peligroso de Bávaro. Unos perros callejeros, flacos y llenos de sarna, merodeaban por la calle frente a la casa en ruinas, buscando cualquier migaja de comida. Algunos ancianos estaban al otro lado de la calle, bebiendo cerveza y jugando al dominó en una bodega improvisada de hojalata, ajenos a lo que sucedía dentro del escondite del secuestrador.

"Asegúrense de que la chica y la mujer no vean sus caras. Todo va perfectamente según mi plan. Pronto terminarán ese trabajo", soltó el líder de los secuestradores.

"¿Deberíamos darles algo de comer?"

"No, un poco de hambre no les hará daño. Tienen mucha agua, es todo lo que necesitan. Quiero que llames a sus padres en una hora a este número. Usa el móvil desechable que te di. Estaré de vuelta en el trabajo para cuando los llames. Pide un millón de dólares americanos como habíamos planeado", ordenó el líder de los secuestradores.

"¿Y qué pasa con la guapa profesora?"

"Eso es parte de mi plan. La liberamos primero. En un gesto de buena fe. Luego llevaré a la chica con sus padres, sana y salva. El dinero no significa nada para mí. Les pagaré a los tres como acordamos. Hagan exactamente lo que yo diga. Y Carlos, veo cómo te comportas con esa profesora. Ni se te ocurra tocarla, o te dejaré donde te encuentro, ¿entendido?".

El cabecilla de la banda de secuestradores salió de la casa en ruinas y caminó un par de manzanas hasta llegar a una esquina llena de prostitutas dominicanas. Las motos pasaban de un lado a otro, haciendo zigzag, en un frenético espectáculo de gente.

El líder se subió al primer taxi que encontró.

"Llévame cerca del aeropuerto. ¿Conoces Tortuga Bay?"

"Sí, señor... muy elegante,"

"Solo conduce rápido. Te diré dónde parar".

***

El líder de los secuestradores no se había ido ni diez minutos antes de que estallara una discusión.

"¡Dile a esa niña que deje de lloriquear!" Carlos, el secuestrador, exigió.

Gabriella estaba abrazando a Theresa, que no paraba de llorar. La pequeña seguía muy alterada después de haber sido raptada en el parque. Extrañaba a su mamá, a su papá y a su abuelita, y además estaba cansada y con hambre. Theresa la apretó contra su pecho y la meció con cariño.

"Mi español no es perfecto, pero escúchame. Es una niña, y las niñas lloran cuando están enfadadas. ¿No tienes una hermana o una hija?", afirmó Theresa.

"Cuidado con lo que dices, sexy, o te haré llorar de verdad", gritó Carlos. Se agarró la entrepierna e hizo un gesto de joroba.

"Carlos, déjala en paz. Tenemos un trabajo que hacer", soltó el rufián que conducía la furgoneta.

"Haré lo que me plazca. Quizás prefiera ese dinero en lugar del miserable sueldo que nos han ofrecido. Además, quiero enseñarle a esta profesora americana lo que se ha perdido toda su vida".

"No mientras yo esté aquí", desafió el conductor a Carlos.

"Tengo una cuchilla con la que te voy a clavar, maricón. Métete en tus asuntos".

"Hicimos un trato. Mantenemos nuestra palabra", ofreció el tercer secuestrador.

"Ya veremos. Ya veremos", dijo Carlos. Sus ojos brillantes miraron a Theresa a través de su máscara de comando.

***

El conductor tomó la autopista en dirección al aeropuerto, prácticamente sin pisar el freno durante los quince minutos que duró el trayecto. El secuestrador estaba cómodamente sentado en el asiento trasero del taxi.

"En la rotonda, toma la primera salida".

"Sí, señor."

"Ahora conduce recto hasta que veas la señal de Tortuga Bay. Me dejarás bajar allí".

El secuestrador pagó al conductor y se adentró en la urbanización cerrada de Tortuga Bay en dirección a la caseta del guarda.

Un hombre estaba de pie junto a un vehículo último modelo que parecía haberse averiado. El capó del vehículo estaba levantado y había un bidón rojo de gasolina junto a la parte trasera del coche.

"Disculpe, joven. ¿Sería tan amable de ayudarme a arrancar mi vehículo?"

"No tengo tiempo, viejo,"

"¿No tienes tiempo para ayudar a alguien necesitado?"

"Mira, te dije que estoy ocupado, espera a que alguien más te ayude".

De repente, el hombre mayor se lanzó hacia el secuestrador y le roció gas pimienta en la cara. El secuestrador cayó de rodillas, sufriendo y apenas podía respirar, sin poder ver nada. Sin previo aviso, el anciano le dio un golpe en la cabeza con un pequeño garrote negro, dejándolo inconsciente.

CAPÍTULO 48

"Ministro Castillo, hay novedades que debe conocer. Le agradezco que se haya tomado la molestia de participar en esta llamada por Skype", expresó Vic.

"Veo que la señora Ruiz y el general Martínez están en la sala con usted. En primer lugar, me preocupa más que le devuelvan a su hija sana y salva que este caso del Carnicero de Punta Cana."

"Con todo respeto, ministro, suena bien y todo, pero no creo que lo diga de verdad. Es muy probable que el secuestro de nuestra hija esté vinculado al caso del asesino en serie, pero pronto lo sabremos. Ministro, usted y yo sabemos que una vez que se filtre la noticia de que una pareja americana le fue secuestrada justo frente a las narices de la policía, su negocio turístico con Estados Unidos se verá afectado. Esta noticia también podría arruinar su departamento y su carrera, así que deje de decir tonterías", se rio Vic.

"Lamento que te sientas así. Hablemos de lo que está pasando, por favor".

"Seguro. Hemos encontrado otra prostituta venezolana asesinada. Ya son cinco en cinco semanas. Este asesino está en una racha que parece tener un propósito, desafiando incluso la inteligencia más avanzada sobre el comportamiento de los asesinos en serie. Créame, ministro, no se detendrá hasta que lo atrapen o lo maten. La última víctima fue hallada mutilada como las anteriores y prácticamente a la vista de todos, lo que significa que el autor está desafiando abiertamente a ser detenido. Y lo más importante para usted, tenemos motivos para creer que al menos este último asesinato, y otros posibles, ocurrieron en los terrenos de la villa Ledon", Vic hizo una pausa, evaluando la reacción del ministro.

"¿Cómo es posible, señor Gonnella? Ledon es fundamental para nuestra comunidad dominicana, replicó la ministra Castillo.

"Entiendo lo que dice sobre su dinero e influencia, pero no puede obstaculizar nuestra investigación. Si tenemos pruebas sólidas y verificadas de que Ledon, o alguien de su entorno, está involucrado en estos homicidios, tendremos que interrogarlo. De lo contrario, cualquier asesinato que ocurra después recaerá sobre usted, ministro, advirtió Vic.

"General Martínez, ¿está de acuerdo con la evaluación de Gonnella?"

"Totalmente de acuerdo, ministro. Respetuosamente, señor, con su última orden me ha atado las manos en esta investigación. Y aclaro que no estamos diciendo que Ledon sea el culpable. De hecho, tengo entendido que tiene una coartada muy sólida, a menos que anoche volara desde La Habana, viniera a Punta Cana a asesinar a una mujer y regresara a Cuba."

"O tiene el don de la bilocación", añadió Raquel.

"Como Jesucristo, señora Ruiz", pronunció Castillo.

"Sí, como Jesús, y algunos otros".

"General, escucho su frustración. Me gustaría llevar este asunto a la atención del presidente Medina en persona. Tengo que responder ante él sobre este delicado asunto de Ledon. Me pondré en contacto con usted con una decisión dentro de una hora".

"Una cosa más, ministro. Nuestros invitados han recibido una llamada de los secuestradores. Piden un rescate, como esperábamos", anunció Fumar.

"¿Cuáles son sus condiciones, General?"

"Un millón de dólares americanos. No nuestros pesos. Eso lo dejaron muy claro. Los fondos deben ser entregados por la señora Ruiz en un lugar aún por determinar, momento en el cual la niña y su maestra serán liberadas."

"Me encargaré de que le envíen los fondos a Punta Cana, General".

"Ya he hecho esos arreglos, ministro. Mi abuelo siciliano me dijo: 'nada te araña la piel como tus propias uñas', y pienso seguir su consejo", declaró Vic.

***

"Después de dispararte esa cosa en la cara y golpearte bien en la cabeza, te di algo para calmarte y que pudieras dormir un rato", ofreció Deegan, dirigiéndose al secuestrador.

"¿Quiénes son? ¿Dónde estoy?"

"No muy lejos de donde te conocí. Pensé que hoy volverías porque descubrí tu juego retorcido. Dicen que soy un genio. El secuestrador estaba fuertemente atado a un gran roble, con una cuerda amarilla de nylon que se usa en las ferreterías, rodeándole la cintura y los hombros. Tenía las piernas estiradas hacia adelante, ambas atadas con la misma cuerda y fijadas al suelo con postes de acero. Sus pantalones estaban cortados desde el dobladillo hasta la entrepierna.

"¿Quién es usted? ¿Qué quiere de mí?"

"Fui considerado el principal asesino en serie desde John Wayne Gacey. Excepto que yo no lastimaba niños. Solo a los malos de verdad. Tipos como tú. Tal vez. Ninguna de mis víctimas moría fácilmente, siempre había mucha sangre y mucho dolor... verás, sé cómo matar. Fui entrenado para hacer eso por mi país... matar. Puedo hacerlo rápido o despacio, dependiendo de mi humor o de la infracción de la persona que estoy matando. Aquí, déjame mostrarte quién soy en mi teléfono celular. Puedo buscar mi nombre en Google, y tal vez entonces, entenderás tu destino. Google es una especie de resumen de mis actos".

Deegan abrió un enlace de Google a sus crímenes. "Aquí hay uno bueno, me trae recuerdos", rio Deegan.

López miró el teléfono que Deegan le acercaba a la cara. Era un artículo del New York Times con el siguiente titular: "ASESINO EN SERIE ESCAPA EN ROMA, ITALIA", y una foto de John Deegan a toda cara.

"¡Esto no puede ser! ¿Cómo es que estoy aquí contigo? ¡Dios mío!" chilló López.

Deegan se acercó la foto a la cara. "¿Ves? ¿Parece que he envejecido algo?"

"¿Estás loco, viejo? ¿Sabes quién soy?"

"Algunos dirían que estoy loco. Yo no lo creo, pero... en fin, respondiendo a tu pregunta, sé muy bien quién eres. Mi pregunta es, ¿sabes TÚ quién eres?". —preguntó Deegan.

"¿Qué? ¿Sé quién soy? Claro que lo sé", gritó el secuestrador.

"Gritar no servirá de nada. Estamos lo suficientemente lejos en el monte que sólo los pájaros pueden oírte. Francamente, cualquiera tardaría meses, quizá años, en encontrar tus putrefactos huesos".

"¿Por qué elegirme para tu tonto juego?"

¿"Juego"? Sí, para mí es un juego. Hablando en serio, la vida es un juego para mí. Xs y Os, stickball, potsey, tag, skully, juegos a los que jugaba de niño, pero siempre me las ingeniaba para ganar. Pero me estoy yendo por las ramas. Te elegí porque te llevaste a alguien que me importa. Mi querida Gabriella".

"No sé de qué estás hablando, viejo. Será mejor que me dejes ir y te vayas. ¿Sabes que soy policía?"

"¡Ah, sí! Usted es el sargento Manuel López del Ministerio del Interior y Policía".

"Sería prudente que me liberaras".

"Sería más prudente que me dijeras dónde están retenidas Gabriella y su profesora".

"Ni idea de lo que estás hablando, viejo tonto."

"Veo que necesito convencerte, pero primero hablemos de cómo he aprendido sobre ti. Veamos... Tu papá es un pez gordo que se mueve bien en Santo Domingo, tanto que te harán coronel de la policía antes de que cumplas cuarenta. Pero eso no es suficiente para ti, porque eres un malcriado. Pisoteas a la gente, usas a la gente, destruyes a la gente en el camino. Ahora sientes algo por esa profesora guapa... lo entiendo, yo también fui joven una vez... toda esa testosterona. Pero quieres lo que quieres, cuando lo quieres. ¿Me sigues hasta aquí, Manny?"

"¡Vete a la mierda!"

"No quiero desviarme mucho del tema. Así que ahora se te ocurre la idea brillante de quedar bien con tu país y con la encantadora niña americana. Haces que la secuestren por varias razones, pero principalmente porque deseas ser el héroe que la regresa a su familia. Tu padre estaría orgulloso, el presidente Medina te premiará. Tu ascenso a lo que quieras, digamos, a capitán, se da de la noche a la mañana, y estás en camino a lo más alto. Quizás incluso una carrera en la política. ¿Por qué no? Después de todo, eres un gran héroe. Deegan dejó de hablar y comenzó a caminar alrededor del árbol, fuera de la vista de López.

"¡Eso debe dar miedo! Todo atado y con un viejo maníaco yendo detrás de ti. Únicamente fui allí para recuperar un objeto. Ahora está en mi cinturón bajo esta bonita camisa Tommy Bahama. Me gustan las camisas Tommy Bahama... muy ligeras, ¿no crees?"

A López se le salían prácticamente los ojos de las órbitas, tenía la camisa y la parte trasera de los pantalones pegados al cuerpo por la profusa transpiración. Los mosquitos se le acumulaban en la frente y el cuello.

"Este es el trato que haré contigo. Me gustan los tratos. En realidad, puedes salirte con la tuya, bueno, en cierto modo, de todos modos. Oferta única. Tómala o muere."

"Te escucho", soltó López. Movía la cabeza, intentando evitar que los bichos le picaran la piel desprotegida.

"Dime dónde están la chica y la profesora. Yo las busco. Vuelvo y te libero. No le diré a nadie sobre tu participación, así evitarás la cárcel y una reputación arruinada para tu familia. Esta es la trampa. Te vas de la República Dominicana, para no volver nunca. Bueno, en realidad puedes regresar después de que yo muera. Si vuelves aquí mientras esté vivo, lo sabré y regresaré para acabar contigo como a un cerdo. Literalmente, como a un cerdo."

"¿Cómo sabré si volverás después de conseguir a la chica?"

"No lo sabrás".

"No lo creo. ¿Qué posibilidades tengo de seguir vivo unos días aquí?"

"Por otro lado, puedo obligarte a decirme lo que quiero saber. Y luego desangrarte aquí mismo".

López agachó la cabeza y no contestó.

"Bien, el tiempo se está acabando. ¡Comencemos!" De la parte trasera de su cintura, Deegan expuso un cuchillo de ocho pulgadas con su funda, hecho todo de plata. Sacó la hoja. Era larga, delgada y mortalmente afilada.

Deegan pasó el cuchillo lentamente bajo la nariz de López, lo suficiente para que el hombre capturado sintiera el frío de la hoja.

"Antes usaba madera para matar a mis víctimas. Estoy seguro de que has oído hablar de mí. Soy John Deegan, el tipo que mataba a todos esos cabrones, que hacían daño a niños. Ya sabes, curas, rabinos, entrenadores, profesores, cosas así."

Los ojos de López se abrieron de par en par. Conocía el caso Deegan y cómo se hicieron famosos Vic Gonnella y Raquel Ruiz. López había investigado a Gonnella cuando supo que venían a buscar al Carnicero de Punta Cana.

"¡Madre de Dios!" López gritó.

"Solo porque tal vez cambies de idea y me digas dónde está la chica, empezaré a hacerte un hermoso dibujo en las piernas y la entrepierna. Era famoso por la vena yugular, pero solo por conveniencia, claro. Sí, sé que es un caos, con sangre salpicando por todas partes, pero los insectos van a disfrutar la cena".

Deegan pasó la punta del cuchillo por el interior de la pierna de López, desde el tobillo hasta justo debajo de los testículos, dejando un fino corte ensangrentado que se asemejaba a un río torcido en un mapa.

López aspiró aire entre los dientes mientras intentaba lidiar con el dolor. Finalmente, rindió su voluntad con un grito que sonó como un cruce entre un mono Rhesus y una niña de once años.

"Tengo tanta experiencia causando dolor que se ha vuelto un juego para mí. Debes decidir si me das la dirección que quiero o mueres lentamente de un dolor insoportable y pérdida de sangre. Créeme cuando te digo que puedo mantenerte vivo durante mucho tiempo, Manny querido".

"¡Si muero, nunca encontrarán a la niña!" López gritó.

"Oh, la encontraré porque daré con tu pandilla. Y los mataré donde los encuentre. Pero tú estarás muerto, y tu cuerpo será devorado por bichos y pequeños roedores. ¡Que encantador!"

"Por favor, no quise hacerle daño a esa niña. Planeaba devolverla, ni siquiera iba a tomar el dinero. Es cierto lo que dijiste. Quería que me vieran como un héroe, un policía que arriesgó todo para salvar a una niña secuestrada y a su profesora".

"Me alegro mucho de que hayas confesado, Manny. Puede que incluso consigas un billete al cielo con esa sarta de estupideces que estás soltando". Deegan le dio un buen tajo al lóbulo de la oreja izquierda del sargento. El chillido de

López, hizo volar pájaros de los árboles en todas direcciones.

"¡Maldito enfermo!", gimió López.

"Podemos discutir mi última evaluación psicológica en un momento. Pero antes, tengo que tomar una decisión importante. ¿Quizás puedas ayudarme a elegir?"

"¿Elegir? ¿Elegir qué?", balbuceó López.

"Estoy tratando de decidir si debo tomar la punta de tu nariz o la punta de tu polla."

"No... no... por favor... ¡basta! Ya he tenido suficiente".

"Me debes una dirección, mi querido Manny. Y no te equivoques, si voy a la dirección que me des y la chica no está allí, me enfadaré mucho cuando vuelva. Créeme, llamarás a tu madre y suplicarás que te maten", susurró Deegan.

"Están en una casita, a unos cinco kilómetros del parque donde se la llevaron. Está en Villa Espinosa, número 8".

"¿Cuántos de los tuyos hay? Y por favor, no me mientas. Me vuelve loco cuando alguien me miente".

"Tres, solamente tres. Lo juro por todo lo que amo".

CAPÍTULO 49

Jimmy y Jack lograron reunir el millón de dólares en efectivo gracias a los contactos de Vic en Citibank, Banco Popular y otros dos bancos que pudieron ayudar con la gran suma necesaria para el rescate.

"Ahora esperamos instrucciones", declaró Fumar.

"Escúchame, Fumar. No quiero ningún acto heroico. Cuando recupere a mi hija y a Theresa sanas y salvas, pueden quedarse con el puto dinero. ¿Está claro?" Vic exigió.

"No haremos ningún movimiento para recuperar su dinero. Una vez que estén a salvo, entonces estará en mis manos".

"De acuerdo".

Raquel entró en la habitación después de haberse marchado unos minutos. "Mi madre está teniendo otro episodio con su corazón. Vic, todo este lío es demasiado para ella. El médico le ha dado otro sedante. Creo que tenemos que enviarla de vuelta a Nueva York. Me temo que vamos a perderla", se lamentó Raquel.

Raquel estaba totalmente agotada por la falta de sueño y la abundancia de preocupaciones, pero no tenía intención de abandonar la República Dominicana sin su hijo.

"Una ambulancia aérea está lista para salir desde Punta Cana Internacional. He reservado su avión. La llevarán al hospital que elijamos. Tienen una enfermera titulada para acompañar a tu madre y mucho equipo a bordo por si lo necesitan, cariño", respondió Vic.

"Su cardiólogo está en el Centro Médico Hackensack. Ya sabes cómo es mamá. Insiste en ir a Jersey a verlo".

"Está a cinco minutos de Teterboro. ¡Eso es, entonces!" Vic ordenó.

"Vic, Raquel, haremos lo que sea necesario por su madre, pero creo que la atención médica es mucho mejor en casa", declaró Fumar. El general continuó: "Hay otra novedad que tienen que oír".

"¿Sobre Gabby?" Raquel gritó.

"No... no, lo siento. Mi hombre en La Habana me acaba de informar de que Ledon acaba de embarcar en su jet con destino a Punta Cana. Estará de vuelta aquí en menos de dos horas", informó Fumar.

"Me encontraré con ese idiota en el aeropuerto", gritó Vic.

"Vic, te lo suplico. Ahora no es el momento para ninguna locura. Tenemos tiempo de sobra para atrapar a Ledon. En nuestros términos, por favor", suplicó Fumar.

"Fumar tiene razón, cariño, no dejemos que sepan nuestros planes", añadió Raquel.

Intervino el teniente Castillo. "General, Ralph Ledon está al teléfono. Quiere hablar con el Sr. Gonnella".

"¡No puede ser!" Vic pronunció. "¡Las pelotas de este tipo!"

"Toma la llamada, Vic. Y, sobre todo, mantén la calma. No dejes que tu temperamento siciliano se interponga", le aconsejó Raquel.

Vic se acercó al teléfono. Respiro hondo para calmarse.

"Gonnella".

"Sr. Gonnella, soy Ralph Ledon. Lo llamo desde el aire. Estaré en Punta Cana en breve. Me han informado de esta terrible situación con su hija y su tutora. Le llamo para decirle que estoy a su disposición para ayudarle en todo lo posible. A pesar de nuestro desacuerdo, sigue siendo su hija. Nada es más importante que su regreso sana y salva".

Vic se quedó sin habla.

"Sr. Gonnella, ¿está ahí... hola?"

"Sí, aquí estoy. Su llamada me ha dejado sin palabras". La mente de Vic iba a toda velocidad.

"Págueles a estos hombres lo que te pidan. Te daré el dinero. Vamos a recuperar a tu hija".

"Gracias. Tenemos lo que necesitamos, pero su generosidad es..."

"¿Puedo ir a su villa y ofrecerle mi ayuda personal? Tengo un gran alcance, como verá".

"Ahh ... Sí, por favor, usted es bienvenido aquí. No puedo agradecérselo lo suficiente".

"¡Hasta pronto!"

Vic miró el teléfono después de que Ledon desconectara.

"Este tipo es bueno. Es muy bueno. Quizá esté utilizando el secuestro de Gabby para enmascarar sus crímenes, o quizá esté detrás del secuestro para encubrir a otra persona", articuló Vic.

"¿O tal vez es sincero y realmente quiere ayudarnos?", añadió Raquel.

"Sigo diciendo que no estaba cerca de Punta Cana cuando asesinaron a la última chica", dijo Fumar.

"Ya veremos. No me confío de ese hijo de puta", se quejó Vic.

CAPÍTULO 50

Deegan manejó a toda velocidad en su auto alquilado rumbo a Bávaro. Usó Google Maps para localizar la casa de Espinoza. Llevaba la misma ropa de granjero y el sombrero de paja que tenía cuando se acercó a Vic y Raquel en el patio trasero de la Casa Blanca.

Estacionó el vehículo a unas manzanas de la decrépita casa donde López confesó que estaban Gabriella, Theresa y sus tres cómplices. Deegan caminaba como el anciano que solía representar.

Estoy fingiendo ser un anciano, pero maldita sea, soy un anciano, pensó Deegan.

Deegan miró hacia la casa donde Gabriella y Theresa estaban cautivas. Volvió su atención hacia su objetivo más inmediato.

"Hola, ¿puedo unirme a ustedes en una partida de dominó?", preguntó Deegan.

Los ancianos sentados alrededor de la bodega frente al número 8 no respondieron. El grupo no estaba acostumbrado a los extraños.

"Les invito unas cervezas Presidente a todos", anunció Deegan.

Tres de los ancianos se levantaron lentamente y uno de ellos colocó el tablero de dominó sobre una vieja mesa de plástico rosa. A John le ofrecieron una caja de leche roja de plástico como asiento.

"Cuando un hombre nos ofrece cerveza, jugamos. Yo me llamo Luis, él es Papo, y este galán de aquí es Pedro", declaró Luis. Los tres hombres parecían tener más de ochenta años. De hecho, el de más edad solamente tenía sesenta y seis, lo que reflejaba sus duras vidas.

"Soy Juan, mis amigos me llaman Juanito", dijo Juan. El dueño de la bodega sirvió cuatro botellas heladas de cerveza Presidente.

"Me gustaría llamarte flaco", se rio Luis.

"Nunca antes me habían llamado flaco, así que puedes llamarme así", rio Deegan, dándose palmaditas en su delgado estómago. Deegan estaba ahora más delgado que en toda su vida. Vencer al cáncer le había pasado factura.

Papo mezcló las fichas de dominó con un movimiento rápido y circular, como si lo hubiera hecho un millón de veces antes.

Todos sacaron sus siete fichas de dominó. Deegan sacó el doble seis. Pedro, sentado frente a Deegan, empezó la partida. Tras los primeros doce minutos, Luis y Papo ganaban a Pedro y Deegan por cuarenta y siete puntos. Papo golpeó su ficha ganadora contra la mesa para conseguir una victoria espectacular.

"Lo siento, Pedro, estoy un poco oxidado", soltó Deegan. Los tres dominicanos rieron en voz alta y todos dieron un largo trago a la cerveza embotellada.

Mientras Pedro, el perdedor, barajaba las fichas blancas de marfil para la segunda partida, Deegan, con la vista puesta en la casa de enfrente, pidió una segunda ronda de cerveza.

"Estoy pensando en conseguir una habitación cerca. ¿Alguien sabe si hay alguna habitación o casa barata disponible?". —preguntó Deegan.

"Mi cuñada alquila una habitación en la calle de abajo. Solo hay un problema", afirma Luis.

"¿Qué tipo de problema?", preguntó Deegan.

"Por la noche, arañará tu puerta".

Deegan parecía perplejo.

"Ella se llama culo. Se sentará encima de ti con su gran culo", reveló Luis. Todos rieron a carcajadas.

"¿Y la casa de enfrente? Parece vacía", señaló Deegan.

"Alguien vive allí. Es un verdadero alborotador. "Mantente alejado, amigo mío", afirmó Luis. Agitó el dedo de un lado a otro para apoyar su opinión negativa.

El juego del dominó terminó después de doscientos puntos en solo treinta y cinco minutos. Deegan y Pedro fueron derrotados de manera bastante humillante.

"Una ronda más para ustedes, hombres amables. Espero volver a practicar y jugar con ustedes de nuevo".

Deegan estrechó la mano de cada hombre, pagó en pesos las cervezas al dueño de la bodega y subió lentamente por la calle.

Rodeó la calle hasta la parte trasera de la casa del alborotador. Deegan se abrió paso a través de otro edificio derruido, por un patio trasero gris e iluminado por bloques de hormigón.

Deegan se asomó cautelosamente al interior de la casa. Podía ver a Theresa y a Gabriella dormidas y sin zapatos, pero no veía a ninguno de sus captores.

Arañando la puerta trasera como lo haría un gato o un perro, Deegan se puso a un lado de la puerta y esperó. Volvió a rascar, un poco más fuerte.

"Ve a ver qué es eso", ordenó Carlos.

El conductor de la furgoneta se acercó a la puerta de madera desconchada y sin pintura, miró por la ventanilla y no vio nada. Deegan estiró la mano y rascó la puerta.

El desventurado criminal abrió la puerta de un tirón, no vio nada y salió al decrépito patio para seguir investigando.

Deegan se abalanzó sobre él y tiró al criminal al suelo por el brazo. Con gran precisión, Deegan degolló al conductor y le cortó la yugular con un chorro de sangre. El desafortunado secuestrador había muerto antes de saber lo que había ocurrido.

Al entrar en la casa, Deegan se dirigió hacia Theresa. Estaba cabeceando en un colchón junto a la dormida niña. Con suavidad, Deegan puso la mano sobre la boca de la maestra, asustándola.

"Quédese muy quieta, jovencita. Estoy aquí para ayudarla. Tardaré unos minutos. No despierte a Gabriella".

Theresa, con los ojos muy abiertos, asintió frenéticamente con la cabeza.

Deegan avanzó sigilosamente hacia la habitación de al lado. Largas cuentas multicolores en la puerta separaban las dos habitaciones.

Carlos estaba jugando con el móvil, el tercer gánster dormía en un sofá viejo y desgastado.

Deegan se movió rápidamente entre las cuentas. Carlos intentó ponerse en pie de un salto, presa del pánico por el intruso. Deegan clavó el largo y fino cuchillo que había utilizado con Manny López en el matón, en la base de la parte posterior del cráneo. Pudo sentir cómo el cuerpo del hombre temblaba a través de la hoja. La médula espinal de Carlos se seccionó y cayó muerto en un montón sobre el suelo de madera desnuda.

Deegan limpió lentamente la hoja en la camisa del muerto. El tercer matón no se movió. Deegan se acercó deliberadamente a la silla y al desafortunado criminal dormido.

"Coño, levántate y brilla, bella durmiente", susurró Deegan al oído del hombre.

El hombre, confundido, intentó abrir los ojos, pero fue en vano. Deegan tomó el mismo cuchillo que había usado con Carlos y, con un movimiento casi quirúrgico, le cortó la laringe.

"El Carnicero de Punta Cana", susurró Deegan.

CAPÍTULO 51

"¡Hola, papá!"

"¿Gabriella? ¡Cariño! ¡Dios mío! ¿Dónde estás?" Vic explotó.

"Estoy en un auto con la señorita Panny. Volvemos a casa.

"¿Qué auto? ¿Con quién?"

"Tu amigo, John. Espera, quiere hablar contigo".

"Vic, todo está bien. Ella está ilesa, al igual que Theresa", anunció Deegan.

Raquel podía oír la voz de su hija en el móvil de Vic. "¿Está bien?", soltó Raquel.

Vic asintió y sonrió, haciendo la señal del pulgar hacia arriba. Raquel se persignó y soltó un sollozo de felicidad.

"Jesucristo, ¿cómo? ¿Cómo la encontraste? ¿Dónde estaba?", preguntó Vic. El constante nudo en el estómago desapareció tan rápido como la primera vez.

"Esa es una historia para otro día. Sin embargo, tuve que romper una promesa que hice", añadió Deegan.

"¿Promesa? ¿Qué promesa?"

"Tienes muchas preguntas, Gonnella. Regresaremos en unos veinte minutos, y luego tengo que salir corriendo a atender unos asuntos."

"¡Oh, Dios mío! ¡No sé qué decir!"

"Dile a tu cocinera que prepare unos tenders de pollo o lo que sea que coman los niños hoy. Gabby tiene mucha hambre. También trae helado. El helado siempre es reconfortante, ya sabes, ya sabes. Theresa te manda saludos".

Vic podía oír de fondo a su hija aplaudiendo y diciendo yay. Deegan terminó la llamada como siempre.

"Ella está a salvo. John las tiene a ambas. Están volviendo", anunció Vic.

Raquel saltó a los brazos de su hombre, llorando de alegría en su hombro.

"¿Cómo la encontró? ¿Cómo la recuperó?"

"No tengo ni idea en este momento, pero como siempre, dijo que tenía que romper una promesa. No tengo ni idea de lo que quiere decir".

¿"Una promesa"? Ahora mismo no puedo ni pensar. Vamos a decírselo a mamá", soltó Raquel.

La pareja subió corriendo las escaleras, dando dos pasos cada vez, hasta el dormitorio de Olga.

Louisa estaba sentada en una silla junto a la cama de Olga, cogiendo la mano de la abuelita.

"¡Mamá, encontramos a Gabriella! Viene hacia aquí. Está bien", anunció Raquel.

"¡Lo sé!", afirmó Olga. Tenía mucho mejor aspecto que hacía unas horas.

"¿Lo sabes? ¿Cómo lo sabes?"

"Esta mañana, Tía Carmen se me ha aparecido en sueños. Me dijo que el bebé estaría bien y que llegaría hoy a casa. Nunca me ha decepcionado. Ahora tengo que levantarme y prepararme para recibir a mi nieta. Tengo que vestirme y maquillarme. El aspecto que tengo ahora solo asustará a mi querida Gabby".

Fumar y el teniente Castillo permanecieron en la sala de guerra.

"No llamaré a tu tío hasta que esa niña esté en brazos de su madre", afirmó Fumar.

"General, por favor, no estoy siendo irrespetuoso con su

cargo, pero por favor no se refiera al ministro como mi tío. Es tío solamente de sangre", declaró Castillo.

"Le pido disculpas, teniente. No volverá a suceder".

Raquel se quedó con su madre, ayudándola a levantarse de la cama y a vestirse.

Vic estaba a mitad de camino cuando Castillo subió corriendo la escalera.

"Sr. Gonnella, Ralph Ledon ha llegado."

Esto será interesante, pensó Vic.

"Señor Gonnella. Desearía verlo en mejores circunstancias", articuló Ledon.

"Gracias por venir, Sr. Ledon, aprecio mucho su preocupación".

"Es lo menos que puedo hacer. ¿Has sabido algo más de los secuestradores?"

"No, aún estamos esperando instrucciones", mintió Vic.

Fumar tomó la palabra: "Le he comentado al señor Gonnella y a la señora Ruiz que estamos tratando con delincuentes profesionales que solo buscan una gran paga. Sin embargo, hay que tomar todas las precauciones", pronunció Fumar. El general siguió la indicación de Vic, sin dejar que Ledon se enterara de la llamada que acababan de recibir.

"¿Dispone de los fondos necesarios, General?", preguntó Ledon.

Vic respondió: "Estamos listos, pero gracias por su generosa oferta".

"¿Hay algo que pueda hacer por usted en este momento?"

"No, señor Ledon, ahora mismo no se me ocurre nada que necesitemos, pero le llamaré si necesitamos ayuda", contestó Vic.

Batista, el chico de la casa, trajo una bandeja de café

para los hombres. Se sentaron y sorbieron el café caliente mientras hablaban del secuestro.

Al cabo de unos minutos, se oyó el claxon de un vehículo fuera de la casa. A Vic le recordó a cuando los novios salían de la iglesia. Pitidos fuertes y rápidos sin orden. El sonido de los policías aplaudiendo y vitoreando quedó amortiguado hasta que Batista abrió la puerta principal de la villa.

"¡Ella está aquí! ¡Los dos están aquí! ¡Gracias a Jesús!" alabó Batista.

El sonido de la voz de Raquel bajando las escaleras, gritando: "Mi niña" hizo llorar a Fumar y Castillo.

Vic corrió hacia el vehículo, sacando a su Gabriella del asiento trasero y tomándola en brazos. Theresa salió del asiento trasero, secándose las lágrimas de alegría, mientras se dirigía hacia Vic y su hija. Raquel se apresuró a abrazar a su hija y a Vic, dándose besos y abrazos.

Fumar, Castillo y Ralph Ledon sonreían y aplaudían desde la puerta. Ledon, impresionado por la emoción y el amor de la escena de una familia unida, también se echó a llorar. Olga pasó lentamente junto a los hombres que estaban en la puerta. Se detuvo con los brazos abiertos hacia el cielo. Movía los labios como si hablara con el cielo. Al ver a su abuela, Gabriella comenzó a sollozar profundamente.

En medio del alegre pandemónium, John Deegan salió lentamente del camino de entrada y se alejó de la villa.

CAPÍTULO 52

Deegan condujo su vehículo de alquiler hasta el lugar en la espesura del bosque donde había dejado al sargento Manuel López.

"Jesucristo en la cruz, los bichos me están comiendo vivo. Por favor, te ruego que me liberes. Juro que desapareceré. Nadie volverá a verme en este país, por favor".

Las piernas de López estaban cubiertas de su propia sangre seca. Las moscas y los mosquitos se daban un festín a lo largo de la pierna. Tenía la cabeza, la cara y el cuello inflamados por enormes picaduras. Tenía los pies hinchados por el veneno que le habían infundido.

Deegan lucía una sonrisa burlona en el rostro.

"¿Qué te parece mi atuendo, Manny? Creo que me hace parecer un auténtico viejo trabajador dominicano. Y parezco incluso más flaco que con mi ropa de calle normal. En realidad, los chicos de la bodega, frente a la dirección que me diste, me llamaron flaco. Estaban totalmente engañados. Ciertamente, sabían que no era dominicano por mi español. De hecho, sueno como si fuera de Nicaragua, ¿no crees? En todo caso, no me mentiste, así que ahora tengo que decidir qué hacer con usted, sargento".

"Pero... ¡Pensé que teníamos un trato! Te di a la niña, y usted..."

"Sí, sí, lo sé. Pero, este es mi dilema en ese trato. Llevo mucho tiempo escondido. Viviendo bien, ocupándome de mis asuntos tranquilamente, y me encuentro en Punta Cana para ayudar a viejos amigos. Entonces te digo quién soy. Entonces... bueno entonces, consigo que traicionarás a tu banda. Así que ahora, si te dejo vivir, para salvar tu puto culo de puta, como dicen, le vas a decir a todo el mundo que el infame John Deegan fue quien mató a tres alimañas en esa casa de Bávaro. Lo siguiente que sabré es que me llamarán, entre otras muchas cosas, el Carnicero de Punta Cana. Todo el mundo pensará que yo maté a esas pobres chicas. De repente, todos me persiguen de nuevo, para meterme en una cárcel el tiempo que me quede. ¿Tú qué harías si fueras yo, Manny.

"Juro por mi alma, que dejaré este país, nunca mencionaré tu nombre. ¡Nunca!"

"Lo dices como si tu alma importara, sargento López, pero en realidad no tienes una. Si estuvieras atado a ese árbol, te dispararías o te dejarías morir lentamente. Por cierto, tengo tu pistola. Te la quité del tobillo cuando te di un golpe. Puedo dispararte, dejarte aquí a que mueras de sed o por el frío, o quizás por algún animalito que te ataque. Dicen que los perros salvajes pueden oler la sangre a distancia".

"Por favor, sé que fui codicioso. Sé que buscaba la fama. Hice lo que no debía. Te ruego que me perdones".

"Por otro lado, te dejo ir, ¿y luego qué? Te vas a esconder un tiempo con el dinero de papá, y las cosas no te van tan mal. Luego te enteras de que me muero, y vuelves a casa, nadie sabe que secuestraste a la niña y a su profesora, y sigues donde lo dejaste. ¿Es un buen trato para mí?"

López empezó a sollozar como un niño. Vio que su muerte se acercaba.

"Por otro lado, he oído a gente decir que el perdón es divino. ¿Qué piensas, Manny?"

"¡Sí! Sí... Dios te perdonará por cualquier cosa que hayas hecho".

"Ese es otro problema para mí, amigo Manny. No creo en esa clase de Dios. Lo hice en un tiempo, pero ya no estoy seguro".

***

"Capitán Gebhardt, por favor prepare mi jet para regresar al aeropuerto Lugano-Agno. Extraño mi hogar y a mi esposa. ¿Cómo está el clima en Suiza?"

"Cielo despejado, señor".

"De acuerdo, a casa entonces."

"Sí, señor, ¿a qué hora le gustaría salir?"

"A ver. Estoy a treinta minutos del aeropuerto de Punta Cana. Tengo que devolver el vehículo de alquiler. Digamos una hora", respondió Deegan.

"Sí, señor. Prepararé mi plan de vuelo".

CAPÍTULO 53

Freddy Reyes estaba en una sala de conferencias en Punta Espada, siendo interrogado por Vic, Fumar y el teniente Castillo. Vic, a través de un intérprete, le preguntó: "Usted fue de los primeros en llegar al lugar donde encontraron el cuerpo, después de que Tony, el caddie, hiciera la llamada, ¿verdad, Sr. Reyes?".

"Sí, así fue. La llamada la hizo el caddie master. Yo estaba con el director general en su oficina de la tienda de golf", respondió Freddy.

Vic, Fumar y el teniente Castillo estaban entrevistando a Freddy Reyes en una sala de conferencias de Punta Espada.

Freddy continuó: "Esto es un poco embarazoso para mí. Ustedes vienen a mi lugar de trabajo y básicamente me arrastran a esta habitación. Todo el mundo se está preguntando qué está pasando".

"¿Preferirías que te hubiéramos llamado a comisaría y te hubiéramos tratado como a un delincuente? Solo hemos querido hablar contigo de manera civilizada". La mirada fría del general hizo que Freddy se sintiera aún más incómodo, así que decidió no protestar más.

Vic continuó: "Quiero saber su opinión sobre cómo llegó el cuerpo de la chica a la cueva de coral de su campo".

"¿Mi opinión? Bueno, si tuviera que adivinar, diría que la llevaron o la trajeron a ese lugar. Por lo que sé, fue asesinada allí", respondió Freddy.

"Las pruebas muestran que fue asesinada no lejos de Punta Espada. Nuestros forenses indican además que fue conducida hasta allí en un carrito de golf o un vehículo similar. Tal vez fuera uno de los vehículos que su gente utiliza para cuidar el campo", añadió Castillo.

"Tenemos muchos vehículos que se utilizan en este campo. No tengo ni idea de cómo la llevaron allí. No soy detective", dijo Freddy. Su tono rozaba el sarcasmo.

"¿Tienes algún trabajador que consideres que podría haber cometido este homicidio?" Vic preguntó.

"Tengo doce hombres trabajando en el campo en dos turnos. Si quieres, puedes entrevistarlos. No se me ocurre ninguno de ellos que pueda hacer esto. Todos son trabajadores esforzados con familias. Han estado conmigo durante años."

"¿Los doce tienen acceso a todos los vehículos y carritos de golf?". preguntó Castillo.

"Los vehículos de mantenimiento, sí. Los carritos se guardan cuando acaban los últimos jugadores. Al anochecer, los carros de golf se guardan bajo llave en lo que llamamos el granero".

"¿Dónde está este granero?" Castillo le siguió.

"Justo debajo de este edificio."

"Traeremos a sus doce hombres para interrogarlos. Tal vez podamos encontrar algo de ellos. Tal vez vieron algo", añadió Fumar.

"¿Tienen seguridad en el campo por la noche?". preguntó Castillo.

"Sí, solamente hay un guardia, pero está apostado en la casa club hasta el amanecer. No sale al campo".

"Entonces, nadie vería si alguien saliera tarde por la noche con una chica, ¿correcto?" Vic preguntó.

"¿Qué? ¿De qué está hablando, señor?"

"De lo que estamos hablando, señor Reyes, es de una denuncia que tenemos de una mujer venezolana que afirma que usted la llevó al mar, a altas horas de la noche, y la dejó allí", soltó Castillo.

Freddy parecía un ciervo atrapado en los faros de un auto. Se levantó inquieto en la silla y gotas de sudor comenzaron a formarse en su frente.

"¿Yo? ¿Qué mujer? No lo entiendo".

"Una mujer que decía que usted había utilizado sus servicios en varias ocasiones", declaró Fumar.

Freddy fingió buscar en su memoria.

"No creerás que tengo algo que ver con este asesinato, ¿verdad?"

"Limítese a responder a nuestras preguntas, señor Reyes. Si pienso por un segundo que nos está contando una tontería, arrastraré su flaco trasero hasta el cuartel general, y entonces no me comportaré como un caballero", añadió Fumar. Aunque había un cartel de prohibido fumar, Fumar encendió un largo Churchill que había estado masticando.

"Okay, sí, había una mujer a la que traje una noche hace algún tiempo. Sí, era una chica".

"¿Una venezolana?", preguntó Castillo.

"Sí."

"¿Y su propósito de traerla al campo a altas horas de la noche?", preguntó Vic.

Freddy se sintió bombardeado por los tres hombres. Empezó a sudar copiosamente. Su frente estaba empapada, al igual que su camisa.

"¿Mi propósito? Honestamente, tener sexo. Eso es todo. ¿Es eso ilegal?"

"¿Y la dejaste cerca del agua, en el coral, después de amenazarla con tirarla al mar en una noche negra como la boca del lobo?". preguntó Vic.

"Quería asustarla. Eso es todo". gritó Reyes.

"¿Por qué harías algo así? ¿Por qué amenazaste con matarla?" Vic siguió.

"Mira, era una chica, y sí, le pagué varias veces. La puta se enamoró de mí. Me llamaba todo el tiempo. Incluso se presentó en mi apartamento. Quería que la acogiera para casarse conmigo y conseguir el visado".

"¿Te pidió que te casaras con ella?", preguntó Castillo.

"Más de una vez, sí, lo hizo".

"Entonces, la trajiste al campo, tarde en la noche, tuviste sexo con ella en el vehículo, luego dijiste que la tirarías al océano, y la dejaste ahí, ¿es correcto?"

"Sí. Quería deshacerme de ella. No necesito esa mierda en mi vida".

"¿Cómo consiguió el carrito de golf si todos se guardan por la noche, señor Reyes?". preguntó Castillo.

"Señor, soy el jardinero. Tengo todas las llaves del lugar".

"¿Lo contacto después de esa noche?", preguntó Fumar.

"¡No, señor, nunca!" Freddy respondió.

"Así que su pequeño drama funcionó, ¿no?", soltó Castillo.

"Evidentemente, sí. Pero diré que nunca lo volví a hacer, y nunca lastimé a ninguna mujer".

"¿Cómo conociste a esta venezolana?", preguntó Vic.

"A través de alguien que conozco. Conseguí otras chicas de él".

"¿Quién es ese alguien, Reyes?", preguntó Fumar.

"¿Tengo que decir un nombre? No soy de los que..."

"¡Responde a la puta pregunta!", gritó Fumar.

"Era... un tipo llamado Lenny."

¿"Lenny"? Solamente Lenny. Apuesto a que hay diez Lennys en Punta Cana", arremetió Fumar.

"Lenny Díaz. Es un proxeneta. Se la pasa en un bar, Mi Casa Lounge".

"¿Este Lenny te proporcionó drogas? ¿Marihuana, cocaína?"

"No tomo drogas, señor. Nunca lo he hecho".

"Tomo nota de sus respuestas. Tenga en cuenta que esta es una investigación abierta, Reyes. Ahora es libre de irse; sin embargo, debe entregar su pasaporte, a la espera de más interrogatorios. Los agentes le acompañarán a su casa. Mientras están allí para recuperar su pasaporte, buscarán en su casa otras pruebas", declaró Fumar.

"¿Lo sabrá el director general? Quiero decir, ¿sabrá que llevé a la chica al campo?"

"No veo ninguna razón por la que debamos decírselo. A menos, claro, que encontremos otras pruebas", ofreció Fumar.

"Se lo agradezco, señor. No quisiera perder mi trabajo aquí".

"Una cosa más, Sr. Reyes", dijo Vic. "¿Tiene acceso a arpillera?"

¿"Arpillera"? Un momento, ¿por qué la chica que encontraron en la cueva tenía arpillera en la cabeza?

"Sr. Reyes, solo responda a mi pregunta. ¿Tiene acceso a arpillera?"

"Sí, señor. ¡Pero nunca mate a nadie!"

"¿Para qué se usa la arpillera y dónde se consigue?".

"Llega en la parte inferior de algunos árboles que se plantan aquí y allá en el campo. La mayoría de las veces, enterramos los árboles con la arpillera aún adherida. Si despegamos la arpillera de los árboles, la desechamos".

"Que tengas un buen resto del día, Reyes. No salgas de Punta Cana sin mi aprobación", ordenó Fumar.

***

"No creo que Reyes sea sospechoso", dijo Vic. Los tres hombres estaban en el vehículo de Fumar.

Fumar volvió a encender su Churchill. "Estoy de acuerdo. Si nos está diciendo la verdad, y quería ahuyentar a esa chica, decidió aterrorizarla. Pongamos nuestra atención nuevamente en la Villa Ledon".

CAPÍTULO 54

Cuando Vic regresó a la Casa Blanca, fue directo a ver a Gabriella y Theresa. Raquel y su hija estaban durmiendo juntas la siesta que tanto necesitaban. A Vic se le llenaron los ojos de lágrimas al verlas acurrucadas juntas. Aquello podría haber salido mal. *Quizá tenga que volver a la iglesia*, pensó Vic. La idea momentánea de volver a su iglesia hizo que Vic sintiera un escalofrío.

"Necesito llamar a Deegan. Ha estado muy callado", dijo Vic en un susurro.

"Hola, Deegan."

"Hola, Gonnella", Deegan sonaba un poco cansado.

"¿Estás bien?"

"Nunca mejor dicho. Estoy sentado con Gjuliana en este momento. Estamos mirando la luna más hermosa que jamás hayas visto. Está iluminando todo el cielo y proyectando su hermoso rayo sobre el lago Lugano".

"¿Qué? ¿Me estás tomando el pelo o qué?" El Bronx de Vic salió rugiendo. "¿Estás en la puta Suiza?"

"No, solo Suiza", respondió Deegan.

Vic se quedó pensando que decir. "¿Te... te fuiste de Punta Cana sin despedirte? ¿Sin que te diéramos las gracias por salvar a Gabriella?"

"Tú y yo sabemos que tuve que salir pitando de allí. Ese General no dejaba de mirarme como si intentara descifrarme. Creo que me reconoció, pero no podía ponerle nombre a la cara".

¡"Deegan"! Vamos, eso es mentira. Si te hubiera reconocido, habría dicho algo".

"Te equivocas otra vez, Gonnella. Justo cuando creo que te he enseñado lo suficiente, te vuelves a equivocar. No pasará mucho tiempo hasta que el General se dé cuenta de que estuve allí. ¿Olvidaste que sigo siendo un fugitivo internacional? Todavía tengo una buena recompensa en mi cabeza".

"Basta, por favor. Si Fumar te hubiera reconocido, habría dicho algo".

"Ahora estás haciendo el tonto", se rio Deegan.

"¿Te fuiste ayer?"

"Así fue. Rompí la promesa que te hice y tuve que largarme por mi propio bien".

"Sigo sin entenderlo. ¿A qué promesa te refieres?"

"Dijiste hace tiempo que si volvía a matar a alguien, me perseguirías y me matarías tú mismo. No podía correr ese riesgo".

"¿Como si realmente fuera a hacer eso? Ya me lo imaginaba. La policía recibió una llamada anónima sobre tres cuerpos que fueron encontrados en una choza de mierda en Bávaro. Fumar y Castillo quieren hablar con Theresa, ya sabes, mostrarle algunas fotos para identificar a esos cabezas huecas como los secuestradores. Todavía está conmocionada, así que le pedimos un par de días. Por lo que oí cómo murieron, fue tu firma por todas partes. Tres para los buenos, es como yo lo veo".

"¡Cuatro!"

"¿Qué? ¿Cuatro?"

"El sargento López. Tenía que presentarle a su Señor y Salvador".

"¿Qué? ¿Por qué coño?"

"Él planeó el secuestro de mis queridas Gabriella y Theresa. Quería ser el héroe que las rescatara y las devolviera sanas y salvas. Al final, me confesó más cosas, le ofrecí una especie de última confesión para que pudiera entrar al cielo. Admitió que había planeado disparar a los tres tipos que yo había congelado. Creo que se veía a sí mismo como un héroe nacional. Ahora ya no está. Su cuerpo puede aparecer en cualquier momento".

"¡Seré bañado en mierda!" Vic gritó.

"Y ahora sé que vendrás a matarme. Estoy listo para partir, Gonnella", dijo Deegan riendo.

"Iré a por ti, Deegan. Iré a besarte en esa cabeza tuya".

"Vic, me estoy haciendo viejo. La bola rápida ha desaparecido. Todavía puedo lanzar la curva de vez en cuando, pero el calor se ha ido. Se me acaba el tiempo, Gonnella. No sé si volveremos a vernos. Ve a casarte con esa mujer, y besa a ese bebé por mí".

Deegan colgó como era habitual en él.

CAPÍTULO 55

Olga se recuperó del abismo una vez que Deegan devolvió a Gabriella sana y salva.

"Mamá, estaba tan preocupada por ti. Tenía tanto miedo de perderte. Nuestras vidas serían tan diferentes, tan vacías, si no estuvieras aquí con nosotros. No me refiero a aquí en Punta Cana, sino aquí con nosotros como familia", se lamenta Raquel.

"Mi dulce hija, llegará el momento en que el Señor me llame, y comprenderás el ciclo de la vida. Por eso estuve a punto de renunciar a vivir. Si algo le hubiera pasado a Gabby, habría preferido estar muerta a seguir viviendo. Un padre nunca debe ver partir a su hijo antes que él. Supongo que soy demasiado vieja para enfrentarme a ese tipo de tragedia. Cuando decidiste entrar en el departamento de policía, recé todos los días, recé tantas novenas que creo que agoté mi rosario".

"Me has enseñado mucho, mamá. Entiendo lo que quieres decir. Mi vida también habría terminado. Vic y yo estaríamos vacíos si algo le hubiera pasado a Gabriella, así que agradezco a Dios que todo haya vuelto casi a la normalidad. Cuando termine este caso, creo que trabajaré menos y disfrutaré más de mi hija."

"Eso es lo más inteligente que has dicho nunca, pero quiero darte un consejo si estás dispuesto a escuchar".

"Claro, mamá, ¿qué pasa?". preguntó Raquel.

"Gabby puede parecerte bien en este momento. Está contenta de volver con nosotros, por supuesto. Veo que está empezando a jugar y a leer un poco. Incluso he escuchado su dulce voz cantando. Cuando lleguemos a casa, creo que debes llevarla a hablar con alguien. Los niños de esa edad pueden tener una idea diferente de la vida después de un trauma como el que ella tuvo que soportar. Aunque no fue muy largo, dejó una huella que ella no es capaz de expresar", respondió Olga.

"No lo he pensado aún, mamá. ¿Crees que tendrá pesadillas o algo sobre el secuestro?"

"Tal vez lo haga, tal vez no, pero debes preocuparte por el futuro de su bebé. Necesita quitarse esto de la cabeza".

"Te quiero tanto, mamá. Estoy tan feliz de que estés viva. Estarás por aquí mucho tiempo".

"Hay una vieja expresión, hija. "el hombre propone y Dios dispone". Todo está en Sus manos". Olga se echó la cruz. Al igual que Raquel.

Raquel abrazó a su madre con fuerza, con los ojos llenos de lágrimas.

"Ahora ve y encuentra a ese asesino. Sé que lo harás".

***

Jimmy Martin y Jack Nagle pidieron reunirse con Vic y Raquel sin Fumar y su gente.

Justo antes de la cena, se reunieron en la veranda de la Casa Blanca.

"¿Qué tienen en mente, chicos?" Vic preguntó.

"Hemos estado investigando esa pista del móvil que nos pediste que siguiéramos. Parece que ha dado buenos resultados".

"Al principio de la investigación, intentábamos averiguar si a cada una de las chicas asesinadas le faltaba algo. Suponiendo que se hubieran llevado el reloj de la primera chica, interrogamos a todas las familias de las víctimas y a otras amigas prostitutas sobre los relojes y joyas de las chicas muertas. Lo que averiguamos es que todas las víctimas tenían muchas pulseras, pendientes, relojes y anillos. La mayoría no era de gran calidad, no valía lo suficiente como para ser vallada. Le dimos vueltas y no conseguimos nada", añadió Jack.

"Teléfonos móviles. Sabemos que todas las víctimas tenían un celular, ¿verdad?" Jimmy preguntó.

"Es una suposición válida", soltó Raquel.

"Así es como se comunicaban con sus clientes. Por lo general, los clientes o los proxenetas llamaban a las chicas para pedir servicio. Sin embargo, no se recuperó ni un solo teléfono móvil de las víctimas", añadió Jack.

"Entonces, tu argumento es que el asesino se quedó con los celulares como recuerdo. Eso es típico de un asesino en serie", declaró Raquel.

"Exacto. Hemos investigado los proveedores de telefonía móvil en Venezuela. Hay tres proveedores principales. El mayor, con diferencia, es Movilnet, luego Movistar, seguido de Digitel. Lo creas o no, con lo pobre que es ese país en este momento, hay más de veintiséis millones de usuarios de teléfonos móviles en Venezuela."

"Entonces, ¿cuál es tu punto?" Vic preguntó.

"Es más que un punto, chicos. No esperábamos que los venezolanos fueran tan cooperativos con una empresa de investigación estadounidense, así que trabajamos a través de INTERPOL. Tuvieron que hacer todo el papeleo necesario en Venezuela, por eso ha tardado tanto. Le dimos a INTERPOL los nombres de las cinco víctimas y las direcciones que encontramos en sus pasaportes", explicó Jack.

"¡Vamos!", exclamó Raquel con entusiasmo. Sus mentes corrían como dos caballos hacia la meta.

"Hasta ahora, tenemos dos resultados. Samantha Franco, la primera víctima, y Pamela León, la chica que fue encontrada en Punta Espada en la cueva de coral. INTERPOL trabajó con Movinet y lograron rastrear las cuentas de estas dos chicas. Conseguimos las llamadas entrantes y salientes del último día de sus vidas", comentó Jimmy, esforzándose por no sonreír.

"¡Esto es oro!" Vic gritó.

"¡Espera!", exclamó Jimmy.

Jack tomó la palabra: "Se hicieron muchas llamadas antes de la hora aproximada de la muerte de las víctimas". Todas de móvil a móvil, eso sí. La mayoría de las llamadas resultaron ser de amigas de las víctimas, todas prostitutas venezolanas aquí en la República Dominicana. Pamela León también llamó a sus padres en Venezuela. La chica Franco hizo varias llamadas a Venezuela y aquí en la República Dominicana. Sin embargo, encontramos un número de teléfono del que ambas chicas recibieron llamadas. Ese número estaba registrado con Orange, uno de los principales proveedores de celulares en dominicana".

"¿Y?", preguntó Raquel.

"El teniente Castillo nos puso en contacto, y Orange nos ayudó mucho", respondió Jimmy. "No le dijimos demasiado a Castillo".

"Ese número, el que llamó a las dos chicas la noche en que fueron asesinadas, está registrado a nombre de CCI, S.A. de Punta Cana", dijo Jack.

"¿CCI, S.A.?" preguntó Vic, frunciendo un poco el ceño mientras esperaba más detalles.

"Cubano Café Internacional. Propiedad de un tal Ralph Ledon", gritó Jimmy.

"¿Estás bromeando?" Vic gritó.

CAPÍTULO 56

Vic llamó a Fumar y le pidió al teniente Castillo y a él que regresaran a la Casa Blanca sobre las ocho de la noche para una reunión muy importante.

Después de cenar, cuando a Gabriella le estaba leyendo un cuento su abuelita, Raquel le pidió a Louisa que sirviera café y postre a Vic, Theresa y a ella en la cabaña tiki.

"Theresa, ¿cómo estás?" Vic preguntó.

"Estoy destrozada por dentro, si quieres que te diga la verdad", casi susurró Theresa.

"¡Me imagino!" Raquel se ofreció.

"No soy una persona muy religiosa, pero tal vez debería serlo después de lo que viví"", admitió la tutora.

"Se rezó mucho por tu seguridad, créeme", añadió Raquel.

"Quiero contarles algo a los dos. Estaba más preocupado por Gabriella que por mí. De verdad, habría dado mi vida por ella. ¡Esos desgraciados! ¿Cómo pudieron hacer eso? Ese tipo, al que llamaban Carlos, era el más enfermo de todos. La forma en que me miraba a través de ese pasamontaña... y esa lengua asquerosa que sacaba. Me aseguré de que Gabby nunca lo viera, siempre le daba la espalda. Espero que reciba lo que merece".

"Es hora de que te digamos algunas cosas, Theresa. Todos recibieron lo que se merecían. ¿Tú o Gabby vieron algo... algo sobre el estado de esos hombres cuando se fueron?". —preguntó Raquel.

"Esa es la cosa. El hombre... el hombre mayor que nos salvó, dijo 'llámame tío John'. Nos cubrió la cabeza a Gabby y a mí con una manta cuando nos fuimos. Se la quitó cuando caminábamos hacia su auto. Yo quería correr, pero él dijo que era demasiado viejo para correr y que, de todos modos, no hacía falta. Para responder a tu pregunta, no, no vimos nada de esos horribles hombres".

"Bueno, todos recibieron lo que se merecían, y algo más", soltó Vic.

"Están todos muertos, Theresa", añadió Raquel.

"¿Muerto? ¿Cómo?"

"No hace falta que conozcas los detalles escabrosos, pero el 'tío John' se encargó de ellos".

"¡Oh... Dios... mío! ¿Ese anciano tan simpático? ¿Quién es en realidad?"

"Es un hombre especial. Tenemos más noticias para usted. ¿Ese Sargento López?"

"¿Te refieres a Manny el asqueroso?" Theresa se acercó el dedo a la boca como si le dieran arcadas de pensar en López.

"¡Ahora es Manny el muerto!" Vic respondió.

"¡QUÉ!" Theresa gritó.

"Theresa, ahora entendemos por qué Manny te pidió una cita. Él fue quien organizó todo el secuestro. Contrató a esos tipos con la intención de llevarte a ti y a Gabby, traicionar a esos tres, entrar a tiros, eliminarlos y convertirse en el héroe de la policía, explicó Raquel.

"Era un enfermo... ¿por qué?"

"Quería convertirse en un ídolo nacional para poder ascender en el escalafón. Quizá en su mente retorcida pensó que también podría conseguirte a ti", añadió Raquel.

"Ya sabes, ahora que pienso en el día que fuimos por Punta Cana, estaba hablando de política. Más de lo que me interesaba, francamente. Dijo que algún día se presentaría a las elecciones, que quizá sería presidente, y que les enseñaría a todos cómo gobernar el país. Pensé que solo eran fanfarronadas, ya sabes, tonterías, tratando de impresionarme".

"Las dos sentimos mucho que hayas tenido que pasar por todo esto, Theresa. Entendemos si quieres irte", dijo Raquel.

"¡De ninguna manera! Los quiero, chicos, y quiero a Gabriella. Si alguna vez tengo una hija, ese será su nombre. Oh... lo siento, ¿quizás quieren que me vaya?"

"¿Está bromeando? ¡Para nada!" El Bronx de Vic volvió a salir.

"Vic... de verdad, ya está bien de bromear. Oye, subamos todos a arropar a ese bichito", pronunció Raquel.

***

Fumar, dos de sus ayudantes y el teniente Castillo llegaron puntualmente a las ocho.

Vic abrazó al general. "Vamos todos fuera a fumarnos un puro. Todavía no he comprado ninguno, así que tendré que quitártelo, Fumar", soltó Vic.

"Grubb, nunca había escuchado esa palabra en inglés", afirmó Fumar.

"No es inglés, es del Bronx. Significa quitarle cosas a la gente. Como cigarrillos, comida, cigarros, todo tipo de cosas. ¡Soy un grubber ahora mismo!"

"No puedo sacar a este hombre de los barrios del Bronx, señores", bromeó Raquel.

Se trasladaron a la veranda y se sentaron todos alrededor de la larga mesa exterior.

"Lo bueno de los puros es que mantienen alejados a los bichos", bromeó Fumar. Sus hombres rieron cortésmente.

"Señores, tenemos un nuevo desarrollo en el caso. Queríamos que lo supieran de inmediato, por eso hemos convocado esta reunión. Espero que podamos intercambiar ideas y avanzar hacia una conclusión", anunció Vic.

Fumar asintió con la cabeza, ansioso.

"No soy de los que se apropian del trabajo y las ideas de otros. Jimmy y Jack te lo explicarán", empezó Vic.

Jimmy y Jack se miraron, sin esperar ser mencionados. Jimmy empujó a Jack para que empezara.

"Hemos encontrado los registros de los teléfonos móviles de dos de las cinco víctimas venezolanas del homicidio. Gracias a INTERPOL y a los contactos que el teniente Castillo nos proporcionó en Orange, hemos determinado que las llamadas se hicieron desde un teléfono de la empresa de Ralph Ledon poco antes de que las chicas fueran asesinadas", informó Jack.

"Castillo me informó de que estaban solicitando la ayuda de Orange. ¿Supongo que verificaste los datos de la llamada entrante?", preguntó Fumar.

"Sí, señor, lo hicimos", respondió Jimmy.

"¿Tienes una lista de todos los teléfonos celulares registrados a nombre del Sr. Ledon?"

"Sí, los tenemos. Hay doce teléfonos móviles, registrados a nombre de CCI, S.A.", volvió a responder Jimmy.

"¿El teléfono que se usó para contactar a las dos chicas era el del propio Sr. Ledon?"

"No estamos seguros, señor. No podemos confirmar al cien por cien quién lo usó en esas fechas, General. Los teléfonos podrían haber sido compartidos, eso es lo que sabemos".

"¿Sabemos si Ledón estuvo en Punta Cana las noches en que llamaron a estas dos víctimas?".

"Todavía no, señor". contestó Jimmy. Jimmy y Jack no se inmutaron por las preguntas rápidas de Fumar.

"Sabemos que Ledon estaba en Cuba cuando

asesinaron a la última chica. Tenemos que averiguar dónde estaba cuando se cometieron los otros asesinatos", declaró Fumar.

"Sí, lo sabemos. Mira, todos los caminos conducen a Ledon. El café en las bolsas de arpillera, el origen cubano de las bolsas, las huellas de los carritos de golf, y ahora las llamadas desde un teléfono registrado a nombre de su empresa. Es hora de llamar al viejo Ralphy", añadió Vic.

"Sabes que en el momento en que llamemos a Ledón, correrá directo a sus chicos de traje en Santo Domingo, y ahí se acabará todo", soltó Fumar.

"Esta es la mejor información y evidencia que tenemos sobre el caso. Hablaré con el ministro Castillo. Lo llamaré ahora mismo, a menos que prefieras lidiar con su política".

"Hazlo, Vic. No hay otra manera". Fumar estuvo de acuerdo.

CAPÍTULO 57

"Pero Sr. Gonnella, ¿por qué no puede entender lo delicadas que son las cosas aquí?".

"¿Y si se lo decimos a las familias de las víctimas, ministro Castillo? ¿Y su sensibilidad?".

"Ralph Ledon es el hombre más rico de este país. Es capaz de cambiar el resultado de nuestras próximas elecciones, si no toda la estructura de nuestro gobierno. Es más que ridículo decir que es un asesino de prostitutas. No puedo permitir que acosen a un hombre de la talla de Ledon. Es absurdo, por no decir otra cosa".

"Me reitero, señor. No estoy acusando al Sr. Ledon de asesinato. Solo estamos haciendo lo que usted nos contrató para hacer. Estamos investigando la actividad de un asesino en serie. Que sea un asesino en serie es una conclusión lejana. Las pruebas que hemos encontrado son solo eso, pruebas. No es una acusación".

"Entiendo el proceso, Sr. Gonnella; sin embargo, no debe sacudir la jaula de Ledon. Tendré un infierno que pagar. Les ordeno a usted y al general Martínez que se retiren", arremetió Castillo.

"De acuerdo, ministro, no me deja otra opción", se burló Vic de Castillo.

"¿No tiene elección? ¿Va a renunciar, Sr. Gonnella?"

"¡Claro que no! Nunca renuncio. Estoy a punto de cobrar mis otros quinientos mil".

"Si esto es solo por el dinero, Sr. Gonnella, podemos arreglarlo ahora mismo. Puedes irte a tu voluntad, y liberaremos el dinero que está en custodia para usted".

"Es la mejor oferta que me han hecho en mi vida, señor. He dicho que no a dinero, autos, sexo y hasta a montones de droga a lo largo de mi carrera. Nunca me he vendido antes, y no voy a dejarme corromper ahora. Así que, déjame mostrarte mis cartas. Primero, enviaré a mi familia de vuelta a casa con mi propio dinero, porque ya no confío en ti ni en nadie en este país de locos. Después, haré unas llamadas a Nueva York, y este lugar se llenará de periodistas. Conozco a todos los productores de Twenty-Twenty, Sixty Minutes, CNN, MSNBC, Fox News, The New York Times, hasta al maldito Nickelodeon. He estado en sus programas un montón de veces. Raquel y yo somos los detectives famosos que todos quieren. Todos los que nombré son amigos míos. ¿Hablas de turismo? Voy a hacer un programa sobre el riesgo de llevar a sus hijos pequeños a la República Dominicana y dejar que sus hijos universitarios se enfrenten a un lugar lleno de corrupción, sexo y peligro, además de un asesino en serie que sigue suelto en esta isla de ensueño. Estoy seguro de que esto es lo último que quieren los cabrones de la capital.".

"¡Cómo te atreves a amenazarme, Gonnella!"

"¿Cuál amenaza? No he hecho ninguna amenaza. Nunca amenazo a nadie".

CAPÍTULO 58

"Sr. Ledon, estoy aquí por dos motivos. Primero, quiero agradecerle de nuevo por la amabilidad y generosidad que me brindó cuando mi hija..."

"En primer lugar, por favor, llámame Ralph. Te lo dije la primera vez que nos vimos en nuestra gala. Y me tomaré la libertad de llamarte Vic o Víctor. En cuanto a mi intento de serte de ayuda y consuelo en tu momento de necesidad, acudí a ti como un ser humano más. Me enteré del terrible suceso y reaccioné como debería hacerlo cualquiera en mi posición".

"Eres único, Ralph".

Vic se había arriesgado a ir solo a la villa de Ledon. Ledon estaba solo, salvo por su mayordomo.

"Me alegro mucho de que todo haya salido bien. He oído que los tres secuestradores han aparecido muertos. Qué bien. Ahí es donde deben estar", exclamó Ledon.

"En realidad eran cuatro", aconsejó Vic.

"¿Cuatro?"

"Sí. Sargento Manuel López."

"¿Qué? Conozco a su padre bastante bien."

"Lo sé, Ralph. Todavía no se lo han dicho al padre de López".

"¿Cómo se recupera uno de eso?"

"Lamento decir que López fue el cerebro del secuestro. Muy desafortunado. Tenía todo por lo que vivir, me han dicho".

"Dios mío, ciertamente lo hizo. ¿Cómo murió?"

"No tengo ni idea. Todo lo que sé es que se ha ido", mintió Vic.

"Vic, dijiste que viniste por dos razones".

"Mi segunda razón, supongo, es a título semioficial".

"No lo de la investigación de asesinato otra vez, espero."

"Ralph, necesito explicarte lo que hemos descubierto. Sé de tus contactos con el gobierno aquí, pero he venido, sin avisar, para decirte que las pruebas son convincentes. Parece que el asesino es, ¿cómo puedo decir esto delicadamente? Bueno, no soy de los que se andan con rodeos, pero no encuentro las palabras adecuadas".

"Di lo que tengas que decir".

"Si el asesino no eres tú, entonces está muy cerca de ti".

"Puedo asegurarle que no he matado a nadie. No soy un asesino en serie. Como mucho, soy el amante de Punta Cana", rio Ledon. "Pero estoy seguro de que ha oído esa declaración de culpables antes en su carrera". Ledon se estaba poniendo visiblemente nervioso.

"Los hechos son los que me trajeron aquí a verte. Tal vez puedas ayudarme a unir las piezas del rompecabezas".

"Mi abogado me aconsejó que no respondiera a ninguna pregunta al respecto, pero no tengo nada que ocultar personalmente, así que haré caso omiso de su consejo. ¿Qué hechos tiene?"

"Todo indica que al menos una, quizá dos, de las mujeres asesinadas murieron aquí, en su propiedad. Las muestras de sangre, encontradas en su césped, coinciden con el ADN de la última víctima. Segundo, las bolsas de arpillera tenían restos de granos de café en sus fibras. Las bolsas fueron hechas en Cuba".

Ledon interrumpió: "¿Asesinado aquí, en mi villa? Me cuesta creerlo".

"Puedo darle los detalles de nuestros hallazgos. Pruebas adicionales vinculan los neumáticos de su carrito de golf personal con las huellas de neumáticos dejadas en el lugar donde se encontró el cuerpo de una víctima."

"No soy el único que tiene un carrito de golf por aquí. Hay un carrito de golf en casi todas las villas de Punta Espada y alrededores. Tus pruebas me parecen circunstanciales".

"Quizás tenga razón. Pero los neumáticos de su vehículo son únicos. Ignorando cualquiera de esas pruebas, que creo que son suficientes para hacer que uno se siente y tome nota, hay una pistola humeante virtual que apunta hacia usted."

Vic continuó: "Sabemos que estabas en La Habana la noche en que fue asesinada la última víctima. Todavía me gustaría saber tu paradero cuando se encontró a las otras mujeres, pero puede que no sea del todo necesario."

"Así que ahora, dime. ¿Cuál es la pistola humeante que mencionó?", preguntó Ledon.

"En el caso de dos de los homicidios, se realizaron llamadas desde un teléfono móvil, registrado a nombre de su empresa, directamente a las víctimas. Estas llamadas se hicieron la noche de sus asesinatos".

Ledon se recostó en su silla. Su rostro bronceado una leve preocupación.

Vic continuó: "¿Puedes ver ahora por qué estoy aquí?"

"¿Registrado en mi empresa? Tengo varios teléfonos móviles que utilizo yo y otras personas de mi entorno. ¿Quizás se perdió alguno?"

"Eso siempre es posible, Ralph. Por desgracia, con las demás pruebas que tenemos, circunstanciales o no, todos los caminos conducen a su puerta. ¿Puedes ayudarnos con una lista de los individuos que tienen estos teléfonos?"

"Mi abogado me matará, pero no tengo miedo de contártelo. Déjeme intentar recordar. El director general de mi planta tiene un teléfono de la empresa. Nuestro controlador, creo que uno de nuestros agentes aquí, y otro en La Habana. Por supuesto, mi mujer tiene teléfono y también mi mayordomo".

"Hay un total de siete teléfonos, contando el tuyo. Me comentaron que hay doce teléfonos registrados en la empresa. Necesitamos emparejar los números con los usuarios, lo cual no debería ser complicado. A menos que, como mencionas, alguno de los cinco teléfonos restantes esté inactivo o se haya extraviado. También existe la posibilidad de que alguien esté intentando engañar a alguien en tu posición. ¿Sabes de algún empleado que esté descontento en este momento?

"Supongo que es muy posible. Me gusta pensar que trato bien a mi gente para que no me odien. Pero uno nunca sabe".

"Tengo otra pregunta delicada, Ralph. Y de ninguna manera te estoy juzgando. Sabemos que te gustan las prostitutas venezolanas. Algunas de las chicas que entrevistamos dieron fe de ello. ¿Recuerdas si alguna de las víctimas había estado contigo?"

"No presté mucha atención a las chicas asesinadas. Es posible. Realmente no lo sé".

"Si te enseño fotos de las víctimas, ¿eso ayudaría?"

"Ahora me estoy poniendo nervioso. Tal vez tenga que traer a mi abogado aquí".

"Esa es su decisión, claro, pero sabe tan bien como yo que su abogado va a poner obstáculos a nuestra investigación. Entonces, recibiré una llamada de Santo Domingo y tendré que llevarles las pruebas. Creo que podemos evitar eso de una manera muy sencilla".

"¿Cómo es eso?"

"O aceptas que eres el asesino, o nos echas una mano para encontrar al verdadero culpable", Vic tragó saliva.

"Eres un tipo muy astuto, Vic Gonnella. A lo largo de mi vida he hecho dos cosas de las que me siento muy orgulloso. Nunca he tenido miedo de arriesgarme y siempre he cumplido con mi palabra. No hay contrato escrito que valga más que mi palabra. Te doy mi palabra, con Dios como testigo, aquí y ahora, de que te ayudaré a dar con el famoso Carnicero de Punta Cana".

CAPÍTULO 59

"Ledon acaba de enviarme su itinerario de los últimos dos meses. Sorprendentemente, estuvo fuera de la ciudad para cada homicidio. Cuba, Brasil, Costa Rica. Todo por negocios de café. Está claro que no es nuestro hombre", anunció Vic.

Vic y Raquel estaban reunidos en la Casa Blanca con Fumar, el teniente Castillo, Jimmy y Jack, junto con dos de los ayudantes de Fumar.

"A menos que esté mintiendo", soltó Fumar.

"Sinceramente, tengo la sensación de que no, pero ya me he equivocado con sospechosos en el pasado. Veamos qué pasa con él".

"Bueno, no ha ido a lloriquear a sus amigos de La Capital. El ministro Castillo, en su infinita sabiduría, está buscando colgarme de las pelotas, así que ya habría llamado a los gritos. Disculpa mi lenguaje, Raquel", se disculpó Fumar.

"Olvidas que fui policía de Nueva York. He oído cosas mucho peores", se rio Raquel.

"¿Puedo decir lo obvio?", preguntó el teniente Castillo. Fumar movió la cabeza afirmativamente.

"Tenemos que centrarnos primero en los usuarios de teléfonos móviles. Luego quizá rastrear todas y cada una de las llamadas que salen de todos los teléfonos".

"Eso es un poco difícil. ¿Crees que Orange va a colaborar?" Jack preguntó.

"No estoy seguro, pero puedo preguntar", respondió Castillo.

Raquel interrumpió desde la izquierda. "¡Acabo de darme cuenta de algo! Ayúdame a pensar esto. Así que, en el último mes, tal vez seis semanas, cada vez que Ralph Ledon se iba de viaje, aparecía un cadáver. Vic, si Ledon realmente quiere ayudar como dice, averigua si se va de viaje otra vez o pídele que organice un viaje".

"¿Te refieres a fingir que se va de la ciudad por unos días?", preguntó Vic.

¡Exacto! Que todos sepan que se va a algún lugar. Su oficina, todo el mundo. Se esconde en un lugar seguro y ponemos un equipo de vigilancia en su casa. De esta manera, y aunque suene exagerado, si el asesino hace un movimiento, estaremos ahí para atraparlo".

"¡Vale la pena intentarlo!" Jimmy exclamó.

"¿Crees que lo haría?" Jack preguntó.

"Lo único que puedo hacer es preguntar", declaró Vis.

***

La reunión terminó sobre las diez de la noche. Vic y Raquel se dieron las buenas noches y subieron, Fumar salió corriendo por la puerta principal con sus hombres para encenderse un puro y marcharse a su casa, Jimmy y Jack se metieron en el estudio para ver lo que echaran en la televisión en inglés. El teniente Castillo vio a Theresa sentada en un sillón de mimbre de respaldo alto, sola en el porche.

"Hola, Theresa."

"Oh, hola, Mateo. ¿Cómo has estado?"

"¿Te molesto?

"En absoluto. Toma asiento, por favor. Hace días que no te veo".

Castillo apartó de la mesa una pequeña silla de mimbre y se sentó frente a Theresa.

"¿Estás bien?", preguntó Castillo.

"Todavía lo estoy superando. No duermo muy bien. Mi mente sigue repitiendo ese día en el parque y todo lo demás".

"Puedo entenderlo. Debo decirte que fui una absoluta, ¿cómo se dice en inglés? Basket, todo el tiempo que tú y Gabriella estuvisteis fuera".

"Quieres decir un caso perdido, Mateo. Nosotros lo llamamos caso perdido", se rio Theresa.

"Oh, sí. Eso es. De todos modos, el resultado es lo único que importa. Me sentí tan impotente al no poder ayudarte. No siendo padre, solo puedo imaginar lo que Vic y Raquel estaban sintiendo. Y por supuesto, Olga. Pensé que seguro que ella... Lo siento, no estoy ayudando a tu estado de ánimo repasando el pasado".

"Está bien, Mateo. Estaré bien. No olvides que soy una chica de Nueva York".

"¿Cómo es vivir y trabajar en ese lugar, Nueva York?"

"Agitado, caro, abarrotado... pero me gusta. ¿Nunca has estado allí?"

"Desgraciadamente, no. He estado en Miami y Washington D.C. pero nunca en Nueva York".

"Debes visitarlo alguna vez. Hay tanto que hacer. De momento, estoy centrado en mi trabajo con Gabriella, pero en cuanto llegue a casa, quiero ir al cine y comerme un sándwich de pastrami en Katz".

"¿Gatos? ¿Qué es eso?"

"Es una tienda de delicatesen judía en el Lower East Side. Te diré algo, Mateo. Si alguna vez vienes a Nueva York, te invito a Katz's Deli".

"No sé cuándo podré escaparme, pero me gustaría mucho".

"Estaría bien que siguiéramos en contacto. Te daré mi dirección de correo electrónico y podemos escribirnos de vez en cuando".

"Me temo que mi escritura en inglés es bastante pobre. Pero puedo usar el traductor de Google".

"Nada que hacer. Puedo ayudarte con la escritura y la lectura en inglés. Soy profesora, ya sabes". Theresa se rio entre dientes.

"Sería un honor".

"Sabes, Mateo Castillo, eres un hombre muy agradable. Ojalá hubiera ido contigo a recorrer Punta Cana en vez de...".

"Entiendo lo que dices. Por desgracia para mí, mi timidez se interpuso en mi camino para preguntarte. Me costó mucho venir a saludarte ahora".

"¿Por qué tan tímido, Mateo?"

"Tal vez la manera en que fui criado. A ser siempre un caballero. No ser prepotente y dejar que tu actuación hable por sí misma".

"Esas son buenas características en un hombre. Puede que algún día seas un gran marido. Y también un padre maravilloso".

"Bueno, gracias por hablar conmigo. Te dejaré con tus pensamientos, Theresa".

"Mateo, esta es tu primera lección para derribar el muro de tu timidez. Por favor, ve a la cocina, toma dos cervezas Presidente y sal a beberte una conmigo. Luego tomaremos un segundo, y entonces podrás irte a casa. Y una cosa más, si no te importa. Me está volviendo loco. Por favor, ábrete un poco la corbata y relájate".

CAPÍTULO 60

Vic era realmente astuto, como dijo Ralph Ledon. El ex detective de la policía de Nueva York pensó que si hacía que Ledon saliera de su villa de Punta Cana, podría, ya sea de manera intencionada o no, hacer que alguien cercano a él cayera en una trampa. Ese alguien podría ser el Carnicero de Punta Cana.

Vic invitó a Ledon a encontrarse en el restaurante donde Raquel, Deegan y él habían cenado, Playa Blanca, en la playa de Punta Cana.

Ledon pidió una botella de Prosecco y algo de queso. Los camareros, al ver al rey del café, revolotearon sobre la mesa hasta que Ledon los espantó educadamente.

"Tienes buen gusto, Vic. Este es mi lugar favorito de toda la región. Cinco estrellas", afirmó Ledon.

"Entiendo el por qué. Mira este sitio. Y la comida es increíble".

"No esperaba que tuvieras tiempo de salir mucho, con la investigación del asesinato y su hijita. ¿Cómo está ella?"

"Como si no hubiera pasado nada. Los niños son fuertes. Gracias por preguntar, Ralph".

"Me alegro de verte, pero estoy ansioso por saber por qué me has hecho venir".

"Quería decirte en persona que no eres sospechoso en este caso. Sus coartadas son herméticas y su reputación intachable. Por favor, acepte mis disculpas por cualquier estrés que le hayamos hecho pasar."

"Vic, eso es un estrés menor, pero gracias de todos modos. Mira, tienes un trabajo complicado. No envidio tu situación. Dime, ¿cómo va la investigación?"

"Es un proceso. Los asesinos en serie suelen ser muy inteligentes. No revelan su próximo movimiento. Odio decirlo, pero es probable que este tipo ataque de nuevo, y quizás no en Punta Cana. Es impredecible. Sin embargo, parece que su objetivo es claro. Está claro que tiene algo que ver con prostitutas, que en este momento son mayormente venezolanas, y como sabes, hay muchas en la República Dominicana. Todas las chicas asesinadas comparten características similares en su apariencia y edad aproximada".

"Una misión muy extraña, ¿no cree?", preguntó Ledon.

"El motivo de la misión no se conocerá hasta que se capture al asesino. La historia nos dice que el resultado final es que el asesino muere o es capturado, pero en algunos casos, detienen su racha, lo que hace más difícil su detención", compartió Vic.

"Esto ha ensombrecido la región. Por un lado, espero que lo encuentren pronto. Otro asesinato puede convertir Punta Cana en una ciudad fantasma".

"Precisamente. ¿Ha considerado la posibilidad de empleados insatisfechos o competidores?".

"Por supuesto que sí. He pensado hasta el punto en que ya me duele el cerebro. No se me ocurrió nada que te ayude. Aparte de celos de alguien al azar, realmente no tengo enemigos. Al menos ninguno que yo conozca".

"Ojalá fuera tan fácil, Ralph".

"Disculpa, pero quiero volver a algo que mencionaste antes. Conoces mi historia. Quedé huérfano cuando mis padres fueron asesinados por los comunistas en Cuba. Ese evento siempre me ha marcado, Vic. A lo largo de mi vida, a pesar de todos mis logros, siempre he sentido que me falta algo. Quizás mis padres y el resto de mi familia, que se perdieron para mí. Cuando dijiste que los niños son resilientes, me pregunté hasta qué punto lo son realmente.

Lo veo constantemente en el orfanato que fundé aquí. Los niños parecen felices por fuera, pero en el fondo hay algo que me recuerda mi propia tristeza. No soy de los que dan consejos a la ligera, especialmente a personas que apenas conozco. Ledon se detuvo y miró el agua.

"Adelante, Ralph, por favor."

"Su hija vive una vida maravillosa que usted y su señora le han proporcionado. Por favor, haga todo lo posible para que lo que le pasó no la persiga más adelante en su vida."

Vic se quedó perplejo y pensó: "*¿Cómo puede este hombre, tan rico y poderoso como es, ser tan sensible?*

Luego de una pausa embarazosa, Vic respondió.

"Es el mismo consejo que le dio la madre de Raquel. Gracias por su sincera preocupación, Ralph. Sabes, yo tuve un grave trauma en mi vida cuando tenía más o menos la edad de mi hija. Me acompañó toda la vida. Si no fuera por Raquel, no sé qué habría sido de mí. Me avergüenza decir que nunca pensé en lo que estás diciendo. Debería haberlo sabido. Eres realmente un gran hombre".

"Así que ahora tienes la opinión de un gran hombre."

Ledon continuó: "Déjame preguntarte, Víctor, todas esas pruebas que me rodeaban, ¿qué piensas de todo eso? Especialmente los teléfonos. ¿Todavía crees que alguien que conozco es el asesino?"

"Sí, así es... bueno, alguien que lo conoce o que es lo suficientemente brillante como para tenderle una trampa con pruebas circunstanciales. Ahora mismo, estamos considerando todas las posibilidades. También existe la posibilidad de que nunca atrapemos a este tipo. ¿Recuerdas a Jack el Destripador? Nunca lo atraparon".

Ralph continuó: "Eso da para que salgan buenos libros de misterio, ¿verdad, Vic? Escucha, mañana voy a Colombia a ver un cafetal. Estaré fuera unos días. Espero que cuando vuelva hayas capturado a ese maníaco".

CAPÍTULO 61

"Tenemos un día para establecer montar una vigilancia en la villa de Ledon. Ledon me comentó que se va de viaje de negocios a Colombia. ¿Crees que tendremos suerte?", preguntó Vic.

"¿Sabes a qué hora se va a Colombia y por cuánto tiempo?". —preguntó Raquel.

"Todo lo que sé es que va a Columbia por unos días. Eso es todo lo que dijo Ledon, y no quise presionarlo".

"Y mañana es viernes. El momento parece demasiado perfecto", dijo Jimmy.

"Parece que normalmente se va hacia el final de la semana. ¿Tal vez tenga una amiga?", añadió el teniente Castillo.

"Eso es asunto suyo. Ahora tenemos que concentrarnos en atrapar al asesino", espetó Vic.

"¿Cuál es el plan?", preguntó Raquel.

"Teniente, ¿puede poner la foto aérea de Punta Espada en la pizarra? Necesito una vista de la villa Ledon", pidió Vic.

Castillo actuó con rapidez. Utilizando una portátil, enfocó la villa Ledon, la zona circundante y el cercano hoyo de golf.

Vic utilizó un puntero para trazar su plan. ""Unamos nuestras ideas. No podemos asustar a este tipo. No hay coches cerca de la casa. Jimmy, quiero que vayas por el fairway de Punta Espada que está frente a la casa. Fumar, ¿tienes un telescopio potente? Uno que le permita a Jimmy ver lo que sucede afuera".

"Por la mañana llegará uno del ejército", respondió Fumar.

"Bien, entonces Jimmy, todos nos comunicaremos por radio. Jack, hiciste vigilancia de camuflaje en los Marines, ¿correcto?"

"Sí, señor."

"Estarás apostado en la parte trasera de la villa. En algún lugar cerca de la piscina de peces. Hay mucho follaje para camuflarse. Fumar, agrega unas gafas infrarrojas y un par de trajes de camuflaje para Jimmy y Jack a tu lista de compras, por favor".

"¡Hecho!", exclamó Fumar.

"Fumar, usted, Castillo, y sus hombres, requisen algunos de esos malditos carritos de golf de Punta Espada. Estarán listos debajo de la casa y fuera de la vista, abrazando esta colina en el campo de golf. Freddy dijo que cierran los carros cuando los últimos golfistas terminan de jugar. Eso debería ser al anochecer. Sigue las instrucciones de Jimmy y Jack si y cuando ellos lo digan".

"No hay problema".

"Raquel y yo nos estacionaremos cerca. Una de esas villas cerca de la casa Ledon debería estar vacía. Estaremos atentos a lo que pase".

"Vic, no sabemos si el asesino lleva a la chica dentro de la villa o no. Si está dentro, puede que no los vea", afirmó Jack.

"Buen punto. Si la chica entra en la casa, Jimmy, tienes que decírnoslo. Raquel y yo iremos a la parte delantera de la casa e intentaremos ver el interior. Si el asesino se lleva a la chica afuera para hacer lo suyo, Jack... actúas a la primera señal de algo. ¿Entendido?"

"¡Sí, señor! No hay problema". Jack respondió.

"Lo ideal sería atraparlo vivo. Pero no pongas en riesgo a la víctima", declaró Vic.

"Y nadie fuera de este grupo debe conocer esta operación", añadió Raquel.

"Correcto. Esta podría ser una buena oportunidad para nosotros. Todos debemos comportarnos como si mañana por la noche hubiera un asesinato en esa villa o en sus alrededores", declaró Vic.

"Fumar, ¿se nos escapa algo, General?"

Fumar se sacó el Churchill sin encender de entre los labios.

"Vamos a repasar esto unas cuantas veces. Creo que podemos realizar esta operación con precisión. Quiero añadir una cosa más. Tendré a un par de mis hombres en el aeropuerto. Solo para asegurarme de que Ledon se suba a su jet".

CAPÍTULO 62

El viernes por la mañana, el clima en Punta Cana no era el típico que todos conocen. El cielo estaba oscuro y amenazante, cubierto de nubes que parecían no dejar pasar ni un rayo de sol. La temperatura descendió hasta los veintiún grados, y el ambiente olía a lluvia inminente.

Vic y Raquel estaban en la cama esperando a que sonara el despertador. No podían dormir, pensando en la operación de la villa Ledon, repasando una y otra vez los planes en sus mentes. Después de dos rondas de sexo apasionado, la pareja por fin pudo dormir unas horas.

"La predicción del clima para hoy no es buena, aunque en la app de mi móvil dice que hace veintiocho grados y sol", señala Raquel.

"Que va. Alguien le está pagando a esa app para hacer el paraíso un poco más paradisíaco de lo que es en realidad. Pronto se abrirá el cielo y lloverá todo el día. El canal meteorológico de mierda anunció fuertes tormentas desde esta tarde hasta esta noche", añadió Vic.

"¿Y cómo afectará eso a la operación?"

"Puede que ahuyente al asesino, pero en lo que a nosotros respecta, lo único que hará será mojarnos un poco. Espero que Fumar piensa en traernos ropa de lluvia. Especialmente para Jimmy y Jack".

"¿Quieres que lo llame?"

"Lo estaba pensando, pero no quiero que suene como si pensara que es totalmente incompetente. Seguro que este caso le ha tocado un poco los cojones. Sobre todo con ese ministro Castillo metiéndose en todo cada vez que pasa algo".

"Permítame preguntarle algo que no puedo entender. No solo en este país, sino en todas partes. Entonces, el ministro Castillo es de esta familia rica de caña de azúcar. Al igual que los Kennedy, su padre también era un tipo rico. Los Rockefeller, tanta gente rica que puede seguir haciendo mucho dinero y vivir en el regazo del lujo de generación en generación. ¿Por qué se meten en política?"

"Muy sencillo, cariño. Más dinero y poder. Fingen querer ayudar a su gente, a su país, a la sociedad, pero todo es una mierda", sermoneó Vic.

"¿Va a ser un día largo, esperando a que caiga la noche? ¿Alguien pensó alguna vez que podría matar a una chica durante el día?". —preguntó Raquel.

"Buena pregunta. La hora de la muerte de todas las chicas indica que fueron asfixiadas a altas horas de la noche o justo después de medianoche. Creo que nos quedamos con la historia aquí".

Vic continuó: "De todos modos, Fumar y todos estarán aquí al mediodía. Louisa preparará un buen almuerzo. Mamá, Gabriella y Theresa se volverán locas, Fumar se fumará doce puros y yo me volveré loco de preocupación por lo de esta noche."

"Muévete, voy contigo."

***

Fumar y sus hombres llegaron listos como para cazar un oso. Excepto que no hay osos en la República Dominicana. Quizá debería decirse que venían listos para atrapar de iguanas.

Fumar tomó prestado un vehículo utilitario HMMWV del ejército de la República Dominicana sin que el general tuviera que explicar por qué necesitaba el vehículo. Más grande que una furgoneta comercial normal, el camión verde del ejército estaba lleno de diverso material que

Fumar tomó prestado.

Los uniformes de camuflaje que Vic había solicitado para Jimmy y Jack, junto con sombreros militares, ropa de lluvia, botas y otros accesorios, también los llevarían Fumar y sus hombres. Había suficientes gafas de infrarrojos para todos, listas para usar. Un rifle de francotirador Tikka T3 Beretta de cerrojo fue asignado a Jack Nagle. Fumar no se le escapó nada y no dejó nada al azar.

"Después del almuerzo, revisaremos todo el equipo. Recomiendo que su hija, su maestra y su abuelita se queden en las habitaciones de arriba. No hay razón para asustarlas", ordenó Fumar.

"Gracias, General, ya han sufrido bastante", respondió Raquel.

Louisa se superó a sí misma con su clásico arroz con pollo para todos, acompañado de una ensalada familiar y un enorme pastel de tres leches. La cafetera no paraba de hervir, como seguiría haciendo el resto del día.

A Batista, el chico de la casa, le dieron el día libre con paga. No había ninguna razón para que el joven estuviera allí y así se evitaría un posible problema de fuga de información.

El reloj parecía estirarse hasta la hora de iniciar la operación, programada para el atardecer. Todos los hombres de Fumar tenían experiencia militar y estaban bien entrenados para el trabajo de campo. Jimmy Martin no había estado en el ejército en su país, pero su tiempo con Vic en la comisaría 41 de Nueva York, conocida como Fort Apache en esos días, le daba más que suficiente experiencia.

El móvil de Fumar sonó. El general miró el teléfono, hizo una mueca y pulsó el botón rojo, rechazando la llamada. Llamó al teniente Castillo a un lado.

"Esa llamada era de tu... lo siento, de Castillo. No atenderé ninguna de sus llamadas hasta que la maniobra de esta noche esté completa. Ahora llamará al teléfono de aquí. No contestes", ordenó Fumar.

"Con mucho gusto, señor,"

Como un reloj, el teléfono de la sala de guerra sonó y sonó hasta que la persona que llamaba desistió.

Un minuto después, el teléfono de Fumar volvió a sonar. Miró el teléfono con enfado, esperando que fuera el ministro Castillo. Contestó.

"Sí, adelante".

"General, Ralph Ledon acaba de llegar al aeropuerto. Está a punto de subir al avión", le informó su hombre.

"Bien. Espera allí hasta que lo veas despegar. Luego envíame un mensaje", ordenó Fumar.

"Chicos, está confirmado que Ledon se marcha. Está subiendo a su avión en este momento", anunció Fumar.

Vic soltó una risa nerviosa. "Siempre existía la posibilidad de que me equivocara y él fuera el Carnicero. Me alegro de que se haya ido".

Fumar intervino. "Estás dando por hecho que habrá un asesinato esta noche, Vic".

"Lo siento en los huesos", rio Vic.

"Estaré totalmente convencida cuando capturemos al asesino", susurró Raquel.

"Son las tres. En marcha. Teniente, que sus hombres traigan el equipo del vehículo", ordenó Fumar.

CAPÍTULO 63

Con Ralph Ledon ya en Cartagena, Vic, Raquel y Fumar, junto con el resto del equipo, se encaminaron hacia el punto de reunión para recibir las últimas instrucciones. Todos se juntaron en el estacionamiento del club de golf de Punta Espada. La lluvia constante y el viento fuerte que venía del mar complicaron la visibilidad y causaron bastante incomodidad a los presentes.

Fumar se puso de pie en el lado del pasajero abierto del vehículo utilitario. El general miró a sus tropas con expresión severa, pero digna. "Caballeros y dama, hemos repasado nuestras misiones con todo detalle. Recuerden, si hay una mujer traída a la villa por el autor del crimen, de ninguna manera queremos poner en peligro su vida simplemente para atrapar a este asesino. Jack, tus órdenes son claras. No titubees".

"¡Sí, señor!", respondió Jack con firmeza.

"Ahora, me gustaría que todos inclináramos la cabeza para guardar un minuto de silencio por las mujeres que fueron asesinadas aquí, y pidamos a quien sea que recen por una resolución justa de este caso", añadió Fumar.

Vic guardó silencio, dejando que el general dirigiera la operación.

"El cielo se oscurecerá en unos minutos. Hagan lo mejor que puedan con la lluvia y el viento. Estén atentos a mi señal para salir".

Jack Nagel y Jimmy Martin fueron trasladados en carritos de golf por los agentes de Fumar, utilizando el terreno natural del campo de golf para enmascarar sus movimientos.

Jimmy mantenía la cabeza baja mientras se dirigía al mirador al otro lado de la calle y la villa Ledon. Esperaba tener una buena vista del interior de la villa, pero el clima solo permitía ver luces parpadeantes de la casa. Deseaba que la lluvia cesara para que su posición fuera más efectiva.

El entrenamiento de Jack se puso en práctica cuando se arrastró por la arena húmeda y la tierra de la parte trasera de la villa Ledon. Se escondió en una maraña de arbustos, espantando a unas cuantas serpientes no venenosas y persiguiendo a un solenodonte oscuro, una criatura venenosa parecida a una musaraña con una larga nariz, de vuelta a su madriguera. El ex marine se sentó en posición de loto, con las piernas cruzadas de manera cómoda. Sacó su rifle de francotirador de la funda, asegurándose de que el cañón apuntara al suelo. Desde su lugar estratégico cerca de la piscina de peces, Jack tenía una vista clara de todo el patio trasero. Dos potentes lámparas iluminaban la piscina y la parte trasera de la villa.

Fumar y sus hombres estaban escondidos fuera de la vista en la ladera de la colina arenosa bajo la villa. Veinte de los hombres del general iban en cinco carritos de golf que habían tomado del depósito de vehículos de Punta Espada.

Raquel y Vic estaban sentados en el Cadillac Escalade negro bajo un toldo en el camino de entrada de una villa vacía a unos cien metros al sur de la Villa Ledon.

La oscuridad había cubierto a todos, y todos se mantenían en sus posiciones estratégicas.

"¡Tengo movimiento!, exclamó Jimmy a través de su radio, "No puedo ver mucho, pero hay una figura saliendo por la puerta principal de la villa. Podría ser un hombre".

Se hizo el silencio durante unos segundos.

"Es un varón. Lleva una bolsa de algún tipo. Como una bolsa de gimnasio, así. Está entrando en un vehículo que está estacionado dentro del garaje. No puedo distinguirlo desde aquí... es un sedán. Parece gris o verde. Lo siento, no puedo decirlo -siguió Jimmy-.

"Si pasa por nuestra posición, intentaremos interceptarlo", declaró Vic.

La radio volvió a sonar: "Es el mayordomo. A ver si vuelve", anunció Vic.

"¿Hay algún movimiento dentro de la casa?", preguntó Fumar.

"No puedo ver el interior", respondió Jimmy.

"Negativo. No hay movimiento", respondió Jack.

Todos esperaron. Eran las nueve y diez.

A las diez en punto, sonó la radio.

"La luz se encendió en la parte de arriba. Las cortinas están corridas. Podría ser un dormitorio", observó Jack.

La lluvia empezó a amainar. Relámpagos iluminaban el cielo nocturno sobre el mar.

Esperaron.

"Me vino a la mente un recuerdo de cuando era policía. Teníamos información sobre una compra de drogas en Castle Hill Avenue. Pasamos toda la noche en un coche sin matrícula. No pasó nada", le contó Raquel a Vic.

"Esperemos que nuestra teoría nos dé algo más que nada", replicó Vic.

"¡Tengo que hacer pis!"

"Tienes dos opciones. Aguantarte o ponerte en cuclillas en esos arbustos", rio Vic.

"Sí, claro. Hay demasiadas cosas que se mueven. Aguantaré... un rato más".

"La luz de arriba se apagó. Podría ser la hora de acostarse", anunció Jack.

Fumar intervino. "Vigila todas las salidas", advirtió el general.

Un minuto después, Jimmy intervino: "Se acaba de abrir la puerta del garaje. Quédate conmigo. Es un poco más claro desde aquí. Un vehículo está saliendo, luces rojas y una luz de marcha atrás. Es un todoterreno. No puedo distinguir al conductor".

"Esperemos que el vehículo pase a nuestro lado", declaró Vic.

"No hubo suerte. El vehículo fue hacia el norte. Hacia el agua y la casa club, parece." Jimmy dijo.

"¡MIERDA!" Vic exclamó.

"Quédense todos en sus posiciones. Ahora a esperar", ordenó Fumar.

La radio permaneció en silencio durante treinta minutos.

"Tengo muchas ganas de ir al baño", declaró Raquel.

"Solamente abre la puerta y orina, por el amor de Dios. No es como si no te hubiera visto orinar antes".

"¡Imbécil!"

Raquel se desabrochó los pantalones de camuflaje y salió del Escalade. Cerró la puerta del pasajero para apagar la luz. Terminó y saltó de nuevo al vehículo.

"¡Bonito culo!" Vic dijo.

"¡Doble imbécil!"

Jimmy rompió el silencio de la radio, "el vehículo que viene del norte. Parece ese todoterreno".

"¡Supongo que no es el mayordomo!" Raquel susurró a Vic.

Todos contuvieron la respiración.

"Todoterreno en la entrada. Veo dos cabezas, pero no puedo distinguir... el vehículo está entrando en el garaje. La puerta está bajando. No puedo distinguir a los ocupantes".

"¿Dos cabezas? ¿Estás seguro, Jimmy?" Vic preguntó.

"Afirmativo. Eso es todo lo que pude distinguir", confirmó Jimmy.

Vic se puso en marcha. "Jack, mantente alerta.

¿Puedes acercarte sin que te vean?"

"Entendido. Puedo arrastrarme un poco, más cerca de la piscina. Espera. Se encendieron algunas luces... en la planta baja. Veo sombras moviéndose. Eso es todo."

"Bien, acérquense lo más posible. Iremos a pie hacia la parte delantera de la casa. Intentaremos ver qué hay dentro.

"Me alegro de que hayas ido al baño. ¡Muévete!"

Vic y Raquel se apresuraron hacia la entrada de la villa Ledon. Al llegar, Vic señaló al suelo, donde unos guijarros decorativos y coral triturado rodeaban el camino de entrada. Ambos saltaron sobre las piedras.

Se dirigieron en silencio hacia las ventanas de la parte delantera de la villa. Vic hacia el lado derecho de la puerta, Raquel hacia el izquierdo. De repente, dos luces brillantes iluminaron la parte delantera de la casa.

"¡MIERDA! ¡Sensores!" Raquel susurró.

Vic y Raquel se congelaron entre los arbustos cercanos a las ventanas delanteras. Contuvieron la respiración, esperando a que se encendiera una luz exterior sobre la puerta principal.

Nada.

La pareja podía oír música suave y latina procedente del interior. Una mujer se rio.

Vic se asomó al gran salón. Las luces estaban bajas, pero podía distinguir a los dos ocupantes. Se estaban besando.

"¡No me lo puedo creer!", expresó Vic en voz baja. Hizo un gesto a Raquel para que se uniera a él.

Raquel se movió lentamente, las luces del patio delantero seguían encendidas.

"¡Echa un vistazo!"

"Santo cielo. No me lo puedo creer, joder". Pronunció Raquel.

"Oye, no asumamos nada. El marido está fuera. A lo mejor ya no le gusta lo que él le hace", dijo Vic.

Raquel miró más de cerca. "Espera un momento. Mira la mesa. Parecen trozos de coco cortados. Una botella de ron, Vic, es el asesino. Qué demonios, el..."

"¡Todo el mundo adentro, Jack... adentro... ahora!" Vic anunció en la radio.

Vic y Raquel golpearon la puerta principal un par de veces, rompiendo finalmente la cerradura.

Jack fue el primero en entrar. Una mujer joven, vestida con un enterizo ajustado de una sola pieza de color carne, con los tacones altos en el suelo, estaba desmayada en un diván. Jack levantó su rifle, metiéndolo con fuerza en su hombro derecho.

"Suelta esa cosa, o te arranco la puta cabeza aquí mismo... ¡Hazlo!" Jack gritó.

Vic agarró a la asesina por detrás, arrancándole un garrote de alambre de la mano. Lissandra Hoyos-Ledon miró en silencio a la chica drogada en el sofá.

CAPÍTULO 64

Fumar y sus hombres irrumpieron en la villa, abriéndose paso en todas direcciones, con las armas de fuego desenfundadas. El teniente Castillo corrió hacia Vic y la mujer de Ledon. El joven oficial no podía creer lo que veía. Lissandra llevaba un vestido largo y ceñido de color lavanda, con una abertura que iba desde los tobillos hasta justo debajo de la entrepierna. Parecía una modelo de pasarela, con el pelo castaño oscuro recogido en un moño apretado que acentuaba sus altos pómulos.

Jimmy Martin llegó a la villa. "¿Qué demonios?", fue lo mejor que pudo decir al ver a Lissandra y a la chica inconsciente.

Vic no habló. Se sentó en un sillón de cuero. Vic miró alrededor de la magnífica y opulenta villa, recordando el apartamento de una habitación de sus padres cuando él era un niño en el Bronx. Pensó en lo que le había ocurrido a su hija. Pensó en John Deegan. Empezó a temblar.

Finalmente, Lissandra salió de su trance. "Supongo que quieren saber por qué", dijo sin dirigirse a nadie en particular.

"Señora Ledon. Su silencio podría ser lo mejor para usted", ofreció Fumar.

"¿Qué pueden hacerme más allá de pasar el resto de mi vida en prisión? Aquí no hay pena de muerte. Viviré hasta que decida lo contrario. Me han torturado mentalmente en esta cárcel. Mírenme. ¿No es suficiente? Sé cómo me miran los hombres. Desde que era niña, he notado el deseo en sus miradas", gritó Lissandra.

"Cálmese, por favor, intente guardar silencio", repitió

Fumar.

"Maté a esas chicas, a todas, para librar a este mundo de esos cerdos. Mi marido me exigió que hiciera cosas repugnantes con él y con esas malditas mujeres. Les hice creer que las deseaba. Su codicia fue lo que las mató al final. Saqué sus números del teléfono mientras ese perro dormía -se enfureció Lissandra-.

Castillo esposó las manos de Lissandra a la espalda.

"¿Renunciaste a tu vida y a tu libertad para hacer esto?". —preguntó Raquel mientras se acercaba a la enloquecida mujer.

"Mi vida era una mierda. Quería un bebé. Él me dijo que no. Quise dejarlo, me amenazó con matarme. Ahora me reiré en su cara. Imagínate su vergüenza. La mujer de uno de los hombres más ricos del Caribe es el Carnicero de Punta Cana". Lissandra soltó una carcajada histérica. Siguió riendo hasta que estalló en llanto.

"Capitán Castillo, llévela al hospital hasta que dé nuevas órdenes. Asegúrese de que esté bien vigilada, que nadie la vea", ordenó Fumar.

"Sí, señor, pero usted me llamó Capitán".

"Eso es correcto. Ahora eres capitán. ¿Alguna queja?"

"No, señor. Gracias, señor."

"Es lo menos que puedo hacer para fastidiar a ese maldito ministro".

CAPÍTULO 65

Gabriella se quedó profundamente dormida apenas quince minutos después de despegar del aeropuerto internacional de Punta Cana.

Gabby estaba sentada junto a Theresa, mientras que su abuelita Olga estaba al otro lado del pasillo. La anciana contaba las cuentas de su rosario y movía los labios rápidamente con cada oración en agradecimiento a su Señor por haberle perdonado la vida a su única nieta.

Theresa se levantó para ir al baño y se detuvo a charlar con Vic y Raquel.

"Justo antes de irnos, el capitán Castillo nos dio las gracias a todos por ayudar con el caso. Es un hombre tan dulce", dijo Theresa.

"Debe de estar contento con su ascenso", añadió Raquel.

"Lo está. También le han dado dos semanas de vacaciones. Piensa venir a Nueva York de visita".

"Eso es genial, sería estupendo verle. Podemos darle el gran tour", ofreció Vic.

Theresa esbozó una tímida sonrisa.

"¡Oh, ya entendí! Quiere verte", soltó Vic.

"¡Sería muy divertido!" añadió Raquel.

"Le ofrecí que se quedara en mi casa. Tengo dos habitaciones. ¿Quieres oírlo que me dijo?"

"Claro", dijo Raquel.

"Dijo que sería una imposición y que no le parecía apropiado. ¿Puedes creerlo?"

"Awww, es un verdadero caballero", alabó Raquel.

"Theresa, de donde yo vengo, eso se llama un guardián", rio Vic.

"¡Nunca se sabe!" pronunció Theresa. La profesora volvió a su asiento y a su estudiante dormida.

"Recibí una llamada del ministro Castillo justo antes de irnos. Quería esperar para darte la buena noticia", susurró Vic a su señora.

"Déjame adivinar, va a darnos los otros quinientos mil", soltó Raquel.

"Buena suposición."

"No es adivinanza. Estaban felices de que fuéramos capaces de detener la locura. Dios sabe cuántas pobres chicas más habría asesinado".

"Estaba seguro de que era Ralph Ledon. Hasta que empezó a jugar con nosotros, habría apostado todo a que era él. Todo apuntaba a él. Su gusto por las prostitutas venezolanas, las bolsas de arpillera, las pruebas en su carrito de golf, la sangre en su patio trasero. Eso demuestra que nunca hay que dar nada por sentado", dijo Vic.

"¿Dijo Lissandra por qué cubrió las cabezas de las chicas con los sacos de café?". Raquel preguntó.

"Fumar me dijo que le hicieron esa pregunta y balbuceó algo relacionado con insultar los millones de Ralph".

"Los psicólogos escribirán sobre las bolsas de café durante años. Tiene el perfil clásico de una asesina en serie. Resulta que fue abusada de pequeña por un primo y un tío. Su padre era un alcohólico, y su madre podría haber cambiado sexo por comida. Eso es lo que ella insinuó, al menos, según Fumar, agregó Raquel.

"Sin mencionar que guardó todos los teléfonos móviles de las víctimas como recuerdo. Y el reloj del primer asesinato. Fueron encontrados escondidos en el cajón de sus bragas. ¡Hablando de simbolismo!"

"Nunca pensé que fuera Ralph. Para mí, era un cara o cruz entre Freddy y ese espeluznante Lenny, pero Freddy me tuvo en vilo un buen rato. Llevarse a la chica al campo de golf por la noche y amenazar con matarla me heló la sangre".

"Cuando Jack encontró ese hidrato de cloral en la oficina de ese bicho raro del Dr. Fishman, pensé que lo habíamos atrapado", mencionó Vic.

"Ese tipo era realmente espeluznante. Pensar que me tocó una teta me da ganas de vomitar".

"Tienes que admitirlo, cariño, Fishman tiene buen gusto cuando se trata de tetas", se rió Vic".

"Ya veo. ¿Te excita ese tipo de mierda, Gonnella? ¡Qué asco! ¿Qué va a pasar con él, de todos modos?"

"Fumar lo dejó ir. Costa Rica. Empezará de nuevo".

"¿Y Lenny?"

"En realidad no lo sé, pero tengo la sensación de que siguió en sus andanzas. Tipos como él siempre parecen sobrevivir".

"Oye, ¿y Deegan? ¿Qué hay de él?" Raquel preguntó.

"Ah, se me olvidó contarte. El día después de capturar a Lissandra, después de todo el alboroto y todas las llamadas tontas de Santo Domingo y la fiesta que tuvimos esa tarde, Fumar y yo y yo nos fuimos a la playa con nuestros puros. Nunca adivinarás lo que me dijo Fumar"

"¿Le gustaba mi mamá?"

"Cielos, estás loca. Me dijo que finalmente supo quién era Deegan. Volvió a buscarnos en internet y encontró una foto de John. Ya sabes, esa era de cuando era presidente de su empresa, con traje y corbata. Ahora está más viejo y delgado, pero la cara es casi la misma".

"¿Qué dijo?"

"Sabía que era él, y sabía de la recompensa por la cabeza de Deegan, pero pensó que si Deegan estaba cerca de nosotros, debía ser por una muy buena razón. ¿Puedes imaginarlo?"

"Y pensar que al principio no me caía bien", replicó Raquel.

"Veamos. Son como las cuatro de la tarde en Suiza. Llamemos a nuestro asesino en serie favorito. Nuestro teléfono no funcionará aquí arriba, pero veamos si el piloto tiene uno de esos teléfonos analógicos especiales".

Efectivamente, la República Dominicana tenía teléfonos más antiguos en su avión.

"Bueno, hola, Sr. Deegan", dijo Raquel.

"¡Justo a tiempo! Gjuliana acaba de ir a la pescadería y yo me estoy tomando un buen Campari con soda. Muy europeo, ya sabes", respondió John.

"Supongo que ya te enteraste".

"¿Qué... Trump tuvo una aventura con Hillary?". John se rio entre dientes.

"No, tonto. Atrapamos al Carnicero de Punta Cana. ¡Lo hicimos, John! Espera, Vic quiere saludarte".

"Y tú nos ayudaste enormemente. No podemos agradecerte lo suficiente todo lo que has hecho, John".

"Déjame adivinar... era la esposa, ¿verdad?" Deegan preguntó.

"Déjate de tonterías, ¿dónde escuchaste las noticias?"

"Lo juro por Dios. No tengo ni idea".

"Lo último que supe es que no creías en Dios".

"Nunca dije eso. Lo que odio es la iglesia. Okay, lo juro por Gjuliana".

"Ahora sé que hablas en serio. ¿Cómo adivinaste que era Lissandra y no Ralph Ledon?"

"No adiviné, Gonnella. Tenías que mirarla más de cerca desde el principio. No solo fijarte en el atuendo sexy que llevaba. Tenías que mirarla a los ojos. Pasé bastante tiempo con ella fingiendo ser ese fotógrafo. La mujer tenía los ojos de un asesino. Como los míos. Hay una cierta mirada que todos los asesinos tienen, un vacío, una mirada de mil yardas, creo que se ha llamado. Ese imbécil de mayordomo era un marica. El marido, me lo imaginaba como un degenerado, pero de ninguna manera un asesino. Así que, usando la lógica geométrica, legué a la conclusión de que era Lissandra".

"Entonces, la pregunta es, ¿por qué no nos lo dijiste?"

"Hasta un pájaro sabe cuándo dejar que los polluelos vuelen solos".

"¿Qué? ¿Un pájaro?"

"Dale un beso a Gabriella de mi parte", dijo Deegan. Como siempre, Deegan cortó la llamada.

Vic miró a Raquel con curiosidad. "Lo sabía desde el principio. ¡El desgraciado lo sabía!"

Antes de que Raquel pudiera responder, la tranquilidad del avión se vio interrumpida por un grito de Gabriella. Todos se sobresaltaron al oír a la angustiada niña. Una pesadilla la había despertado.

"¡Mami, papi, mami, ayúdame, ayúdame, mami!"

Naturalmente, Raquel fue la primera en consolar a su hija, levantando a Gabby de su asiento y abrazándola. Raquel sacudió suavemente a su hija para despertarla.

"Ya está, Gabby, no pasa nada, mamá está aquí contigo".

Gabby sollozó durante unos minutos hasta que despertó del mal sueño.

"Y mira, tu abuelita y tu papi y la señorita Panny… todos estamos aquí contigo".

"Vi a esos hombres de las máscaras. Me perseguían y me perseguían. Y luego apareció el tío John y todos se fueron corriendo".

"Ay, Dios mío", dijo Olga, haciéndose la señal de la cruz

tres veces.

Raquel miró a su madre rápidamente y se sentó con Gabby. Raquel sabía que su madre tenía razón. "Está bien, mi amor, esos hombres nunca te harán daño. Jamás".

"Está bien, mamá... ¿pero volveremos a ver al tío John?", preguntó Gabby. Todavía estaba intentando calmarse.

"Sí, haremos lo posible de volver a ver al tío John".

¿Te gustaría ayudar al autor a obtener más reconocimiento?

Por favor, deja una reseña este libro.

Reseña a través de:

Goodreads.com

O en la plataforma donde compraste

***

Si usted o alguien que conoce ha sido o está siendo víctima de abusos o explotación sexual, póngase en contacto con el autor a través de Road to Recovery o en el sitio web de The Trafficking in America task Force.

¿Te gustó leer este libro? Si es así, puedes pedir más aventuras del detective Vic Gonnella/John Deegan en http://LouisRomanoAuthor.com", o en cualquiera de sus otras series.

AGRADECIMIENTOS

Me ha encantado escribir este libro y volver a dar a conocer a Vic Gonnella y Raquel Ruiz.

Quiero agradecer a Jon Hill por su valiosa ayuda con los idiomas durante mi investigación en la República Dominicana. Sin su apoyo, no habría podido entrevistar a las mujeres que forman parte de esta historia.

El profesor Clark Hill del Berkley College fue de gran ayuda al proporcionarme información sobre asesinos en serie y perfiles del FBI. Su experiencia en el ámbito de la ley se complementó con historias y detalles fascinantes.

Un agradecimiento especial a Kathleen Collins por sus ánimos y su análisis detallado de cada capítulo.

La edición, a cargo de Bridget Fuchsel, se hizo con rapidez, brillantez y excelencia.

Siempre le estaré increíblemente agradecido con mis prelectores. Su p su perspectiva es invaluable

Y, por supuesto, ningún libro se escribe sin Rocco Sivage, mi Jack Russell Terrier de 15 años, que ha estado a mis pies en este y en otros trece libros.

SOBRE EL AUTOR

Louis Romano

Nacido en el Bronx en 1950, Romano comenzó su carrera como escritor a los 58 años con FISH FARM. Luego publicó INTERCESIÓN, un intenso thriller de venganza que se convirtió en un Bestseller de Amazon y es el primero de una serie de siete libros que le valió el título de finalista en 2014 del Foreword Review Top. Su guion para BESA ha ganado seis premios cinematográficos internacionales. BESA ha sido traducida al albanés y forma parte de la serie de crimen organizado Gino Ranno. Romano ha publicado un total de 21 libros.

UN ADELANTO DE:

CAPÍTULO 1
LA GRAN REDADA

El 13 de julio de 2011 prometía ser un hermoso y caluroso día de verano en el Bronx, Nueva York.

Eran cerca de las 5 de la mañana cuando Levit Fernandini se encontraba al volante, a pocas manzanas de su apartamento alquilado de tres habitaciones. El número 24 de Pennyfield Avenue estaba situado en el tranquilo y relativamente seguro barrio de Throgs Neck, una de las pocas zonas buenas que quedaban en el Bronx en esos días.

Una antigua camioneta GMC le seguía desde la sección Fordham del Bronx, que viajaba hacia el norte por la Interestatal 95.

En las semanas anteriores, Levit observó que varios automóviles lo seguían de cerca. Cuando los que lo seguían pensaban que él se había percatado de su presencia, se desviaban de la carretera y un segundo vehículo tomaba su lugar. Levit intentaba escapar de la situación incrementando su velocidad. En un momento dado, su velocímetro marcó 105 millas por hora. Finalmente, llegó a la conclusión de que había logrado deshacerse de sus perseguidores. O al menos, eso era lo que creía.

El vecindario de Throgs Neck, ubicado en el Bronx, era un mundo completamente distinti al gueto de Creston Avenue, en Fordham, donde Levit hacía negocios. Este lugar representaba un marcado contraste, actuando como un refugio seguro en medio del caos.

Fernandini, con su comportamiento sereno, humilde y relajado, poseía la capacidad de cautivar a cualquiera que lo conociera, salvo, por supuesto, aquellos que se consideraban sus enemigos. Y, de hecho, tenía muchos enemigos, algunos por la naturaleza de su negocio y otros por los errores cometidos a lo largo de su vida.

El "Neck", un barrio mayoritariamente de clase media, se conformaba de casas unifamiliares y semiadosadas y bloques de apartamentos. A diferencia del resto del Bronx, este sitio era un oasis para sus residentes. Al igual que la zona de Morris Park, en ese entonces, la mayoría de los residentes de Throgs Neck eran de origen italiano y mantenían valores. Estos valores contribuían a la seguridad del área, apoyados por los vigilantes comunitarios y hombres de carácter fuerte con conexiones. A diferencia de la mayor parte del Bronx, en Throgs Neck no se denunciaban muchos delitos.

La avenida Pennyfield destaca por su atractivo singular, ya que está flanqueada por agua en ambos lados. Su apariencia recuerda más a las costas del condado de Westchester y Connecticut que a las del Bronx, con pequeñas playas de arena privada situadas detrás de residencias con jardines bien cuidados y casas unifamiliares y bifamiliares de diseño meticuloso. En muchos de los patios, se pueden observar estatuas de la Virgen en conchas de cerámica o yeso, que actúan como guardianes celestiales de los hogares.

En cambio, en el vecindario de Fordham, la avenida Creston, caracterizada por sus edificios de ladrillo rojo y tostado de cinco y seis pisos construidos antes de la Segunda Guerra Mundial, se asemejaba a un mercado al aire libre durante todo el día, este era el lugar donde Levit y su grupo comercializaban marihuana y cocaína a los numerosos clientes que llegaban a diario en automóvil, a pie o en bicicleta en busca de sus sustancias preferidas. No era inusual que los compradores formaran filas de hasta diez personas para adquirir la droga de su preferencia.

Levit quería darle a su esposa e hijos un lugar mejor y más seguro donde vivir, pero que se ubicara cerca de su exitoso negocio callejero, donde era el líder de la famosa Creston Avenue Crew. Por lo general, el negocio empezaba a las 9 a.m., y Levit permanecia en la calle todo el día, todos los días, hasta las 2 a.m. del día siguiente.

Mientras se acercaba al apartamento de Pennyfield, Fernandini escuchó el pronóstico del tiempo en la radio de su Range Rover. Se anticipaba que la temperatura oscilaría entre 72 y 75 grados Fahrenheit, acompañada de una alta humedad que resultaba pegajosa. No era un calor desmedido para un julio en el Bronx. Pensó que sería un día ideal para descansar, ya que su esposa e hijos se habían ido a pasar el día a Sesame Place, en Pensilvania; no obstante, su perspicaz sexto sentido le indicaba que algo estaba a punto de ocurrir.

Desde hacía meses, Fernandini era consciente que las fuerzas del orden lo estaban vigilando, así como a los miembros de su banda. Su sentido común le había salvado el pellejo en más de una ocasión. Levit pensó: "*esto también pasará*". Había aprendido a usar su intuición callejera para detectar algo que no encajaba. Los agentes encubiertos siempre observaban desde lejos, y así fue como Levit aprendió a detectar cosas que estaban fuera de lugar.

Al entrar al estacionamiento cerrado de veinte puestos de su edificio, notó que una Ford Explorer negra nueva estaba estacionada en el número 24 de Pennyfield. En su interior había varios hombres y el conductor encendió varias veces las luces altas. Quizá los ocupantes del vehículo estaban tratando de llamar su atención, pero Fernandini decidió llamar a su mujer desde el teléfono móvil.

"Nena, algo está pasando. Voy llegando. Ábreme rápido", dijo Levit.

Karinie tocó el botón para dejarlo entrar. Levit entró en su apartamento en un abrir y cerrar de ojos.

"Bebé, ¿qué pasa?" Ella preguntó.

"No lo sé. Tengo la extraña sensación de que me han seguido hasta el apartamento o algo así. Afuera hay un vehículo extraño con unos tipos".

Fernandini se colocó a un lado de la ventana de su apartamento que daba a la avenida Pennyfield y se asomó utilizando las persianas horizontales como cobertura. El Explorador seguía allí, pero por lo demás, la calle estaba tranquila.

Pensando que la camioneta simplemente lo había asustado, Levit se quitó los zapatos deportivos, se sentó en el sofá seccional de cuero marrón y encendió su nueva X-Box para relajarse un poco. Después de unos minutos, se quedó dormido por lo tarde que era y por el ajetreo de un largo día en Creston Avenue.

De pronto, un fuerte golpe en la puerta despertó a Levit. "¡FBI, abra la puerta! Muestre las manos", ordenó una voz ronca.

Fernandini saltó del sofá y se puso los zapatos. Era hora de huir.

Karinie gritó y su bebé de dos años empezó a llorar.

De forma instintiva, Fernandini se dirigió a la puerta corredera de cristal del primer piso, que daba a un balcón que daba a Hammond Creek, una gran masa de agua afluente del East River. Hammond Creek corría por debajo de la calzada que llevaba al puente Throgs Neck y desembocaba en las aguas frías y rápidas del East River.

Al colocar una pierna sobre la barandilla que conducía a una playa de arena privada, Levit reflexionó sobre la posibilidad de dirigirse hacia la izquierda de su edificio de tres pisos, lo que le permitiría escapar de su apartamento junto a la orilla y ocultarse entre las demás viviendas, o bien optar por la derecha, en dirección a la vasta propiedad del Colegio Marítimo de la Universidad Estatal de Nueva York.

Levit no pudo detectar la presencia de ningún policía ni de agentes del FBI en la parte trasera del edificio, lo que le pareció bastante inusual. En las redadas sorpresas, es común que las fuerzas del orden bloqueen cualquier intento de fuga rodeando el lugar. No era la primera vez que Levit se encontraba en una situación de este tipo, ya que la policía ya había hecho redadas a su casa en múltiples ocasiones a lo largo de su vida. Los agentes del FBI estaban rompiendo la puerta de metal de un color rojo parduzco que daba acceso al apartamento de los Fernandini.

Levit miró hacia la sala y vio a Karinie con una expresión de pánico absoluto, sosteniendo al niño, que ahora estaba histérico. En ese momento, se dio cuenta de que no podía permitir que su esposa enfrentara al FBI sin su ayuda.

Al volver al interior del apartamento, el equipo de agentes, vestidos con sus uniformes verdes de comando, derribaron la puerta y entraron con rifles automáticos M-4 y pistolas en mano apuntando a él y a Karinie, ordenándoles a gritos que se tiraran al suelo.

El primer oficial del grupo de doce hombres del equipo de armas y tácticas especiales del FBI llevaba un escudo balístico negro, denominado búnker, y una pistola Sig Sauer de 40 mm. El equipo estaba provisto de cascos y vestimenta SWAT en tonalidad verde. El segundo miembro del equipo lanzó, de manera secuencial, dos granadas aturdidoras sobre el suelo cubierto de alfombra roja. La explosión generó una luz intensa de magnesio y un estruendo ensordecedor. Levit sostuvo a su hijo y lo apartó de la granada Mk4 que emanaba humo. Por lo general, el equipo SWAT evitaba el uso de tales granadas cuando había niños presentes. El equipo debía haber sido informado, de acuerdo con las instrucciones del TAC de esa mañana, sobre la presencia de niños en el apartamento. Sin embargo, el FBI parecía disfrutar de sus dispositivos y pasó por alto cualquier protocolo razonable.

Levit agarró a su pequeño y lo protegió con su propio cuerpo de la potencia de la granada aturdidora.

Uno de los agentes pateo fuertemente a Karinie en la espalda y la hizo caer al suelo. Le clavó la bota negra en la espalda para mantenerla en su sitio. Levit enloqueció y se acercó al agente con furia en los ojos.

"Suéltala", gritó Levit mientras acudía en ayuda de su mujer, pero dos agentes lo sometieron rápidamente. Uno de los agentes era un hispano de baja estatura y corpulento, el otro un agente alto de aspecto anglosajón. Levit se sometió cuando uno de los miembros del equipo de asalto le apuntó a quemarropa su fusil M-4 contra su cara empapada en sudor y le gritó amenazándole con volarle la cabeza. A Fernandini lo esposaron sus manos rápidamente a la espalda mientras los agentes tiraban de él para ponerlo en pie, pero, uno de los agentes lo empujó de nuevo al sofá.

Segundos después, el comandante de la unidad, un hombre de unos sesenta años, con cabello rubio y chaqueta azul del FBI, se acercó a Fernandini.

"Bueno, Levit, ¿cómo te va en esta hermosa mañana?", preguntó el agente con tono de arrogancia.

"¿Todo esto por un poco de hierba, hermano?" Levit respondió.

El agente sonrió de forma arrogante. "Sí, hierba".

Levit comprendió que esta demostración de fuerza iba más allá de una simple redada por marihuana. No era su primera redada y sospechaba que estaba metido en serios problemas. "Escucha, Levit. Te estoy dando la oportunidad de tu vida para salvar tu pellejo. Accede a cooperar con nosotros ahora mismo y todo esto desaparecerá. Arreglaremos tu puerta y nadie sabrá que estuvimos aquí. Trabajas con nosotros en la calle, nos dices tus fuentes y estarás a salvo. ¿Me entiendes? Puedes ir a protección de testigos y vivir una buena vida con tu familia".

"He visto esto en la tele un millón de veces. No te voy a decir una mierda", respondió Levit.

El agente preguntó: "¿Esa de afuera es tu Range Rover? Tenemos una orden para registrar el apartamento y el vehículo".

"¿Quieres la Range Rover? Es toda tuya. Tómala"

La arrogante oferta de soborno de Fernandini enfureció al agente.

Cuando lo condujeron a la entrada del condominio, Levit vestía su atuendo habitual de la calle: vaqueros azules, una camiseta blanca nueva y un par de zapatillas Nike Air Force 1 blancas de caña baja.

En la avenida Pennyfield, cerca del muro de contención gris oscuro que bordea el East River, Levit vio varios vehículos de prensa y cámaras esperando al otro lado de la calle. Al percibir que la redada era un montaje, no tardó en contar siete vehículos Excursions negros y más de veinte agentes del FBI y de la policía de Nueva York, tanto uniformados como de civil, en el complejo residencial y en la Pennyfield Avenue. Un grupo de los hombres del FBI que se encontraban en la calle llevaba cascos similares a los de los SWAT y chalecos antibalas, todos ellos con rifles automáticos en el pecho.

En aquel momento, Levit tenía la certeza de que esta redada respondía a razones más complejas que vender hierba, fuera cual fuera la cantidad. Aunque Levit poseía considerable influencia en la calle, era consciente de que esta exhibición de poder estaba más relacionada con la violencia que con el tráfico de drogas.

Un equipo de extracción se encargó de sacar a Levit, mientras que un segundo grupo ingresó al apartamento para realizar un registro exhaustivo y tomar fotos.

En su trayecto hacia la oficina del FBI en la calle Pearl de Manhattan, los agentes adoptaron el papel de policía bueno y policía malo con Fernandini. Levit estaba familiarizado con esta táctica.

"Estás muy jodido, hombre. Será mejor que te entregues, cooperes y nos digas lo que necesitamos saber, o nunca verás crecer a tus hijos. La prisión federal no es un chiste, amigo. Te va a ir muy mal, pendejo", amenazó el agresivo agente.

"Mira, Levit, nos aseguraremos de que tú y tu familia estén protegidos por el resto de sus vidas. Al fin y al cabo, la familia es lo más valioso, ¿no es así?", sugirió el agente bueno.

Durante los cuarenta minutos que duró el trayecto desde el Bronx por la autopista FDR Drive hasta el bajo Manhattan, ambos continuaron intentando que el silencioso Fernandini hablara.

Los pensamientos de Levit lo llevaron de regreso a Creston Avenue y a los consejos de un amigo puertorriqueño. Ramón Luis Ayala Rodríguez, un hombre que había escapado de las pandillas en Puerto Rico, le había advertido en varias ocasiones que debía abandonar la vida de narcotraficante. "Aléjate de las calles, Lev. Aquí no tienes futuro. Ven al negocio de la música conmigo. Aléjate de estos perdedores. No son buenos, lo veo en sus ojos. Están celosos de ti, Lev. El final para ti será la cárcel o la muerte, amigo mío. Confía en mí. Tienes un gran potencial. Tu salida es la música y... conmigo". Ramón se convirtió más tarde en El Jefe, El Cangri, El Rey del Reggaeton, y su apodo más famoso...Daddy Yankee. Daddy Yankee llegaría a las listas de éxitos con canciones como Gasolina y más tarde el mega éxito Despacito.

"¿Por qué no le hice caso? ¿Por qué fui tan testarudo? Esta redada no es sólo por la hierba; ¿quién sabe adónde me llevará esto? Podría haber estado en Puerto Rico con papá, haciendo buena música y mucho dinero. ¿Quién sabe adónde me habría llevado eso en la vida? Mi familia estaría a salvo y sería rica en lugar de vivir en ese agujero de mierda de Creston Avenue", pensó Levit.

Cuando llegaron al garaje subterráneo de la sede del FBI en Pearl Street, Levit, esposado, salió del todoterreno. Le dijeron que esperara mientras los agentes se paraban a su alrededor mientras llegaban otros brillantes todoterrenos negros. Al FBI se le daba bien montar una escena para conseguir la cooperación que querían.

De uno en uno, los coacusados de Levit salieron de los vehículos y desfilaron ante él. Todos los delincuentes de Creston Avenue ignoraron a Levit, que no hizo ademán de reconocerlos cuando llegaron. Así se comportaron ante las fuerzas del orden.

Tras el espectáculo preparado de antemano por el FBI para intimidar a Fernandini, le llevaron a una habitación con una larga mesa llena de fotografías. En la pared de detrás de la mesa había una pirámide de los miembros de la Creston Avenue Crew con la fotografía de Levit en la parte superior, lo que indicaba que era el líder de la organización.

Una vez en el garaje subterráneo de la sede del FBI en Pearl Street, Levit salió esposado del SUV. Los agentes le ordenaron que esperara mientras llegaban los demás SUV negros y relucientes. El FBI sabía cómo montar una escena para conseguir la cooperación que deseaba.

Uno a uno, los coacusados de Levit salieron de los vehículos y desfilaron delante de él. Todos los criminales de Creston Avenue ignoraron a Levit y él no dio ninguna señal de reconocerles cuando llegaron. Así era como se comportaban ante las fuerzas del orden.

Después del espectáculo preparado por el FBI para intimidar a Fernandini, lo llevaron a una habitación con una larga mesa llena de fotografías. En la pared de detrás de la mesa había dibujada una pirámide de los miembros de Creston Avenue Crew con la fotografía de Levit en la parte superior, indicando que era el líder de la organización.

Ya eran más de las siete de la mañana y Levit debía ser procesado en la unidad de recepción y traslado. Lo desnudaron y lo examinaron, al igual que al resto de los reclusos. A Levit le pusieron un overol marrón y le quitaron su ropa de calle. El personal de admisión le informó de que no necesitaría su ropa durante un tiempo... si es que alguna vez la necesitaba.

El agente especial Rodrigo Riveros reiteró su deseo de que Levit cooperara, esta vez haciendo mención a sus conexiones mexicanas. Levit no respondió, salvo para pedir que llamaran a su abogado de toda la vida, Manny Sánchez. Riveros se rió y dijo a Levit que tenía suerte de que Sánchez no estuviera esposado a su lado.

Después de llamar a su abogado, Levit fue trasladado a una celda. Sánchez le dijo que se callara y que llegaría en menos de una hora.

El juez Paul A. Crotty, del distrito sur de Nueva York, presidió la audiencia de Fernandini, en la que se le acusó inicialmente de posesión de hierba y armas de fuego.

Levit no tardó en ser conducido a la SHU, la caja, la unidad de alojamiento especial de la 9ª planta del centro correccional de Manhattan (CCM).

Desde la prisión de Rikers Island, donde esperaba su juicio por un tiroteo ocurrido en Washington Heights, se encontraba Rafael Reyes, conocido como "Ralphie", un buen amigo de Levit y miembro de Creston Avenue Crew, quien estaba ubicado en la misma sección que Levit.

"¡Yo Lev! Esta mañana vi esta locura en la televisión. Pensé que me perdería la fiesta", exclamó Ralphie. Levit sintió una mezcla de alegría al escuchar la voz de su amigo, pero también tristeza al verlo, ya que era consciente de que Ralphie sería incluido en la acusación federal.

Ralphie observó a otro integrante de la pandilla, apodado "indio", en una celda aislada del resto. Indio había estado detenido en el MCC seis meses antes de que Levit y los demás fueran encarcelados. Era probable que "indio" fuera una persona dispuesta a cooperar para salvarse. Ralphie le advirtió de manera clara que lo matarían si decidía colaborar antes de la audiencia.

Ralphie mostraba una notable perspicacia en relación con las estrategias que empleaban los federales para infiltrar informantes entre los reclusos. Los agentes federales solían rodear a sus objetivos con colaboradores. Ralphie se percató de la presencia de un panameño desaliñado que conocían del barrio. Con astucia, Ralphie le aconsejó a Levit que se mantuviera alejado del panameño, ya que había sido colocado allí por los federales. Algunos meses después, un agente que trabajaba en la unidad 11-Sur, a donde había sido trasladado Levit, y cuyo nombre se reserva para proteger su identidad, confirmó que el panameño era un informante del FBI. Levit no podía creer que aquel tipo fuera un informante. Rápidamente, estaba aprendiendo cómo operaba el FBI.

La diversión apenas comenzaba.

CAPÍTULO 2
LA VIBRA DE CRESTON AVENUE

Creston Avenue o avenida Creston posee una atmósfera singular. También la tenían Soundview, Hunts Point, Southern Boulevard, Morris Avenue, Castle Hill, Parkchester, Tremont, Co-Op City y cualquier otro lugar del Bronx, con un 56.4 % de población hispana y latina. Sin embargo, en ningún lugar era tan único como Creston Avenue.

La música era el elemento común que confería al entorno una singularidad especial para una comunidad en crecimiento de hispanos y afroamericanos.

Sin embargo, en los años 50, cuando la población total del Bronx alcanzaba los 1.451.277 habitantes, la presencia latina era mínima. En la década de 1960, la cifra se redujo a 1.442.000 de habitantes. Para los años 70, se registró el máximo histórico de 1.471.000 de habitantes, con un notable incremento de la población latina. A finales de los años 70 y durante los 80, se produjo una significativa migración blanca del Bronx, en medio de la crisis conocida como "El Bronx está ardiendo".

Durante el segundo partido de las Series Mundiales de 1977 en el Yankee Stadium, las cámaras de televisión y los helicópteros capturaron el vecindario de las calles 157 y 158 en llamas, mostrando al país la devastación. Para Nueva York, la imagen era aterradora. El Bronx era percibido por todo el país como un infierno, y en muchos aspectos, lo era.

Durante el juego, los comentaristas Howard Cosell y Keith Jackson, quienes cubrían las Series Mundiales para la cadena ABC, realizaron diversas observaciones mientras se mostraban imágenes de los devastadores incendios en los edificios. Jackson declaró: "estamos viendo una transmisión en vivo, claramente se trata de un incendio significativo en un gran edificio en el sur del Bronx, Nueva York. Es una imagen en directo y, evidentemente, los bomberos del Bronx enfrentan una situación complicada. ¡Dios mío, es un incendio gigantesco!". Por su parte, Howard Cosell agregó: "Es la misma área que el presidente Carter visitó hace unos días". Carter había estado inspeccionando los edificios dañados y destruidos en el sur del Bronx

Entre 1970 y 1980, el Bronx sufrió la pérdida de más del 97% de sus edificaciones en zonas censales clave debido a incendios y al abandono de propiedades. Las consecuencias fueron alarmantes. Los medios de comunicación, tanto impresos como televisivos, se encargaron de documentar calle por calle, manzana por manzana, los escombros carbonizados que se extendían hasta el horizonte.

Se podía responsabilizar a los propietarios de las viviendas en mal estado que intentaban obtener beneficios de seguros por incendios provocados, o a los inquilinos que buscaban mejorar su situación habitacional gracias a una nueva legislación que priorizaba a las víctimas de incendios. El Bronx estaba en ruinas.

Aunque la población había disminuido a 1.169 millones de habitantes, una nueva corriente musical emergía con rapidez. Con el aumento de la vibración y el inicio de la reurbanización, la población del Bronx alcanzó nuevamente el 1 millón 471 mil residentes en 2022, cifra que se asemeja a la de los años setenta.

A lo largo de la historia, la música ha dejado una huella indeleble, desde el Doo Wop de los años 50 hasta el icónico Elvis Presley, pasando por Dion del Bronx y los Belmonts, así como los Beach Boys de los años 60. La invasión británica de los Beatles y una serie de otras bandas inglesas, junto con el fenómeno de Motown, no se comparan en absoluto con lo que estaba por venir.

      La salsa ha sido un elemento unificador en el Bronx como ningún otro. Su evolución marcó un cambio significativo y trascendental en el panorama musical, dando paso a la música de estilo libre, que incluía numerosas celebraciones festivas en las calles. Posteriormente, emergió una subcultura musical rítmica y estilizada conocida como Hip Hop.

El auge de la salsa revitalizó la energía de las calles. La Fania All-Stars, un conjunto que se formó en 1968 en Nueva York, contaba con figuras emblemáticas de la música como Johnny Pacheco, Rubén Blades, Willie Colón y Alfredo De La Fe, además de leyendas anteriores como Héctor Lavoe y la célebre Celia Cruz, apodada la Reina de la Salsa. Entre los grandes del mambo y el jazz latino se encuentra Ernesto Antonio Puente Jr., conocido como Tito Puente, quien nació y creció en el barrio hispano de Harlem y ha dejado una huella indeleble en la comunidad latina.

Los vecindarios también fueron cuna de raperos y artistas de hip-hop, quienes llenaron las calles con la energía y el ritmo característicos del Bronx, extendiéndose rápidamente a otros centros urbanos en Estados Unidos y más allá.

El lugar donde nació la música rap se sitúa en el emblemático 1520 de Sedgwick Avenue, en el Bronx. Se reconoce a Clive Campbell como el fundador del Hip Hop, tras su actuación en la fiesta de cumpleaños de su hermana en el salón de recreo del edificio. Su nombre, DJ Kool Herc, ha quedado grabado en la historia del género.

Luego de DJ Kool Herc, emergieron rápidamente artistas de rap como DJ Kid Capri, Fat Joe, Melle Mel, Grandmaster Flash, Big Pun, KRS-One, Slick Rick, Cannabis, Africa Bambaataa, Lil Tjay, Swiss Beatz, D-Nice, A BOOGIE WIT DA HOODIE, Cardi B, Kool Keith, Lord Finesse, Grandmaster Caz, Remy Ma, Kurtis Blow, Ice Spice, Cory Gunz, Elle Royal, Antoinette, Drag-On, T La Rock, Jim Jones, Sha EK, Torch, Nine, Hell Rell, Inspechtah Deck, Cuban Link, Sadat X, Busy Bee Starski, Key Flock, Diamond D, Christopher Reid, Ron Suno y Fred the Godson.

La autoexpresión del rap y sus mensajes poéticos contribuían al sentimiento de unidad y fuerza de la comunidad, que se integraba perfectamente en la cultura de la marihuana y la cocaína.

Para ilustrar el sentimiento de desesperación y privación de derechos de los pobres del centro de la ciudad, cuando la música rap ofrecía mensajes positivos, las letras de los temas decían lo que muchos de los ávidos oyentes pensaban. En su grabación "Thing Done Change", The Notorious B.I.G., alias Biggie, decía:

"Si no estuviera en el juego de rap

Probablemente, estaría metido en el juego de crack

Porque las calles son una corta parada

O estás vendiendo piedras de crack o tienes un traje de recluso

Mierda, es difícil ser joven de los barrios marginales"

Durante esa época, un artículo del Kennedy Center destacaba lo siguiente acerca del Hip Hop: "Se ha fusionado y trascendido hasta convertirse en un medio para observar, celebrar, experimentar, comprender, confrontar y comentar sobre la vida y el mundo. En otras palabras, el Hip Hop representa una forma de vida, una CULTURA. Los elementos del Hip Hop emergieron en el barrio neoyorquino del Bronx. A inicios de la década de 1970, la situación era más complicada de lo habitual en las áreas más desfavorecidas de las ciudades estadounidenses. Y de un cúmulo de nada - y de una gran dosis de imaginación- nació el Hip Hop".

El Hip-Hop en español fue radicalmente influenciado por el Hip-Hop en inglés y evolucionó hacia el Reggaetón, el género musical más apreciado en Puerto Rico, Panamá (donde tiene sus raíces), República Dominicana, Cuba, Venezuela y Colombia. Ramón Luis Ayala Rodríguez, conocido como "Daddy Yankee", se convirtió en el "Rey del Reggaetón" y fue un artista que fusionó el pop latino, el dance hall y el Hip-Hop. Daddy Yankee provino originalmente de los proyectos de vivienda Villa Kennedy en Puerto Rico antes de su paso por Creston Avenue.

Levit Fernandini conocio a Daddy Yankee y Nicky Jam por primera vez en Puerto Rico, acompañado de su amiga y socia Luisa. En ese momento, el negocio de la marihuana en Creston Avenue estaba en pleno apogeo, y Luisa se adentraba en el ámbito musical, que era su verdadera pasión.

Daddy Yankee comenzaba a ganar notoriedad en el mundo del Reggaetón, mientras que Nicky Jam empezaba a destacar como una figura emergente en Puerto Rico. Ambos artistas habían vendido algunas de sus canciones a Luisa para su próximo álbum, por un monto aproximado de cinco mil dólares. A partir de entonces, Levit y Luisa comenzaron a ver más frecuentemente al dúo.

Sin embargo, la situación en Puerto Rico se tornó complicada y peligrosa para Daddy Yankee y Nicky Jam. Un líder de una pandilla había asesinado a varios amigos de las prometedoras estrellas, lo que generó en ellos el temor de ser los siguientes en la lista.

Ante esta amenaza, Yankee y Nicky Jam decidieron escapar al Bronx. Lu y Levit contaban con un apartamento clandestino en Bedford Park Boulevard, donde ocasionalmente almacenaban productos, balanzas, bolsas y armas. Levit y Luisa ofrecieron este refugio a Daddy Yankee y Nicky Jam, eximiéndolos del pago de alquiler durante el tiempo que necesitaran permanecer allí.

Con la necesidad de obtener ingresos para cubrir sus gastos, Yankee y Nicky solicitaron empleo a Lu y Levit.

Daddy Yankee se encargaba de las labores en la casa de seguridad, donde se dedicaba a embolsar la marihuana, descomponiendo los ladrillos y empaquetando el producto en libras individuales. Su remuneración se basaba en el peso del trabajo realizado. De manera astuta, Yankee prefería mantener su imagen y estatus como músico intacto, por lo que realizaba la mayor parte de su trabajo en privado, evitando la venta directa en la calle, aunque en raras ocasiones se aventuraba a hacerlo.

Levit comentó a Lu que consideraba que sería provechoso ofrecerle al dúo una cantidad de libras para que pudieran trabajar de manera independiente y así incrementar sus ingresos. Sin embargo, Lu rechazó esta idea.

Levit también aconsejó a Nicky Jam, quien se estaba consolidando como una estrella en el panorama musical y ganando reconocimiento. Desde el punto de vista de Lev, lo más apropiado para Nicky sería trabajar en la casa de seguridad.

Cuando Nicky vio a los 50-60-70 clientes alineados a lo largo de Creston Avenue y el ambiente de carnaval, Nicky Jam quiso participar.

"A la mierda, me conocen en Puerto Rico, pero ahora mismo no soy nadie aquí. Quiero trabajar en la calle y ganar dinero", respondió Nicky Jam.

Nicky Jam trabajó en las calles con la Creston Crew durante cierto tiempo, traficando marihuana. Le fue muy bien como vendedor. Levit pudo ver el empuje de Nicky desde el principio. Encajaba perfectamente en la Creston Avenue Crew, lo que no era nada fácil porque la pandilla no dejaba entrar a mucha gente en el círculo íntimo. Nicky Jam aprendió el oficio en una semana y era un vendedor nato. Al poco tiempo, Nicky tenía una clientela que solo quería tratar con él. Sus clientes pensaban que les daba buena hierba y buenas ofertas y preguntaban expresamente por él. Su personalidad le facilitaba ganar dinero.

Al igual que los demás miembros de la banda, Nicky Jam era perseguido a diario por policías de narcóticos encubiertos.

La futura megaestrella ganaba un dólar por bolsa como vendedor y vio que podía ganar más dinero vendiendo por peso, paquetes de 5 y 10 libras. Nicky Jam se partía el culo ganando hasta mil dólares al día.

Mientras vendía, cantaba en las calles, practicando su arte.

Fue así como, Nick Rivera Caminero, nacido de madre dominicana y padre puertorriqueño en Lawrence, en Massachusetts, el día de San Patricio de 1981, vendía ahora drogas en Creston Avenue, en el Bronx.

Si un problema resultaba en una pelea, Nicky Jam estaba allí con los miembros de la banda, demostrando una lealtad excepcional y unas pelotas tan grandes como melones.

"Era muy inteligente, tenía mucho talento para vender el producto y cantar, era humilde y carismático", señala Levit Fernandini. "Pero el mundo pronto le conocería como una superestrella".

Daddy Yankee y Nicky Jam regresaron a Puerto Rico con los fondos que habían ahorrado como parte del equipo de Creston Avenue. Luisa les concedió el visto bueno para su regreso a la isla tras hablar con la persona que los seguía, aunque ellos se prepararon para cualquier imprevisto. Era crucial que se mantuvieran protegidos y acordaron eludir a ese criminal. El dinero que obtuvieron con Lu y Levit les resultó de gran utilidad para regresar a su destino. Un año después, Yankee y Nicky regresaron y actuaron en varios clubes y locales de Nueva York y Nueva Jersey. Para entonces, Daddy Yankee iba ascendiendo poco a poco. Algunos promotores trataron de aprovecharse de Yankee, le pagaban la mitad de sus honorarios y, al final del concierto, se negaban a pagar el resto. Fernandini seguía a su amigo Daddy Yankee a las actuaciones con quince o veinte chicos, haciendo que todo el mundo supiera que Yankee y él eran amigos. Los hábiles promotores pagaban la totalidad antes que enfrentarse a Levit y su banda.

El 13 de julio de 2004, Daddy Yankee lanzó su álbum de estudio Barrio Fino, y su exitoso single "Gasolina" llegó a lo más alto de las listas. El dinero fluía como el agua.

Por la misma época en que se lanzó "Gasolina", Levit ayudó a Daddy Yankee presentándole lamentablemente a un artista jamaicano de dance hall para la canción Dale Caliente; un éxito que Yankee promocionó. La combinación era buena, pero el resultado final no se debió a la codicia del jamaicano.

Daddy Yankee y Nicky Jam tomaron caminos separados, pero Daddy Yankee seguiría presentándose en el Copacabana, Madison Square Garden, para el concierto de la estación de radio "La Mega" como el evento principal, y otros lugares conocidos.

En 2020, la revista Forbes publicó un artículo en el que declaraba a Nicky Jam "uno de los arquitectos del Latino movimiento musical urbano".

De vender hierba en Creston Avenue, en el Bronx, al estrellato internacional, el poder del destino estaba en juego.

Otro famoso y brillante artista de reggaetón del Bronx que conoció a Levit durante muchos años y le apoyó como amigo fue Zion, del dúo Zion and Lenox. Levit acompañaba a Zion en sus actuaciones en Nueva York y Puerto Rico. Zion y Daddy Yankee colaboraron en la exitosa canción "Tu Príncipe". Zion se convirtió en uno de los artistas más prolíficos del mundo latino.

Un "traficante callejero" debía transmitir un mensaje a todos los que se cruzaban en su camino: la manera en que un narcotraficante se vestía, al pasar de la calle a los clubes, reflejaba su éxito y estatus en la comunidad. Por esta razón, Levit Fernandini, junto a algunos de sus socios y competidores, adquiría prendas en la reconocida tienda Sammy's Fashions, ubicada en las avenidas Fordham y Jerome, donde Samir Igbara, conocido como Sammy, dirigía su pequeño negocio. Sammy es el hijo del fallecido fundador de la tienda, Sary Igbara, un inmigrante palestino.

louisromanoauthor.com

www.ingramcontent.com/pod-product-compliance
Lightning Source LLC
La Vergne TN
LVHW030339070526
838199LV00067B/6359